爱一个字藏心底

HOLDING THE LOVE DEEP IN HEART

璃华 著

U0922887

天津出版传媒集团
天津人民出版社

图书在版编目（CIP）数据

爱一个字藏心底 / 璃华著. -- 天津：天津人民出版社，2017.1
ISBN 978-7-201-11333-3

Ⅰ.①爱… Ⅱ.①璃… Ⅲ.①短篇小说－小说集－中国－当代 Ⅳ.①I247.7

中国版本图书馆CIP数据核字(2017)第012695号

爱一个字藏心底
AI YIGE ZI CANG XINDI

出　　版　天津人民出版社
出 版 人　黄　沛
地　　址　天津市和平区西康路35号康岳大厦
邮政编码　300051
邮购电话　（022）23332469
网　　址　http：//www.tjrmcbs.com
电子信箱　tjrmcbs@126.com

责任编辑　玮丽斯
特约编辑　王　彦
装帧设计　梦　柔
责任校对　落　语

制版印刷　湖南省众鑫印务有限公司
经　　销　新华书店
开　　本　660×960毫米　1/16
印　　张　18
字　　数　217千字
版权印次　2017年1月第1版　2017年1月第1次印刷
定　　价　29.80元

版权所有 侵权必究
图书如出现印装质量问题，请致电联系调换（022-23332469）

序言 The Preface

关于我喜欢你这件事，我已经慎重地思考了好几天，最终还是决定给你写情书。

华丽的辞藻，我写不出来。比海枯石烂还灿烂的深情，我也写不出来。

我不想说爱你到山无棱天地合，也不敢说愿意为你上天入地九死一生，更不敢承诺爱你生生世世。

我变不成那么伟大的人，但我愿意做你喜欢的一棵树，一朵花，一页书，甚至是一片风一吹就散的美丽的云彩。

如果这世上一定要有个人共度一生，我希望那个人是你——独一无二的你。

我说不出祝你幸福这种伟大的话，我做不到看着你走向别人这样的事，我就想陪你走路的是我，陪你吃饭的是我，陪你笑陪你闹的是我，和你逛街帮你提东西的是我——独一无二的我。

无论你快乐还是悲伤，无论你健康还是久病缠身，我都会在这里。

陪伴与守护，这是我唯一能为你做到的事。

只要你要，只要我有。

我的整个人都送给你。

因为，我喜欢你。

目录 CONTENTS

HOLDING THE LOVE DEEP IN HEART

目录
CONTENTS

HOLDING THE LOVE DEEP IN HEART

目录
CONTENTS

HOLDING THE LOVE DEEP IN HEART

目录
CONTENTS

HOLDING THE LOVE DEEP IN HEART

丨引章丨 Guide Chapter

西边矮墙上的蔷薇花开了

那棵栀子花树今年长得特别好

小溪的水从门前淌过去了

小卖店里还有大号的棒棒糖

树荫下还有一个空着的小板凳

邻居家的小奶狗已经长得很威武了

葡萄已经开始结果

水蜜桃也长得很好

我还种了你最爱的樱花树

三月樱已经开好了

就等风从南边来

HOLDING THE LOVE DEEP IN HEART

第一幕——等不到1990

Part One

我想唱首老歌给你听，用老式的留声机，咿咿呀呀陈旧的唱腔，只唱给你听。

乌溜溜的黑眼珠和你的笑脸，怎么也难忘记你容颜的转变。
轻飘飘的旧时光就这么溜走，转过头来看看时已匆匆数年。

台风过境，原本燥热的天气，一下子变得舒适起来。

寝室里有些吵，白羽抱着书从寝室逃了出去。其实换成以前，白羽绝对是寝室里最活泼的一个，但自从一个星期前，她无意间在图书馆角落的书架上，看到那本名为《我想和你谈场恋爱》的书之后，就完全陷进去了。

反反复复看了五六遍，白羽对这本书是爱得不得了——温暖的文字，悲伤的故事。她本来想从网上买一本来收藏，可惜的是这本书出版于1991年，在2016年的今天，已经不可寻觅。她也试着搜索过那本书的作者，但那个作者并没有什么名气，似乎只出版了这一本书，并且除此之外，毫无线索。

轰隆隆的雷声在头顶响起，白羽连忙躲进图书馆。周末的图书馆人少得可怜，她找了一个靠近窗户的位子坐下，顺手翻开那本书的第一页，打算最后再看一遍，因为今天是还书给图书馆的日子。

只是看着看着，她的眼皮开始打架，竟然不知不觉趴在桌子上睡着了。

“同学，醒醒，麻烦把窗户关上好吗？”突然，一个属于少年的略带沙哑的声音传进她的耳朵。

白羽一下子清醒过来，这才发现外面下起了大雨，她边上的窗户没有关，大雨打进窗子里来，湿了半张桌子。

她连忙站起身，关上窗户，回头看了坐在她右后方的少年一眼。

只一眼，白羽就愣住了。眼前的少年有一张过分苍白，以至于有些病态的脸，看上去清清秀秀的，眼神很清澈。但这不是重点，重点是少年身上的校服很奇怪，灰黑色的中山装套在他纤瘦的骨架上，显得很宽松。

“青山高中”四个字，是绣在左边衣领下面的。白羽就读的高中，正是青山高中，但她不记得他们学校有这样奇怪的校服。

“你是哪个班级的啊？”白羽下意识地问了一声。她的视线扫到他手里拿着的报纸，那是一份《都市日报》，大大的头条是“祝贺第十一届亚运会在北京召开”。

“三年七班。”少年微笑着回答她。

只是白羽的注意力已经全部转到了那张报纸上。她扑过去，一把将报纸从少年手里夺过来，没有看错，头条的确是关于十一届亚运会的。

“我们学校怎么还有这么老的报纸啊？但是看上去纸张又很新啊，一点儿都没有发黄。”白羽坐下来感慨地说道。

她知道十一届亚运会是1990年9月份举办的，那本《我想和你谈场恋爱》里面，就提到了这个事，所以她才会对这张报纸感兴趣。

“当然新啊，这是今天刚到的报纸！”少年诧异地看着白羽，“同学，你没事吧？”

白羽愣了一下，随即笑了笑说：“同学，我书读得少，你不要骗我，1990年的报纸，怎么可能是今天的？”

“同学，你真奇怪。”少年眼眸里，像是蒙着一层雾气一样，朦朦胧胧的，“今天就是1990年9月22号啊。你睡糊涂了吗？”

“哐当——”白羽一个没坐稳，从长凳上摔了下去。

一个小时后，白羽才不得不接受这个可怕的事实。

现在不是2016年，而是1990年。那个苍白的少年名字是夏诺，和他的人一样，是个很清秀的名字。

“白羽同学，你没事吧？”夏诺有些担心地看着脸色一阵白一阵青的白羽，他倒了一杯水递给白羽，“喝口水吧。”

白羽也的确渴了，之前的一个小时，她跑遍了整个高中，想找到点蛛丝马迹来证明夏诺是骗她的，但最后她沮丧地发现，虽然这里的确是青山高中，但是和2016年的高中相比，还是有很大的区别的。

“谢谢你啊。”她感激地看了夏诺一眼。

夏诺微微笑着说：“不用谢。你是在找人吗？需要帮忙的话，我可以让我的朋友帮你一起找。”

白羽刚想说不用了，就听到身后传来一阵噼里啪啦的脚步声。

“呀，夏诺，你在这里啊！一下午都不见你人，就知道你泡在图书馆。咦，这位同学好眼生，我好像没有见过你，你不是我们学校的吧？”来人叽里呱啦一开口就说了一大串。

“哦，她是白羽。”夏诺赶紧介绍，“白羽，这是我朋友，许薇薇。”

白羽抬起头来，就见到了这个叫许薇薇的女生。

许薇薇脸上挂着细密的汗珠，整个人透着一股健康劲儿，跟夏诺站在一起的时候，有种强烈的反差。

然而这不是重点，当白羽将许薇薇的脸仔仔细细看过之后，有两个字几乎在一瞬间要冲破她的嗓子。

她低头喝了一口水，笑着对许薇薇说道：“你好，很高兴见到你。”

许薇薇很爽快地笑起来：“哈哈，你好！你好！你的裙子真好看，是今年的最新款吗？我都没有看到人穿过呢。”

白羽低头看了一眼自己的衣服，的确，这件雪纺连身裙在1990年，应该是很特别的。

“是啊是啊，最新款。”白羽随口胡扯了一句，“是我姑姑从国外带回来给我的。”

“原来如此。”许薇薇恍然大悟地说道，她围着白羽转了一圈，“啧啧，外国货，果然很好看。”

“白羽好像在我们学校找人……你要找谁，我让薇薇帮你一起找找看。”夏诺说道。

白羽有些纠结。她不知道该如何跟眼前的两个人说明她目前所处的状况。如果她说自己是来自2016年，估计夏诺会觉得她脑袋坏掉了。

“我是外地来的转校生，但转校手续好像没办好。是我舅舅帮我转学的，他让我来学校找他，可就在刚刚我才知道他出差了，我们正好错过了，舅舅还要好几天才能回来。”急中生智，白羽忽然想起那本书里女主角第一次见男主角的时候自我介绍的话，于是照搬了出来。

白羽心里很忐忑，因为这个说法完全靠不住。

“原来是这样啊……你是外地的啊，不过你舅舅出差了，他帮你安排了住的地方吗？”许薇薇很热心地问道。

白羽顿时松了一口气。在知道这是1990年的时候，她最担心的就是没饭吃，没地方住。

“本来是安排我住校，但现在手续没办好，我不能住校。”她说。

许薇薇略一思考，说：“那你跟我回家吧。我和夏诺是邻居，我可以收留你到你舅舅回来为止。”

“真的？”白羽激动地跳了起来，“太谢谢你了！”

“不谢不谢。”许薇薇挥了挥手说，“不过，作为谢礼，你要是让我穿一下你的裙子就好了。”

“没问题！”白羽爽快地答应。

“好不好看？”许薇薇换好裙子跑到白羽面前，她很兴奋，以至于两颊

都是红红的。

“太好看啦！”白羽说，“比我穿起来好看多了！”

她的视线一直停留在许薇薇的脸上。

许薇薇浑身洋溢着属于16岁少女的活力，像个天然发光体一样。

“哈哈，夸得我都不好意思了。”许薇薇在白羽身边坐下，从枕头下面取出一个小铁盒，打开来，里面放了些水果糖，她拿起一个递给白羽，“给你。一会儿我妈妈就回来了，先饿一会儿。”

“我不饿。”白羽接过糖，剥开放进嘴里。

糖很甜，有种幸福的滋味从舌尖蔓延到眼睛里，白羽觉得自己的眼睛热热的：“糖很好吃。”

许薇薇的妈妈回来得很快。许薇薇的父亲在许薇薇小的时候就去世了，她是妈妈一手带大的。许薇薇跟妈妈说了白羽的事情，她妈妈很热情地表示欢迎白羽住在这里。

因为白羽，许薇薇的妈妈特地多做了一道水煮鱼。水煮鱼很辣，辣得白羽眼泪都落了下来。

“是不是太辣了？”许薇薇关切地问道，“我给你倒杯水。”

“抱歉抱歉，早知道就不放这么多辣椒了。”许薇薇的妈妈一脸歉意，“都是阿姨不好，没有先问问你能不能吃辣。”

“没有没有，很好吃。”白羽连忙说道，“刚刚只是吃到了一粒花椒。真的很好吃，阿姨，下次再做给我吃啊。”

“喜欢吃就好。”许薇薇的妈妈放松了下来。

这时候许薇薇端了一杯水过来。白羽两只手上都有油，许薇薇端着杯子让白羽就着杯子喝了一杯水。

晚上，白羽和许薇薇一起睡。白羽盯着屋顶睡不着，许薇薇翻了个身，小声地问：“白羽，你睡了吗？”

“没有呢。”白羽说，“你也睡不着啊？我们说会儿话吧，我还没有试过和朋友躲在被窝里说话呢。”

“白羽，你有没有喜欢的人啊？”许薇薇忽然问。

白羽愣了一下，摇了摇头说：“喜欢的人啊，还没有出现。你呢？”

“有个让我很在意的家伙。”许薇薇的声音变得有些温柔，“明天，明天我带你去看看他。”

“好啊。”白羽翻了个身，“转学手续还没有办好，我想去学校图书馆看书。”

“嗯。”许薇薇轻声说，“睡吧，晚安。”

“晚安。”白羽嘴角弯了弯，缓缓说出这两个字。

过了一会儿，白羽听见许薇薇的呼吸变得平缓，她应该已经睡着了。

白羽怎样都睡不着觉，于是下床推开窗户，微风吹进来，毛毛雨打在脸上，有些痒。

“嗨。”对面窗户里传来夏诺的声音。白羽望过去，就见夏诺也站在窗户边上，灯光下，他苍白的脸也染上一层昏黄。

“还没睡啊？”白羽问。

夏诺冲白羽扬了扬手，他手里握着一支笔，另一只手里是一个笔记本：“老师让写的作文，还没有写完。”

“你等会儿。”白羽说着，爬到窗台上，然后顺着屋顶走到夏诺的窗户边上。在夏诺发愣的眼神里，她从窗台跳了下去，

“我来帮你写。什么题目？”白羽灿烂地笑了一下。

那时候，她身后的白色窗帘被微风吹起来，荡啊荡，印在了夏诺的眼睛里。

4

“写完了。”白羽把笔一丢，将本子放在夏诺的面前，“就当是你今天陪我走了那么久的谢礼。”

夏诺接过本子，很认真地看着，看完后十分意外地说道：“白羽，你的作文竟然写得这么好，不像我，每次写作文都要写好久。”

“哈哈，一般啦。”白羽挥挥手说，“对了，夏诺，问你一件事情啊。”

“什么事？”夏诺将本子合上，放到一边的书桌上。

白羽看见，在本子边上有一本病例报告。

白羽不知道如何措辞，想了一下，犹豫地开口问道：“今天白天，你看见我在图书馆里睡了多久……我是说，你是什么时候去图书馆的？你去的时候我已经在那里了吗？”

她得想办法回去，不然她的家人和朋友会担心的。而且，她所谓的转学谎言，也会随着时间的流逝而被识破。

夏诺想了想，说道：“好像我去的时候，你就已经趴在那里睡着了。怎么了？”

“没什么，怪不得我晚上睡不着，原来是白天睡太多。”白羽将话题带到别的地方，她指着夏诺桌上的病例问，“你生病了吗，夏诺？”

夏诺愣了一下，随即低下头去。

白羽忽然意识到自己似乎问错了话，连忙道歉：“对不起，我不是故意……”

“不用说对不起！”夏诺抬起头来，眼睛里盛放着笑意，“看出来了吧，我的确是生病了。”

“严重吗？”白羽看着他苍白得有些发青的脸。

夏诺耸耸肩，说道：“白血病，很小的时候就有，不过医生说只要找到匹配的骨髓，手术后就可以痊愈了。”

“太好了！”白羽说着，心里却有些担忧，因为就算在2016年，要治愈白血病都不是那么容易的事情。但既然医生那样说了，就说明夏诺的病还是可以治疗的吧！

白羽没有多想。

时间已经不早了，她爬出窗户，冲夏诺摇了摇手：“我回去睡觉啦，明天学校见。”

“嗯。”夏诺笑着点头。

白羽发现，夏诺笑起来的时候，眼睛会弯成月牙一样的形状。

她跳回房间，关上窗户。透过朦胧的窗户玻璃，可以看见夏诺还站在窗户前面，雨雾晕开他的眉目，如梦境一样不真实。

第二天，白羽是被许薇薇摇醒的。

匆匆喝了一碗粥，白羽就跟着许薇薇一起叫上夏诺去学校。

白羽跑到图书馆，这里和2016年的时候差别不是很大，甚至很多书都还保留着。

白羽忽然想起那本书。她跑到那个角落，却看到完全不一样的书放在那里，这才想起来，那本书的出版时间是1991年，现在才是1990年，是不可能会有的。

不过这个时候，是不是可以打听到那个作者呢？这个念头刚刚浮现就被自己否定了。现在是1990年，网络没有普及，还没有人在网上写小说，况且那个作者只写了那一本小说，现在就算是打听也什么都打听不到吧……

“白羽，白羽。”许薇薇在窗外冲她招手，“跟我来。”

许薇薇带白羽去的地方，是学校的大操场。这个时候的操场，铺的是黑黑的煤渣，只在操场中间才是水泥浇灌的篮球场。

这个时候，有一群男生在那里打篮球。操场边上站着很多围观的女生，她们的眼睛都亮晶晶的，跃动着兴奋的光。

白羽回头看许薇薇，她的视线笔直落在篮球场中间的一个人身上。

那是个穿着运动衫的少年，个子高高的，头发颇有小虎队的风采，阳光照在他的脸上，汗珠折射着阳光，活力四射。

“看，就是他。”许薇薇紧紧抓着白羽的手臂，“他叫宋超，篮球打得超好，好多女生都暗恋他。”

白羽不禁有些莞尔。原来在这个时候，女生就会这么奔放地暗恋男生了啊！不过这种在篮球场边看自己喜欢的人的事，大概也只有在这个时候才会发生吧。

“你呢？”白羽笑着问许薇薇，“你是不是也喜欢他啊？”

“我才不喜欢这种用篮球吸引女孩子目光的浮夸的家伙。”许薇薇十分不屑地说，“我可不是那些女生。”

白羽有些意外：“不是他？那你来这里看什么？”

“那边。”许薇薇悄悄指了指操场边上，那里立着好几个画架，似乎是美术生在那里画画，大概有七八个学生。

许薇薇拉着白羽绕过人群走到那些画架后面，粗略地看了看。

“咦，夏诺！”白羽惊讶得不小心喊出了声音。在画画的人中，有一个男生正是夏诺。

夏诺闻声转过头来，见是白羽，就冲她招了招手，白羽走了过去。

夏诺面前的画板上，已经画好了一幅画。他画的是个趴在桌子上沉睡的少女，雨丝透过开启的窗户落下来，少女却恍然未觉，睡得很沉。

“咦，这是……”白羽惊呆了，她瞪大眼睛看着夏诺。

画上的少女，无论是发型还是脸蛋，衣服还是姿势，都太眼熟了……这根本就是她嘛！

“随便画的，当是你帮我写作文的谢礼。”夏诺说着，将画从画板上取下来，递到她面前，“给你。”

“真的送我？”白羽很惊喜。

还从来没有男孩子给她画过画，也没有男孩子送过她东西，这种小说里才会存在的情节，白羽没有想到会真的发生。

“谢谢，太棒了！”她高兴坏了，张开双臂，用力地抱了夏诺一下。

周围顿时安静了。

白羽一下子就清醒过来，她飞快地松开夏诺，脸上像是有把火在烧。

“看什么看，人家妹妹抱一下哥哥有什么好看的？”许薇薇大声说着，将白羽拉到自己身边，“好了好了，别围观了，画你们的画去。”

白羽的心脏“扑通扑通”地跳着，她拽着画的手心里，已经浮上了一层细汗。

许薇薇拽着白羽往操场边上走，挑了个有阴影的角落站着，笑嘻嘻地看着白羽，贼贼地问道：“你是不是……”

“不是，不是，不是啦。”白羽飞快地否认，只是她自己都不知道在否认什么。

许薇薇没有继续调侃她，只是拉了拉白羽的手臂，指着离夏诺大概两个人远的少年：“看到没有，就是他。”

白羽只能看见一个背影，但她看到在那个少年右手边，有一个非常漂亮的女孩子，正侧着头和那个少年说着什么。那个女孩子的眼睛里，闪烁着一目了然的崇拜之光。

“那家伙，比宋超还厉害。”许薇薇的声音里失去了那份活力，“喜欢他的女生，比喜欢宋超的还要多。他边上的那个女生，是我们学校的校花，校花都喜欢的男生……”

“他叫什么名字？”白羽下意识地问。

“白浩言。”许薇薇轻声说。

那天夜里，许薇薇躺在床上辗转反侧。她很沮丧地说：“那么多女孩子喜欢他，他大概连我的名字都不知道吧……”

“那你告诉过他你的名字吗？”白羽就着微弱的月光看着许薇薇的脸。

许薇薇摇了摇头：“他一定不会想认识我吧，因为那么多……”

白羽捂住她的嘴巴，说：“不要擅自决定啊，什么都没有说，怎么能肯定他不愿意认识你呢？”

“你不会明白的，你又没有喜欢过谁。”许薇薇翻过身背对着白羽。

黑暗中，白羽似乎听到了一丝哽咽。

她哭了吗？因为喜欢一个觉得永远都追不到的人而流泪吗？

不知道为什么，白羽脑海里忽然浮现出那个拥抱，那失去节奏的心跳，似乎有重现的趋势。白羽闭上眼睛，强迫自己什么也不要去想。

她不属于这里，她一定会回2016年的，她有很强烈的预感。

许薇薇睡着之后，白羽蹑手蹑脚地下床，对着月色，她细细看着夏诺送给她的那幅画。

少女安静地沉睡着——在夏诺的笔下，她竟然也可以这么安静恬淡。

她将画卷起来，在黑暗中摸索着爬上许薇薇家的阁楼，然后将画放进了阁楼的小柜子里。

放完画，她回到床上躺好，然而才闭上眼睛就听到一阵喧闹。她从床上坐起来，发现隔壁夏诺家灯火通明。她下床站在窗户边上，看着夏诺的家人抱着夏诺，飞快地往外跑。

许薇薇坐起来，像是已经习惯了："夏诺又发作了吧？唉！"

"夏诺经常会这样吗？"白羽喃喃地问道。

印象中，夏诺总是微笑着的，过分苍白的脸色让她心里微微有些疼。

"白血病，那种病……"许薇薇说着说着，却说不下去了，"他五岁时吧，查出有这个病，好长一段时间没有发作……他是慢性白血病，但医生说，慢性的，一旦开始发作，会比急性的更糟糕，发作了就离死不远了。"

"不是说找到配对的骨髓就好了吗？"白羽追问，"找到了，就不会死了吧？会好起来的吧？"

"哪有那么容易找到合适的骨髓啊！"许薇薇叹了一口气，"人真的很脆弱啊，死亡是很残忍的。"

白羽下意识地握紧了手："他身边活下去的人，才是最难过的吧？"

"是啊，身边活下去的人，才是最坚强的。"许薇薇说。

白羽忽然变了话题，说道："陪我出去走走吧，我睡不着。"

"好，正好我也睡不着。"许薇薇说着，下床推开房门走了出去。

白羽跟在许薇薇身后，伸手拽住她的衣摆，就这么跟着她往前走。

路过夏诺家门前的时候，白羽看见他家的门都没有关上。

他们走得该多急，才会忘记将门关上……

这瞬间，白羽心里很难过，难过得像是都不会好起来了。

"背我吧……"白羽站在原地，像是在撒娇，"薇薇，我走不动了。"

许薇薇瞪圆了眼睛："喂喂，别撒娇，我又不是你妈！"

白羽蹲在地上，双手抱住膝盖，仰头看着许薇薇。

许薇薇往前走了几步，还是败下阵来："好了好了，怕了你，背你就背你。走吧，回去睡觉了。"

白羽笑了，眼泪猝不及防地砸落在地上。她跳上许薇薇的后背，双手圈住许薇薇的脖子，将脸埋在了乌黑的长发里。

"真重啊你。"许薇薇嘀咕了一声。

第二天，白羽问许薇薇的妈妈，夏诺在哪个医院。

见到夏诺的时候，他靠坐在病床上，手背上插着输液管，另一只手搁在一本书的扉页上。

"夏诺。"白羽走进病房，在他身边坐下，"我来看你啦。"

"谢谢你来看我。"夏诺回头对她微微笑了笑，就像是那天在图书馆里，她第一眼看到的笑容一样，干净而温暖。

"不要说谢谢啊！"白羽说，"虽然我们认识才短短几天，但我已经把你当成很好的朋友了。朋友之间，不需要说谢谢。"

"的确。"夏诺笑着说，"才几天吗？为什么我会有种我们已经认识很久的感觉啊？"

"大概这就是白头如新，倾盖如故吧。"白羽说。

"对，倾盖如故。"夏诺点点头，深以为然，"哈哈，最后的最后，还能遇见一个倾盖如故的朋友，应该是非常幸福的事情吧？"

"呸呸呸，什么最后的最后！"白羽抬高声音说道，"一定会好起来的！你一定会遇见更多倾盖如故的朋友，一定会比现在更加幸福！"

“虽然我也很想，但……我已经能感觉到，最后的日子就要来了……”

“那就努力活得久一些！假如是今天，那就努力活到明天，活到下一个明天！”白羽眼神很坚定，她静静地望着夏诺，“夏诺，你听说过脊髓小脑变性症吗？”

夏诺不知道白羽要说什么，只是摇了摇头，眼神有些迷茫。

“有一个女孩儿，在她15岁那年，被确诊得了这个病。这个病会让身体机能逐渐丧失，更残酷的是，对智力毫无损害，但会变得不能走路不能说话，直至死亡。”白羽深吸一口气，缓缓地说道，“这种病，目前为止没有一个治好的病例。”

“那个女孩……现在怎么样了？”夏诺问。

白羽望向窗外，天空蓝得像海洋。

“那个女孩坚持了十年。她将自己与疾病斗争的事情，写给了一家杂志社。你知道吗？她的病让她握笔都握不稳，她坚持十年是多么了不起的事情！她的事迹感动了很多人，就算她最后死去，也是无怨无悔的。”

“无怨无悔吗？”夏诺下意识地重复了一遍，“大概吧，明知道要死去，所以更珍惜活着的每一天。写东西……这倒是个不错的提议。”

“所以，夏诺也要加油。医学也在进步，只要夏诺坚持，一定可以等到治好病的那一天的，我等着你！”白羽脱口而出，说完她和夏诺都愣住了。

“好，我努力见得到你。”夏诺说。

白羽默默转过身，悄悄擦了擦眼角。

她怎么告诉他呢？1990年，距离她来到这个世界，还要10年那么久啊！

许薇薇放学来看夏诺的时候，白羽正在同夏诺讲述那个15岁少女的故

事，正讲到要列出表格，将要做的事情写下来，一件一件去完成。

“那么，夏诺，你最遗憾的是什么呢？”许薇薇放下书包，走到白羽身边，将下巴搁在她的肩膀上问。

夏诺仰着头想了想，缓缓地说道：“最遗憾的，大概是没有恋爱过，没有约会过吧……”

“那恋爱吧。”许薇薇语不惊人死不休，“白羽，你陪夏诺约会一天，怎么样？”

“啊？”白羽吓了一跳，“你不是开玩笑吧？”

“没跟你开玩笑。”许薇薇很认真地说道，“像一对普通情侣一样，去约会吧，夏诺。”

夏诺的目光落在白羽脸上，带着温暖的笑意，她一下子妥协了：“好吧，为了朋友的愿望，豁出去了！”

夏诺的病情稳定下来之后，白羽和许薇薇将夏诺从医院偷偷带了出去。许薇薇假装是夏诺躺在床上，而白羽带着夏诺，去1990年的街道上正式约会。

只是，在这个年代，约会要做些什么呢？

白羽一点儿都不知道。

“我们去拍张照吧，白羽。”夏诺指着路边的一家照相馆，看着白羽微笑，“这样印在胶片上，才有实在感不是吗？”

“好。”白羽没有拒绝。事实上，她已经不太明白自己此刻的心情，她是那样紧张、羞涩，就好像真的是他的女朋友，就好像他们很相爱一样。

照相馆里，照相师傅让他们手牵着手并排站立。他的手纤瘦柔软，掌心有汗沁出来。她将头朝他靠了靠，“咔嚓”一声，闪光灯过后，画面定格在了胶片上。

出了照相馆，他们一路走一路逛。一直到天黑，路灯亮起来，白羽才惊觉一天约会已经结束。有种失落浮上心头来，她忽然有些不太愿意松开夏诺的手。

“白羽。”夏诺轻轻喊了她一声。

“嗯？”她稍稍仰头看他，便是这时，他低下头来，轻轻在她额头上印下浅浅的吻。

白羽心中那根弦，“叮”的一声断裂了，某种情感在心里疯长，疯长。

“谢谢你陪我约会。我很开心，陪我的人是你。”夏诺轻轻松开她的手，“上帝一定是听见了我心里的声音，所以将你带到我身边，让我毫无遗憾地离开……”

心越来越沉，白羽忽然不想听夏诺继续说下去。

“你不会离开！”白羽大声说，“我保证你没有死，你还活着，一直到2016年，你都还活着！”

白羽不知道自己为什么会说出那样的话，只是，她不想夏诺就这样安心地想要离开。

此时，夏诺的病房里，许薇薇不可思议地看着白羽：“你说，你是从2016年来的？开什么玩笑！白羽，你就算要骗夏诺，也编个好点的理由啊！”

“没有骗。”白羽低低地说道，“我真的是从2016年来的，我身上穿的那件连身裙，是2016年的最新款。我也是青山高中的学生。我也不知道是怎么回事，趴在图书馆里睡着了，醒过来就到了这里。”

“可是……”许薇薇还是很难接受白羽的说法，毕竟这也太匪夷所思，

“如果真的是这样，那么你应该知道很多将来发生的事情。”

“将来，我们会相遇，只是那时候你们都已经变成大叔和大婶了，毕竟我们之间差了26岁啊。”白羽看了一眼许薇薇说，“我说的都是真的，我们会在26年后相遇。到时候老朋友见面，你们可不许嫉妒我年轻。”

“哈。”许薇薇笑了起来，“那未来的我，到底有没有追到白浩言？”

“我真希望你没有追到他。”白羽眼圈有些热，她伸手捏了捏许薇薇的脸。

许薇薇的眼睛瞬间就亮了起来，她高兴地跳起来：“哈哈，这个时候我期望你真的是来自未来，因为这样的话，就说明我真的追到白浩言了！”

“而你，夏诺……”白羽冲他眨了眨眼睛，“到那时候，和我恋爱吧。”

“好，我一定努力活到和你恋爱。有你在前面等着我，好像我不努力一点儿，就是一种罪过。”夏诺笑着说。

白羽“扑哧”一声笑了出来。这个时候，她听见头顶传来轰隆隆的雷声。她走到窗户边上，外面夕阳西下，倦鸟正归巢。

有种强烈的直觉升腾，白羽忽然转身对着许薇薇和夏诺挥了挥手：“我在未来等你们，一定要活着来见我啊！”

她最终没有告诉许薇薇，在图书馆见到许薇薇的一瞬间，她几乎脱口而出喊“妈妈”。

尽管她对妈妈这两个字的全部认识，都来自于妈妈的照片，但在见到许薇薇的一瞬间，她还是认出来了。26年前的1990年，她的妈妈16岁，也曾在青山高中念书。也是在那一年，她的妈妈遇到了命中注定的那个人，经历七年漫长的恋爱后结婚。在生下白羽的那一天，她的妈妈永远地离开了人间。

她也渴望像别的孩子一样，和妈妈撒撒娇，和妈妈睡一个被窝说悄悄话，拽着妈妈的衣摆走路，走得累了就撒娇让妈妈背着。

是不是上帝听到了她的愿望，所以带她来这里，遇见许薇薇，遇见夏诺呢？

地面骤然消失，她陷入了天与地都不存在的黑暗，在那里她急速下坠，跟着，她猛然坐起来，有些茫然地看着周围的人。

一滴冰冷的水落在她脸上，她这才发现外面下雨了，窗户没有关，雨水打湿了她半边衣裙。

白羽看了看时间，竟然才睡了半个小时而已。

她忽然有些分不清到底此时是梦境，还是刚刚的一切是个梦境。

她低下头，被她压在手臂下的那本书，正翻开在第103页，那一页上，男主角怀着最后诀别的心情低下头，吻了女主角的额头。

那瞬间福至心灵，她将书翻至扉页，这本书的作者，名叫“失诺人”。

“我想和你谈场恋爱。”白羽喃喃地念了一遍，然后又念了一遍，接着，她发了疯一样跑出了图书馆。

外面下着很大很大的雨，她一点儿都不介意。她忽然觉得害怕，睡着的半个小时，只是个梦吗？

她感觉到浑身开始颤抖，一种巨大的恐惧拽住了她的心脏。她没有回寝室，冒着瓢泼大雨，一口气跑去了外婆家。

外婆见她风风火火地跑进来，有些担心地问道：“小羽，怎么了？”

“没事，我只是忘记一样东西。”她飞快地跑上楼，用力推开阁楼的门。

这里很久都没有人来了，门被推开的一瞬间，尘埃四起。

她挪开外面堆着的东西，最终轻轻打开了那个抽屉。

抽屉里，静静地躺着一张卷着的画纸。

尽管时隔26年，纸质早就泛黄变脆，但白羽还是认了出来。

她轻轻展开那幅画，画上少女安静地趴在图书馆的桌子上睡着了，雨丝落进来，打湿了她的裙摆，画上有个落款，落款被虫子蛀掉了一点儿，只留下一个“诺”字。

那瞬间，她的眼泪终于忍不住落了下来，她抱着那幅画号啕大哭起来。

在1990年，她和自己的妈妈约定2016年再见，可她在那后来的第八年就离开了。

在1990年，她喜欢过一个人，她对他说，在2016年会和他谈一场恋爱，哪怕那时候的他是个大她26岁的大叔。可他在离别后的第二年就离开了，只留下那本《我想和你谈场恋爱》，当是最后的告别。

他们都在她还不曾睁眼看见这个世界的时候就离开了，以至于只是简单的一个遇见，都是那样奢侈并且遥不可及。

如果说她讲给他的那个故事，少女坚持十年写作是为了鼓励活着的人，那么夏诺，明明写作文都那么困难的他，写下这本书，是不是只是为了跟她进行一场盛大的道别?

因为他死于1991年，她生于2000年。

第二幕——你原谅那片海了吗

Part Two

上次带你去海边，你说日光倾城，思念满溢。我就在你身边啊，可是亲爱的，你心里在思念着谁？想到曾有个人住在你心上，我的心就隐隐作痛。

清明那场桐花雨，它从记忆的尽头，一路洋洋洒洒开到今朝。
你原谅那片海了吗?
我原谅你了。

<楔子>

顾蕴的来信，混在一堆没用的信函中，被塞进顾桐的信箱里。

信封里其实只有一张照片，照片上，是一个阳光帅气的少年。他的头发理得很短，上面缀着水珠，阳光下熠熠生辉。他有海边居民惯有的小麦色皮肤，眼睛黑亮，笑容灿烂，白白的牙齿，像是深海里的小贝壳一样整洁。

他穿着紧身潜水衣，身后是一片汪洋大海，他的手里握着一只大大的海螺。她盯着照片看了一会儿，翻过背面，只有一行字：第一次成功潜入了海底，这是战利品。

她心里闪过一丝尖锐的痛，像一根针飞快地从心脏表面划过去。

窗外桐花开得正好，风卷着一朵桐花落进窗里来，顾桐站在原地，下意识地回头望向窗外，粉白色的桐花雨一般地落下。

时光在指尖倒退，眼前的桐花，忽地与多年之前的那场桐花雨重合起来。

那场从她出生就不停歇的桐花雨，似乎穿过了年轮，一直下到了现在。

她出生于东海海边的一个小渔村，离大海非常近，村里的人都以打鱼为生。顾桐喜欢大海，一直幻想着像爸爸一样，穿着潜水服下到深海去采集大大的海蚌。可惜爸爸一直不肯让她靠近大海。

她缠着父亲问，什么时候能够去海边！爸爸想了想告诉她，等到妈妈给她生个弟弟，她就可以去海边了。

在顾桐三岁那年，妈妈给她生了个弟弟，这个弟弟就是顾蕴。

但是顾桐讨厌他，讨厌这个胆小鬼弟弟。

和顾桐相反，他害怕大海。小时候带顾蕴去海边玩，海浪从脚背没过，他都要鬼哭狼嚎。

“男子汉竟然害怕大海！没出息。”顾桐十分瞧不起顾蕴。

顾蕴不服气地反驳她：“喜欢大海的怪胎！真搞不懂，那种可怕的地方，有什么好去的？”

“顾蕴，你别忘了，爸爸就是从那么可怕的地方，采集海货养活你的。”顾桐瞪了他一眼，她正在穿潜水服，今天是她十三岁生日，爸爸要带她进行人生中第一次潜海。

“那是因为他是爸爸。”顾蕴不服气地说道，“你一定不行的！”

顾蕴不相信顾桐能够和爸爸一样，然而那天，顾桐真的做到了。

“顾蕴，你看！”十三岁的顾桐站在渔船上，脸上的水珠在阳光下熠熠生辉。她高高举着双手，手里是一只大大的海螺。

她看上去那么快乐，眸光亮得惊人：“第一次潜海的战利品！顾蕴，你这个胆小鬼，你说我到底行不行！”

“了不起啊！”顾蕴嘟哝了一声，但他看向那只大海螺的目光里，却带了一丝羡慕。

“大海，真的那么好吗？”他嘀咕了一声。

顾桐得意地说：“当然了，男子汉的征途，是星辰与大海。”

顾桐觉得顾蕴一定是疯了，因为一向讨厌大海的顾蕴，竟然开始看起了与海洋有关的书籍！而且还开始跟着妈妈一起，上渔船帮忙。

这一年顾桐十六岁，顾蕴十三岁。

放学的时候，顾桐去对面学校找顾蕴一起回家。

走到顾蕴教室门口的时候，她发现顾蕴正有些扭捏地跟一个女生说话。

“我姐是十三岁的时候第一次下海的，我也十三岁了，我也会像姐姐一样下海的。”顾蕴说。

顾桐停下脚步，她一时间以为自己幻听了，一直觉得她是女疯子的顾蕴，难道一直拿她当榜样吗？

“你姐姐真厉害。”那个小女生的眼睛里满是羡慕，“我也好喜欢大海。”

“那个……沈星。”顾蕴耳朵红红的，显然很紧张，“我也很厉害的，我也能下海了，你有想要的东西吗？”

“海螺吧。”名叫沈星的小女孩从笔袋里掏出一只很小的海螺，“我从小喜欢收集海螺，可是沙滩上的海螺都好小。我喜欢大海螺，凑近耳边可以听见海浪声的那种。”

“海螺啊。”顾蕴嘀咕了一声，随后将胸脯拍得很响，“没问题，包在我身上。”

顾桐顿时恍然大悟，怪不得顾蕴忽然发了疯地强迫自己接受大海，难道是因为这个叫沈星的小女生吗？

回家的路上，顾桐一直打量顾蕴：“那个女生真可爱，她是谁啊？”

顾蕴的脸腾一下就红了，他结结巴巴地说：“你……你说谁啊？”

“就是那个喜欢收集海螺的沈星啊。”顾桐打趣他，“喂，我说顾蕴，小小年纪不学好啊！”

“不是，姐。”顾蕴急忙说，“她是我同学，她好可怜的。她都没有朋友，因为她有病，大家不敢靠近她，说是会传染。”

“传染？”顾桐愣了一下，“她得了什么病啊？”

“听说是心脏有问题，不会传染的，我查过好多书，书上都是这么说，可是大家都不相信我。”顾蕴有些沮丧，“她跟姐姐一样，可喜欢大海了，我觉得她太可怜了，我想跟她做朋友。”

“那就采一只最大最美的海螺送给她吧，她一高兴，就会跟你做朋友的。”顾桐笑着说。

3

顾蕴央求她别告诉爸妈自己想潜水的原因，顾桐看在他十分有诚意地贡献上自己当月零花钱的面子上，假装自己什么都不知道。

然而三年后，顾桐却十分后悔，如果那时候没有心软妥协，没有替他隐瞒，是不是就不会发生那样的事情了？

三年后，顾桐十九岁，念高三，顾蕴十六岁，念初三。

听到有关于与顾蕴和沈星的传闻，正是高三第一次模拟考试刚刚结束。她的死党冲进教室里，一脸八卦表情地看着顾蕴，她说：“顾桐，你弟弟可以啊，品学兼优的好学生，竟然还偷偷恋爱啊！”

“你说什么？”顾桐顿时就震惊了，“这不可能吧！”

“不是吧，你竟然不知道？”死党一脸不可思议地看着她，“就是初中部的那个病美人沈星啊。”

顾桐只觉得脑袋里“轰隆隆”地响起一道闷雷。

她用最快的速度冲进初中部，然后将正在座位上做习题的顾蕴拽出了教室。

“姐？”顾蕴不解地看着顾桐，“你发什么疯啊？我马上就要上课了。”

“这句话该我来问你！”顾桐稍稍仰头看着顾蕴，十六岁的顾蕴已经比她高出了大半个头，“顾蕴，你给我老实交代，你是不是和沈星在谈恋爱！”

顾蕴眉心皱了起来，他质问顾桐：“你听谁说的？”

“你就回答我是不是！”顾桐怒极反笑，“顾蕴，你可以啊，你的丰功伟绩都传到高中部去了，你知道不？”

“姐，我们没有，我和沈星只是好朋友。你别听那些人胡说。”顾蕴淡淡地说道。

“你还说谎！”顾桐却不听顾蕴的解释，“大家都在传，难道所有人都误会了吗？爸爸那么辛苦地赚钱给你交学费，是为了让你在学校好好念书，不是让你来跟人谈恋爱的！”

“姐，我跟沈星……”顾蕴急忙想要解释。

“你给我闭嘴，以后你给我离沈星远一点儿！”顾桐打断他的话，她在气头上，根本不想听他解释。

“姐。”顾蕴低低喊了她一声，他声音十分坚定，他说，“我没有做错，沈星身体不好，我只是多照顾了她一点儿。这一次，我不会听你的！”

顾桐怒气冲冲地跑回家，她说不通固执得像头牛一样的顾蕴，她唯一能做的就是去告诉爸爸妈妈，让他们来阻止顾蕴做傻事。

然而她才到家，还没有进门，就听到爸爸的咳嗽声。

常年的深海劳作，冰冷的海水冻伤了他的肺，这两年，他咳嗽得越来越厉害。

前段时间，她陪爸爸去看医生，医生提议爸爸减少潜水次数，最好是不要再做这样的工作了，可爸爸拍着胸脯表示自己没事。

她知道，爸爸是为了替她和顾蕴攒学费。他最希望的事是顾桐和顾蕴可以像候鸟一样飞离这里，去更大更美丽的城市，看看比海洋更美丽的风景。

所以她才那样生气！

她在门口站了很久很久，最终没有踏进家门，她像是没有回来过一样，悄无声息地又回到了学校，她不想让爸爸再费心神了。

顾蕴的事情，她一定要自己处理好。

她再一次去找了顾蕴，顾蕴一脸不耐烦地看着她：“你为什么就是不肯相信我呢？我说了，我和沈星之间，不是你想的那样。我们没有交往，又哪来的分手？”

“这是你的成绩单。”顾桐面无表情地将成绩单递给顾蕴，“你的成绩下滑了你知道吗？你说你和沈星之间没什么，那么这个分数怎么解释？你这个分数，根本上不了好高中，你打算混个初中文凭就回家？你回家又能做什么？像你这样……”

“我知道自己在做什么。”顾蕴辩驳道，“姐，你管好你自己吧，还有半年就要高考，你不是应该更努力吗？哪来这么多闲工夫来管我！爸妈都没管我，你凭什么管我？”

顾桐顿时怒了，她吼道：“就凭我是你姐！你不和她说，我亲自去和她说！”

“你要做什么？”看着这样的顾桐，顾蕴心中隐隐浮上一丝不安，“你不会又要告状吧，从小到大，你没少在爸妈面前告我的状！”

“我没你那么幼稚。”顾桐说着，转身往前走，顾蕴看着她离开，心里始终不安，不过他猜不出顾桐的心思，只好自己回了教室。

顾桐没有离开，她去了沈星所在的教室，她让人把沈星叫出来，然后在寒风萧瑟的校园里，告诉了她一个秘密。

顾蕴是在学期末的最后一天，怒气冲冲地冲进顾桐的教室的。

他手里抓着一只美丽的海螺，喘着气看着顾桐，他说：“你为什么，为什么要这么做！”

他说着，狠狠将海螺摔在地上，海螺被摔坏了，破碎的壳儿四处飞溅，教室里死一般的安静，所有人的视线都集中在顾桐和顾蕴的身上。

碎裂的海螺静静躺在地上，与这只海螺一起碎掉的，大概还有一些别的东西吧。

顾桐蹲下身，将坏掉的海螺捡起来，这只海螺，是她十三岁那年，第一次潜入深海采到的，她一直将它当成宝贝。

“顾桐，你这么做，太卑鄙了！沈星要和我绝交，她说以后都不会再跟我说一句话了！顾桐，我讨厌你！”顾蕴吼完她，转身就跑出了教室。

就像他来的时候一样，去得那么匆忙。

“你没事吧？”死党将她从地上拉起来，“你弟弟……”

“我没事，别管他，他有病。”顾桐冷冷地说道。

她紧紧地抓着那只海螺，抓得那么紧，以至于掌心都被海螺破裂的锋口割破了。

她知道顾蕴一定会来找她，因为沈星肯定会跟他分手的。

三年前，她初三，顾蕴小学六年级，在国庆放假前，他承诺送给沈星他亲手采集的、来自于深海的美丽海螺。

那后来，顾蕴当然也努力尝试下海，可他失败了，甚至一直到现在，他还是没有办法潜入深海，那时候，他承诺送给沈星的那只海螺，是她十三岁那年从海底采上来的那一枚。

他和沈星的感情，开始于那只由谎言堆砌起来的海螺，像万里江堤毁于蚁穴一样，他们之间的美好，始终深藏着难以启齿的秘密。甚至顾蕴在沈星面前，一直塑造着自己可以潜入深海自由穿行的形象。

因为沈星热爱深海，他就让自己变成了她喜欢的样子。

她那天告诉沈星的，就是那只海螺的秘密。

顾桐反复对自己说，她没有错，她只是不让顾蕴在人生的转折点上走向歧路，她只是不想爸爸的辛劳付出被这样辜负。她不相信顾蕴的说法，而且如果顾蕴和沈星之间真的什么都没有的话，沈星为什么会在她告诉她海螺的秘密之后，选择和顾蕴绝交呢？

学期末的测试成绩很快下来了，顾桐的分数不错，排进年级前十，然而顾蕴的分数，却变成了年级倒数。

他像是故意跟顾桐置气，她要他怎样，他偏不。

那个小时候总是跟在她屁股后面跑的小不点，终于变成了如今见了面也不想与她说话的样子。

寒假还是来了。

“爸，这么冷的天，别出去了。”顾桐喊住想出海的爸爸，“等天暖和点，再下海吧。”

“爸爸没事，今天只捞两次就回来。”爸爸对着顾桐笑了笑，他看了在一边削贝壳的顾蕴，无声地叹了一口气，他说，“你在家温书吧，还有一学期就高考了。”

“我去吧！”顾桐抓住爸爸的手臂，她心里很焦躁，她觉得自己没有错，可是为什么顾蕴故意考倒数，她不知道，她想不明白。

或许下到深海，去到她最喜欢的地方，能够让她安静下来，让她想明白吧。

“让我去吧，爸。”顾桐又说了一次，“你在船上拉绳子，我去捞。”

“可是……”爸爸并不想让顾桐这么做。

“就让她去吧。”在一边削贝壳的顾蕴忽然说，“她那么喜欢深海，那么喜欢海底，就让她去吧。我也会去帮忙的。”

顾桐愣住了，她有些不明白顾蕴为什么会说出这样的话，因为放寒假以来，他们都没说过一句话。

“我去帮你拿潜水衣。”顾蕴说着，丢掉贝壳走进屋里。

顾蕴回来得很快，他手里抱着她的潜水衣，爸爸裹上一件厚外套，去岸堤上整理渔船。顾桐从顾蕴的手里接过潜水衣，顾蕴的手缩进衣袖里，缩着脖子跟在她身后，一言不发。

回想起来，假如那天她没有因为舍不得爸爸潜海，是不是就不会发生那样的事情。

然而时光无法倒退，她阻止不了即将发生的悲剧。

她穿上潜水衣上了渔船，顾蕴坐在船舱里，爸爸在外面掌控方向。

“五分钟就拉你上来。”爸爸说着，冲她比了一个胜利的手势，“加油！小桐，去你最喜欢的大海吧。”

“好！”她无声的，隔着氧气罩说。

她“扑通”一声跳入海水中，下坠、不断地下坠……跟着，她感觉到了一丝不对劲。

她实在太冷了，那种深入骨髓的冷，并且她发现海水透过了潜水衣透了进来，她心中浮上一层恐惧，海水越来越多地灌进衣服里，她用力扯着绳子试图让绳子另一端的人觉察到她的处境。

时间好像被无限拉长，她不知道她在海水里挣扎了多久，只有那种最原始的恐惧深深攫住她的灵魂，她战栗到极点。就在她以为快要撑不住的时候，她看见一个黑点朝她涌来。

跟着她看到了爸爸的脸，他没有穿潜水衣，没有戴氧气瓶，他就这么潜了下来，他抓住了她的手，用力将她往上拽。

当她的脑袋浮出水面的瞬间，她看到爸爸的脸色蓦地一僵，跟着前一秒还紧紧抓着她手臂的那只手，忽然松了，她看着他像一块被丢入水中的硬币一样，缓缓往下沉。

足足有三秒钟她才回过神来，她一把扯掉氧气罩，她伸手想去抓住爸爸的手，她喊：“顾蕴，快救爸爸！快救爸爸！”

她喊得嗓子都沙哑了，她奋力地往下游，她那么那么努力地想要抓住爸爸的手，可没用，她什么都没能做到。

她挚爱的大海，就在她面前，吞噬了她最爱的那个人。

她惧怕大海，她讨厌大海，她憎恨顾蕴。

他为什么不救爸爸？要是那时候，在爸爸往下坠的一瞬间，顾蕴就抓住他的手，也许爸爸就可以被救活了。

那天是过路的渔船将爸爸救起来的，虽然很快送到医院，医生也将他救醒，可他原本身体就糟糕透了，加上肺里灌进去不少海水，因此便一病不起。

爸爸是在来年的五月份离开的，那天是她的生日，他努力撑到了她的生日。

爸爸葬礼那天，顾桐不肯让顾蕴给爸爸戴孝，她扯烂了他的白衣衫，歇斯底里地吼道：“顾蕴，你滚！你给我滚！”

顾蕴像是忽然就长大了，他倔强地不肯离开，他跪在爸爸的墓碑前，任凭顾桐怎么拉都不肯走。

“海水有那么可怕吗？爸爸就在你面前滑进水里，你为什么不救他！”她大声说着，眼泪怎么也停不下来。她松开他的衣领，无助地蹲下身，“我又为什么没能救他……”

她说着缓缓站了起来，往后退了好几步：“我为什么没有能救他！对，不是你的错，是我的错，应该滚的人是我才对。”

她说完，转身就跑，那急促的脚步声终于找回了顾蕴的神智。他飞快地站起来，追着顾桐，是在岸堤边上的桐树下追到顾桐的，他用力拽住顾桐的手臂。

从爸爸去世到现在，一滴眼泪都没有流过的顾蕴，早已经泪流满面，他颤抖着开了口，带着哭腔的声音传进顾桐耳朵里：“对不起，姐……对不起……”

“你对不起的不是我，是爸爸。”顾桐偏过头去，不看他哭泣的脸。

他扑通一声双膝跪在了地上，他哭着说，“我不知道爸得了肺癌，我不知道……”

“你知道什么！”顾桐无力地说，“你只知道挥霍爸爸辛苦赚来的钱，你都不知道珍惜！顾桐你记着，我不会原谅你，就像不会原谅那片海。”

8

她无数次被噩梦惊醒，海水倒灌进来，她张着口鼻，身体被海水填满。

醒来的时候，是满身大汗。

五年过去了，她已经从大学毕业，已经在这座内陆城市开始自己新的生活，可是她的灵魂，却仍旧被困在五年前的那片深海中。

她是在爸爸的葬礼过后，背着行囊离开那个小渔村的。她带走的，还有一张录取通知单。

那时节桐花还未谢尽，妈妈送她去车站，叮嘱她在外面要小心，她用力抱了妈妈一下，然后转身踏上长途客车。车辆缓缓开动，听边上的人说：“咦，那个人是要上车吗？”

“车满了，追也坐不上。”司机哼着歌说。

顾桐鬼使神差地扭头朝窗外看去，追着车跑得大汗淋漓的人，是顾蕴，他嘴里大喊着什么，可是她听不见，他踩着桐花奋力地追，最终他的身影变成一个小黑点，然后彻底消失在了桐花的尽头。

是否在那时候就决定再也不回去了呢？顾桐不知道，她只是忽然发现，这么些年过去了，她变得越来越没有勇气回到那个小渔村。

大学的学费是她半工半读赚取的，她偶尔给妈妈寄信告知她自己很好。

她没有过问顾蕴的事情，倒是从一年前开始，他循着她的寄信地址给她写信，她大多不会看，全都塞进垃圾桶，因为顾蕴这两个字，会让她想起那片可怕的大海。

拆开那封装有顾蕴照片的信，纯粹是一时心血来潮，但在看到他穿着潜水服的一瞬间，她的心脏无法控制的，轻轻抽动了一下。

那是来自于灵魂深处的颤动，那片她挚爱的大海，就在远方。

在五月的最后一天，她收拾了小小的背包，打算出游。她才收拾好东西，门铃声就响了起来，她寻思着是不是物业或者送快递的，打开门她就怔住了。

站在门外的，是穿着白衬衫黑色西装裤的顾蕴。

顾桐从未想过这辈子还会再见到他，她以为顾蕴应该也是这样的想法。

“姐。”好久，他才开口喊她。

“姐。”他又喊了一声。

“你……”顾桐不解地看着他，不明白他为何出现在这里。

他手里抓着一只信封，他有些不好意思地笑了笑：“我根据信封上的地址找到这里的。”

顾桐沉默了一下，侧身让开：“进来吧。”

无论多深的隔阂，似乎都能被时间化解。顾桐以为自己会憎恨顾蕴一辈子，可是现在他人就在眼前，她却发现自己并没有那么恨他，甚至从心底还涌上一丝思念。

这大概是血缘的力量吧，他是她的弟弟，她看着他出生，不管曾经发生过什么，都无法更改这一点。

“姐，你还好吗？”如今的顾蕴，已经不是当年冒冒失失，别扭倔强的小少年，他已经长成了一个稳重的男人。

“我很好，妈好吗？”顾桐倒了杯水放在他面前，“你……也还好吗？”

顾蕴眼圈蓦地一热，他急忙低下头去，一时间，时间似乎又回到了曾经，他是做错事的小孩，被人抓了个正着，手足无措。

“姐，我没考上高中，我去念了五年专科，念的是海洋渔业，已经毕业了。”他轻声说，“我很好，妈也很好。”

顾桐转身从抽屉里拿出那只信封，她将那张照片放在桌子上，笑着说：“已经，可以下海了啊。”

“嗯。”他应了一声，“已经……可以下海了。”

“还记得小时候，你最怕大海了。”顾桐一时间有些唏嘘，像曾经她那样热爱着大海，现在却害怕那个地方，顾蕴有深海恐惧症，如今却从事着曾经最不可能从事的职业。

“姐。”他从口袋里翻出一只海螺，他将海螺放在桌子上，“我找了很多海螺，这一只与那只最像，对不起，那时我真混账。”

“那时我也不对，如果不采用那样的手段心平气和的跟你说，也许就不会那样了。”这是顾桐最近想起来，觉得很后悔的一件事情。那时候的顾蕴，不过是个倔强的少年，越不让他做的事情，他越会反抗。

“不是的，姐，那天你穿的潜水服，其实是我故意划破的。”他终于鼓起勇气，说出埋在心里，最最害怕面对的事情，“那时候我生气，你夺走了我最喜欢的东西，那我也要夺走你喜欢的。”

“对不起，我没有想那么多，我只是想让你感到害怕，我发誓我没有想到会那样，我当时吓到了，我只是想恶作剧一下，我吓得脑袋都一片空白，我看着爸在我面前沉下去，我害怕得手足发抖，我什么都做不了。”他说到这里，伸手抹了一把脸，“姐，是我害死爸的，是我害死他的。”

顾桐呆呆地看着他，脑中闪过很多很多事情，桐花雨中，是爸爸的笑，是小时候的顾蕴，是那时候幸福的他们。

“不是的。”好久好久，她缓缓开口说，“顾蕴，不是那样的。”

“其实是我自己，是我自己的错。”她说着，伸出双手捂住自己的脸，她蹲下身，眼泪在这刹那，猝不及防地砸落。

其实那天，她发现了顾蕴划破她的潜水衣，她以为顾蕴故意要她死，她在气头上，她想她就死在他面前，让他背着罪恶感过一辈子。

于是她什么都没说，假装那个裂口不存在，她潜入了深海，当海水灌进潜水衣的时候她才清醒过来，她害怕极了。她也知道那道裂缝，并不会要了她的命，她只是乱了阵脚。

她没想到爸爸会来救她，没想到爸爸会为了救她病情加重。

这么多年来，与其说她憎恨着顾蕴，恐惧着大海，不如说她无法原谅她自己。

要是那时候她没有赌气就好了，她总是这样，像顾蕴和沈星交往，她好好劝说，而不是像个家长一样教训他就好了。

“姐，我和沈星要结婚了。”顾蕴的声音穿过她纷乱的思绪，轻轻传进她的耳中来，“但是姐，也许你到现在还不相信，初三那年我和沈星真的没有在一起。她那时候跟我绝交，只是想和我保持距离，这样大家就不会误会我早恋了。我们是最近才在一起的，我用这颗海螺跟她求婚，她答应了。她让我将这颗海螺送给你。姐，妈想你，我也……很想你。”

“姐，回家吧。”顾蕴缓缓说着，他弯着腰，伸出一只手递在她面前，“从小到大，你都比我勇敢，比我优秀。如果愿意原谅我，原谅那片海洋，就回家看看吧。”

顾桐怔怔地望着顾蕴，在她看不到的五年中，他长大了，像个男子汉一样，长大了。

她轻轻抬起手，忽然轻轻地笑了起来。

顾蕴握住了她的手，将她从地上拉起来，小时候是她牵着他的手，带着害怕大海的他从海边回家。

现在，就让他牵着她的手，带着害怕过去的她，回家吧。

这个小渔村，似乎被时光遗忘了。

她走之前的样子，与现在，并无差别。五月天，桐花从树上洋洋洒洒地飘落。

她走到家门口，推开家门，她看见妈妈和沈星正在包饺子，看到她的时候，沈星冲她笑了。

“姐，欢迎回家，还有，”她顿了顿，偏头看了站在她身后的顾蕴一眼，两个人同时对她说，“生日快乐。”

吃过午饭，她换上潜水衣，站在渔船上，她深吸了好几口气，压下狂跳的心脏。

是惧怕，还是兴奋，她不知道。

但她思念这片海。

她张开双臂，时隔五年，再次跳入这片海洋。

海水温柔地抚摸着她，下坠，下坠，不断下坠。

她看见在深海里，静静躺着一只大大的海蚌。

“你原谅这片海了吗？”

“我原谅你了。”

第三幕——致爱丽丝

Part Three

你说你爱眼睛大大的少女和温柔深情的少年，你说你喜欢那奋不顾身的爱情，还说你想有个人，和你一起去那星辰大海。于是我把你的心愿，化成音符，唱了一首美丽的歌给你听。

① **爱丽丝计划**

那个人藏在阴影里，戴着黑色的大兜帽，双手紧紧握着一把硕大的镰刀，锁链从把手处连到腰上。他是坐着的，玉盘大的月亮从侧面落下来，可以看得很清楚，他坐在一张古旧的轮椅上。轮椅上有奇怪的六芒星图案，在月色下泛着诡异的紫光。

歌薇错愕地愣在那里，还没有回过神来。

刚刚对手的木刀已经砍到了她面前，离她只差毫厘，可就在那瞬间，一把硕大的镰刀横空扫了出来，将她的对手横扫出去后，镰刀带着火辣辣的劲风从她头顶又撤了回去。

她就是跟着那把镰刀才发现躲在阴影里的那个人的。

“你是谁？”过了好一会儿，歌薇才找回自己的声音。

“我是谁不重要。”那人开口了，声音里有种诡异的苍老感，但他本身的音色又非常年轻。

歌薇下意识地打了一个寒战，觉得这人应该不属于路见不平拔刀相助的类型。

“那谢谢你了。”歌薇走到一边将书包重新背好，转身就要走。

那个人又说话了：“难道你不看看，你的对手是什么样的吗？”

“肯定是非常无聊的人。”

外婆还在等她回家吃饭，她已经浪费一个多小时了。

她拔腿才朝前走了一步，“哐当”一阵巨响，那把巨大的镰刀就插在了她的面前。

歌薇嘴角抽了抽：“好吧，看就看吧。”

本质上来说，歌薇是个很有原则的人，说一不二，但是在遇到特殊情况时，这种原则还是可以稍微变动下的。

歌薇转身朝着倒在她前面十米远的少年走过去。歌薇蹲下身，一手掰过那人身子，接着就吓得坐到了地上："海绵？"

今天月色非常好，可以很清晰地看到，眼前的少年哪里是什么少年，那分明是一团破破烂烂的海绵，上面密密麻麻缠着很多细线。

她顺着线的方向看过去，那些线全部聚拢在轮椅上那个人的右手里。

"是你！"

敢情从头到尾，她的对手就是那个镰刀少年。

"你竟然操纵傀儡跟我打？你到底是谁？我似乎不认识你。"

"霍恩兹魔法学校操作系第一名的歌薇，我可认识你。"轮椅缓缓地朝歌薇靠近。从阴影里出来的一瞬间，歌薇看清楚了，其实他轮椅后面还站着一个人，不，确切地说，是一个傀儡。傀儡美少年推着轮椅，一直走到歌薇面前才停下来。

"幸会，你可以叫我莱恩。"他说话间，一手将兜帽翻下，歌薇就看清了他的模样。那是一张很苍白的脸，常年躲在太阳背面大约就是那样的肤色。他有一头非常漂亮的银发，只是眼神非常苍老。

"你来找我做什么？"歌薇防备地往后退了一些，开门见山地问。

莱恩沉默了一会儿才缓缓开口："实施爱丽丝计划。"

② 寻找爱丽丝

"爱丽丝计划？"歌薇困惑地看着莱恩，不明白那是个什么东西。

"经过刚刚一个多小时的测试，你合格了。"莱恩淡淡地说道，"现在，请跟我走。"

歌薇呆了呆，问："合格？刚刚一个多小时的追杀，是测试？"

莱恩点点头："没错，测试你是否合格。"

"那要是不合格呢？"歌薇下意识地将视线投向了身边的小路，寻找时机开溜。她有种直觉，跟着这个莱恩走，一定没有什么好事。

"不合格，我镰刀砍下去的人，就是你。"莱恩面无表情地说着，命令道，"现在，跟我走。"

"你让我跟你走就跟你走，这怎么可能？"歌薇说完，侧过身子就错开了轮椅向面前深黑悠长的小巷跑去。

这个人很恐怖，要是不合格居然就直接砍死！人和傀儡可不一样，傀儡坏了可以重新做一个，但人要是被砍了，就见不到明天的太阳了！

"主人，她跑了。"推着轮椅的傀儡美少年机械地说道，"请指示。"

莱恩重新将兜帽戴在头上，将镰刀平放在膝盖上，忽然叹息了一声："唉，真是个不听话的姑娘。"他抬头看了看那轮硕大的圆月，像是有些遗憾，然后掏出手机拨通一个号码，"告诉L，启动C计划寻找爱丽丝。"

歌薇回头看了又看，很好，月光清明，那个奇怪的莱恩和傀儡少年没有跟过来。

回到家，外婆已经做好了晚饭，正坐在躺椅上织围巾，红色的毛线在外婆手里灵活地跳跃。

"我回来了，外婆。今天老师有点事情，让我留了一会儿，所以晚了。"歌薇跟外婆解释。

"嗯，回来就好，吃晚饭吧，做的全是你爱吃的。"外婆放下手头的针线，摘下眼镜走到饭桌边。歌薇凑过去瞧，果然全是她爱吃的。

吃完了饭，歌薇负责洗碗筷。收拾完了，歌薇躺在床上，几乎是头一沾枕头就睡着了。梦里，她隐约听到外婆进她房间的脚步声，好像还跟她说了什么话，只是她真的太困了，以为那只是个梦。

歌薇是在一阵猛烈碰撞中醒过来的，睁开眼看到的是竟然是莱恩。他已经换下了那一身斗篷衣衫，但依旧坐在轮椅上。

看到她睁眼，莱恩对她笑了笑，说道："我们又见面了。"

歌薇连忙坐起来，手按在床侧，却按在另一样东西上。她低头一瞧，竟然是一条红色的围巾。

"外婆……你怎么找到我的？我怎么会在这里？我外婆呢？"

莱恩不回答她。歌薇急了，直接从床上爬起来走到窗户前，窗户外是白茫茫一片，飞机已经穿过云海，不知道飞到什么地方了。

"见到L，他会亲自告诉你的。"莱恩不多说，傀儡美少年推着轮椅出了机舱。

"L？喂，你别走啊！你还没跟我说清楚什么爱丽丝计划，这怎么又来个L？"

当然是没人回答她的。

歌薇看着手里的围巾："原来昨天晚上，外婆真的来过我房间？难道那一切都不是梦，外婆其实……是在和我道别吗？"

③为了爱丽丝

飞机缓缓落地，引起巨大的震动。

歌薇将围巾圈在脖子上，才走到机舱口就看到飞机周围十米远，全都密密麻麻地站满了人，估计是怕她逃跑。

她站在台阶上，发现台阶下面站着一个人。那个人看着她微笑，伸手在半空做出"请"的姿势。和莱恩不同，他看上去无法判断年龄，但看表情似乎非常年轻。

歌薇顺着台阶走下去，并没有牵住那人扬在半空的手。

“我把她带来了，L。”莱恩面无表情地看着L。

原来这个人就是L？歌薇一下子窜到L身后，抬手押住L的手臂，另一只手已经卡住了L的脖子：“说，你到底想做什么？我外婆在哪里？”

“爱丽丝……”L的声音带着几分笑意，听上去是个非常温柔的人，他缓缓转过头看着歌薇，不顾她的手死死地掐着他的喉咙，“欢迎回家。”

“呃？”歌薇诧异地看着L。她这一惊，L就像一尾灵动的鱼一样摆脱了她的桎梏，同时莱恩的镰刀已经架在了她的脖子上。

“真是个不听话的姑娘啊。”L保持着微笑的表情，甚至没有一丝一毫的动怒，“带她回基地。”

“你们到底要做什么！”歌薇愤怒了。可是没办法，镰刀架在她脖子上，要敢稍微异动，她毫不怀疑那个冷酷的莱恩会要了她的命。

跟着这些人走到所谓的基地，才一抬头歌薇就被吓到了。这个地方非常大，她无法看到屋顶在什么地方，只有一盏一盏巨大的灯将这里照得宛如白昼。他们押着她一直走到一间四壁都是电子墙的房间里。莱恩没有进来，L将门关上，走到房间里唯一的一张椅子上坐下。

“现在可以告诉我了？”歌薇没好气地问道。

L打了一个响指，顿时四壁电子墙亮了起来。一面放映的是她的房间，里面有个姑娘和她长得一模一样，正睡得很甜。另一侧墙壁是学校的投影，其他的地方，甚至整个青檀市一草一木全部都可以看到。

歌薇倒吸了一口凉气：“你们到底是什么人？”

歌薇盯着电子墙，忽然“砰”的一声，从她家里的房间里爆裂出一道非常耀眼的光，接着那光迅速覆盖了整个青檀市。在歌薇目瞪口呆之中，所有的东西都开始呈现尘埃的姿势，满屏幕都是支离破碎的景象。

等到一切都沉寂下来，青檀市已经不见了，满地都是浮沙。

“这是什么啊？”歌薇看着电子墙，浑身颤抖，“刚刚……是什么啊？你对青檀市做了什么？”

L不以为意地笑了笑：“没什么，我只是摧毁了一个不必要存在的基地罢了。”

“基地？”歌薇错愕地看着L，“可是那里还有很多人，还有大家，他们……”

“没有必要存在的生命体，予以摧毁。”L的声音还是很温柔，可这么温柔的声音明明在说着一件可怕至极的事情，“爱丽丝，这一切都是为了你。”

歌薇摇着头向后退：“不，不是这样的，我不是爱丽丝，我是歌薇。”

“不是了。”L微笑着站起来，再次打了一个响指。

电子墙上忽然出现了很多剪影，歌薇看清楚了，那是分布在不同的城市，长得跟她很像的女孩们，她们的一举一动都在屏幕上呈现出来。

“从现在开始，你不是歌薇，你是爱丽丝。”

④爱丽丝不哭

“那些……是什么？”歌薇抬手指着电子墙壁。虽然生活的城市不一样，所在的家庭不一样，但那些女孩的模样都和她有五六分像。

“那些是失败的爱丽丝。”L关上电子墙，所有的画面都变成了她的笑脸，“只有你，只有你是成功的一个。”

歌薇觉得有些喘不过气来，本能地想从这里逃出去。她有种直觉，会有很不好的事情发生。

“什么意思？”

L走到她面前，抬起手触碰她的脸颊，每一寸每一寸地摸过去：“太完美了……爱丽丝，你不要让我失望。”

歌薇正想说什么，忽然脚下一空，整个人朝下坠去，一直落到一个四壁都是白墙的房间，然后头顶的墙壁轰然合起来。

房间里有两个人，莱恩和他的傀儡少年坐在角落里，静静地看着歌薇。

“你是唯一一个可以进入这个房间的爱丽丝。”莱恩忽然笑了一下，原本死气沉沉的脸忽然变得很鲜活。

歌薇贴着墙壁站着。她忽然想起一个问题：“刚刚L跟我说，我是成功的一个，我想知道，那些所谓失败的爱丽丝会怎样？”

“砰——”莱恩忽然发出这样的声音，看着歌薇的脸缓缓说，“然后像青檀一样，成为沙漠。”

歌薇的脸色瞬间变得煞白：“告诉我，这是玩笑！请告诉我，刚刚我看到的全都是你们做出来的特效！告诉我，那都不是真的！”

莱恩静静地看着歌薇：“抱歉，我不能骗你，因为为了你，L几乎已经覆灭了整个世界。他用每一个城市，培育出很多很多个爱丽丝，只有你成功了，其他的爱丽丝都不完美。对于不完美的东西，L是不可能留着的。每个爱丽丝家里，地下一百米深的地方都埋了足以覆灭城市的核弹，控制这些核弹的按钮，就在他的手里。”

要是昨天莱恩和她说这些话，她是不相信的，可是经历了之前这些，歌薇已经不会去质疑莱恩的话了。歌薇走到莱恩身前，缓缓蹲下身，仰头看着莱恩：“你告诉我，这里是什么地方？”

“这里是离地表一千米的地下，你要有心理准备，你不可能回到地表上去了。”

“告诉我，L还没按下那些按钮，告诉我，还可以挽回。”歌薇紧紧抓着莱恩的手臂，“莱恩，告诉我，L给我看的都是没发生的，都是假的。”

莱恩静静地看着歌薇，眼神一如既往的沉寂苍老。

过了好一会儿，他才说道："是，刚刚L给你看的，是模拟爆炸，L确实还没有按下爆破按钮，你外婆还活着。但总有一天，L会按下那个按钮，将所有城市都摧毁。"

"他怎么可能做到这一步？"歌薇不相信，"L不是正常人对不对？"

听到莱恩说外婆还活着，歌薇的心已经放下了一些，听到他说"但是"，她的心又提了起来。

莱恩缓缓说："你错了，L不是不正常，而是，他根本不是人类。他是控制世界电脑的中枢处理器，他只是一个拥有人类情感的电脑而已。他可以在一瞬间劫持银行、机场，甚至核电站，只要他想，他可以轻易将整个地球都摧毁。"

⑤ 成为爱丽丝

歌薇抱着膝盖坐在床上。

这里所有东西都是白色的，白色的墙壁，白色的床，白色的被褥，白色的衣服，而她的红色围巾被莱恩收走了，这里似乎不允许出现除了白色之外的颜色。她怀疑在这里待久了，她的眼睛都会瞎掉。

她已经在这个房间待了一个月了，这一个月之中，她没有见到L，甚至莱恩和那个傀儡少年也没有。

这里非常安静，安静到歌薇怀疑这里根本就没有人。

她觉得自己必须想想办法，阻止L按下摧毁青檀市的按钮。

她找遍了整个房间，可惜找不到任何东西可以当武器。

莱恩是下午的时候出现的。他没有带着他的傀儡少年，一个人转动轮椅打开了房间的大门。

歌薇几乎是下意识地闭上眼睛，她知道，要是现在看到其他颜色，她很容易眼花。

“L想见你。”莱恩的声音一如往常的冷漠。

歌薇慢慢睁开眼睛，努力想要适应除了白色之外的颜色，只是眼睛依旧有些胀痛。歌薇勉强看到，莱恩转动轮椅背对着歌薇。歌薇知道，他是在等她向前走。

她走到莱恩的轮椅边上，一手搭在轮椅上，微微闭上眼睛跟着轮椅向前走：“告诉我，L想做什么。”

“让你成为爱丽丝……”莱恩淡淡地说，“真正的爱丽丝。”

“真正的爱丽丝？”歌薇无法理解，“可是这怎么可能呢？我是歌薇，怎么可能成为另一个人？”

轮椅停了下来。歌薇睁开眼睛，发现他们走在一个悠长的走廊里，四壁都是白色的。

“你知道L为什么要将你关在那个房间里吗？他是为了让你适应那种光，好在他按下爆炸按钮的时候，不被白光刺瞎。”

歌薇倒吸了一口气：“你的意思是，L还是会让青檀市爆炸？”

“对，一旦他发现你无法成为爱丽丝，他的主程序就会启动那枚核弹，那天你在电子墙上看到的一切就会成为现实。”

“那要是我可以成为爱丽丝，是不是青檀市就可以免遭厄运？”歌薇急忙问。

莱恩笑了一下：“不，一旦L判定你成了爱丽丝，他会带你离开这个星球，然后，劫持全球核武器、核电站，发出爆破指令，整个地球都会发生爆炸。而你会被他带到其他星球，作为爱丽丝活下去。”

“怎么会这样？L怎么可以这么做？”歌薇脸上煞白一片，也就是说，如果她无法成为爱丽丝，那么青檀市就会被摧毁，而她成了爱丽丝，整个地球就将不再存在。

“你错了。”莱恩叹息道，“一个电脑，拥有人类情感的电脑，他全部的情感来源都源自于给他下达指令的人类。L的缔造者在他最原始的数据里就已经留下了这个决定，他不过是执行而已。”

“缔造者？”歌薇错愕地看着莱恩，“对啊，既然是电脑，那么就一定有他的创造者！创造L的人是谁？”

“已经死了，或者说，L就是他自己的缔造者。”莱恩转头看着歌薇，“你明白吗？那个人将全部的情绪都化成了一堆数据，那些数据成为最原始的种子，所以从某种意义上来说，那个人还活着。”

“可事实上是那个人死了。”歌薇若有所思地看着莱恩，“那个人做了这么多，到底想做什么呢？不惜毁灭这个星球，只是为了一个爱丽丝？”

“是啊。”莱恩蓦地笑了，“因为在L心里，他所认知的全世界，只有一个爱丽丝，他的处理器里所有的任务指令都是以这一点为前提的。”

“真正的爱丽丝在哪里？”歌薇忽然想起这个问题，“到底爱丽丝和L是什么关系？”

莱恩沉默了一会儿，像是在考虑要不要告诉她，好一会儿才开口：“爱丽丝是L最爱的人，爱丽丝和L，其实是一对恋人。”

⑥ 爱丽丝在哭

歌薇想了很多话，包括见到L自己要说什么，但是真正站在L面前的时候，她一句话都说不出来。因为歌薇看到L的时候，L正趴在一块透明的玻璃墙上，而墙壁里面有个女孩双手环在胸前。女孩有一头海藻一样浓密修长的头发，微微闭着眼睛好像只是睡着了，但是歌薇知道，这个女孩永远无法醒来了。

“这就是真正的爱丽丝。”莱恩压低嗓音跟歌薇讲，“十七年前，L在将爱丽丝的脑部情感转换成数据的时候，因为电流忽然增强，爱丽丝出了意外而死。L决定启动爱丽丝计划，将爱丽丝的基因细胞分别放入一千个胚胎中，然后慢慢等待这些女孩长大。”

“我就是其中之一？”歌薇忽地笑了，怪不得她从没有见过自己的爸爸妈妈。

“爱丽丝，我会将种子注入新的爱丽丝头脑中，那样你就可以活过来了。”L面色温柔，他伸手在玻璃上轻轻划着，像是企图触碰爱丽丝的脸。

“我就是那个载体吧？”歌薇缓缓走上前，站在玻璃墙前。

两个女孩，一个镶嵌在墙壁里，一个站在墙壁外，一模一样的长相，宛若双生子。

L笑眯眯地看着她，抬手摸了摸她的长发：“爱丽丝，你很快就会醒过来，相信我，你会没事的。我们会一起，永远在一起。”

歌薇忽然觉得L很悲哀，他只是台电脑，不过被强制灌输了人类的想法而已。

“我叫歌薇，就算你将爱丽丝的脑部数据放到我的脑中，就算我有爱丽丝的长相，可我依旧是歌薇。”

L忽然收了笑意：“但你很快就不是了。我会删除一切歌薇的记忆，包括生存的星球、每个相关的人，我不允许你干扰到爱丽丝的记忆。”

歌薇这个时候才明白了莱恩的话，也明白了为什么L会做出那样的决定——一旦爱丽丝复生，他就带着爱丽丝去别的星球，摧毁一个地球，仅仅是为了摧毁歌薇本身。

这太疯狂了！歌薇转头看向莱恩，莱恩的脸埋在阴影里，她无法看清楚莱恩的表情，更猜不透莱恩的想法。

“莱恩，带她去中心库吧，我要开始复活爱丽丝了。”L带着笑容看着莱恩，给他下达指令。

莱恩转动轮椅。歌薇别无选择，只能跟着莱恩前行。

悠长的走廊像看不到边际的未来，歌薇想了一千种一万种阻止L的方法，可惜在这里没有帮手的情况下，那些方法全部没有任何作用。

“莱恩，其实我想知道，这个地方，除了你之外，还有人类吗？”歌薇终于问出多日来困扰她的问题。这里有很多傀儡娃娃，很多机器人，尽管外形和人没有区别，但一看眼神就知道不是人——除了莱恩。

莱恩手一顿，没有继续向前：“只有我一个，现在还有你。”

“你为什么要帮L呢？你明知道，要是L摧毁地球，你也活不了。”歌薇走到莱恩面前，看着莱恩的脸，“难道你不想活着？”

莱恩忽然笑了，他从身后抽出一样东西递给歌薇。

歌薇一把接过来：“外婆给我织的围巾！”

“外婆已经死了。你最舍不得的不就是她吗？现在她死了，这个星球存在与否，你还有什么可关心的？”莱恩面无表情地说道。

歌薇直接用一个巴掌回答了莱恩的问题。她呆呆地看着莱恩，红着眼圈，有眼泪落下来砸在莱恩的掌心。莱恩猛地抽回手，只感觉那眼泪将他的手灼痛了。

⑦ 假如爱丽丝活着

L站在控制室外，屏幕上，歌薇在哭，她手里紧紧握着那条红色围巾。

他在脑中搜索一切信息，都找不到数据可以解释歌薇为什么要哭。莱恩应该已经告诉了她，她外婆根本不是她的亲外婆，不过是听从命令养大她的工具而已，歌薇为什么会为了一个工具哭得这么伤心？他不明白，他全部的数据里面都找不到解释。

歌薇就站在那里。十七年前，同一个地方，爱丽丝出了意外死去，他只想十七年之后，爱丽丝可以在这里涅槃重生。

他按下了按钮。歌薇缓缓地闭上眼睛，脸上的表情慢慢平静下来，再然后，悲戚不见了，只是眼角的泪珠那么刺眼。

莱恩坐在角落里。傀儡少年推着轮椅，将他推出了房间。走廊里的光忽明忽暗起来，他拿下兜帽，一抹脸，不知道什么时候，他的眼泪涌了出来。他被自己震惊到了，有些不敢相信。

“主人，出现额外情绪，是否扼杀？”傀儡美少年机械地出声。

莱恩怔怔地有些出神：“不，不需要。推我回去，我要看看她。”

傀儡美少年就推着他的轮椅回到了原先的房间，不是歌薇在的那一间，而是L看着爱丽丝的那个房间。他熟练地开了门，爱丽丝闭着眼睛在沉睡。

爱丽丝哭了，不是歌薇。

十七年前，莱恩记得，站在歌薇同一个位置的爱丽丝也哭了。那时候他无法明白她为什么要哭，可如今看着歌薇在哭，他好像也有些明白了。

歌薇再次睁开眼睛。大脑忽然有一片空白，她一时间想不起来自己是谁。忽然，像是有人在对自己说话，她站起来四处找了一遍。可是没有，这里空荡荡的没有人，没有声音，刚刚的说话声好像也只是她的错觉。她有些不安，警惕地看着四周。

忽然，门开了，一个黑发少年走了进来。少年笑得很温和：“爱丽丝，你醒了。我是L，你要记住这个名字。”

“L？”歌薇感觉自己的头像是快要爆炸，“爱丽丝？我叫爱丽丝？”

“是的，你是爱丽丝。我们是一对情人。我们三天后就离开这里，这之前我需要好好准备。你等我，就三天，在这里等着我。”L说着，上前吻了吻她额头，揉了揉她的长发，然后走出了房间。

莱恩来的时候，歌薇正盯着墙壁发呆。她安静地坐在那里，不说话不笑不动的样子，真的很像爱丽丝。他转着轮椅进去时，歌薇听到声音，像只受惊的小兽，她看着他的眼神里有惧怕和不安。

“你还记得你是谁吗？”莱恩问她。

歌薇张了张嘴，小声说：“刚刚有个叫L的说我是爱丽丝。”

莱恩沉默了一会儿，转着轮椅走到歌薇身边。他仔细地看着她的脸，不想错过任何一个表情：“你可以再想一想你叫什么。”

歌薇茫然地摇摇头，抬手指了指自己的脑袋：“这里很疼，一想问题就像要炸开一样。”

莱恩缓缓从膝盖上拿起一条红色围巾替她围上：“还记得这个吗？”

⑧为了爱丽丝不哭泣

歌薇眼前飞快地闪过一张略微有些苍老的脸，织围巾的手灵动地圈动红线……那个人是谁？

她鼻子忽然一酸，怔怔地落下泪来：“我怎么哭了？”

莱恩抬起手替她擦掉眼泪：“因为你其实不是爱丽丝，所以无法接受爱丽丝的记忆，无法舍弃作为歌薇的过去，所有你哭了。”

莱恩忽然“咯咯”地笑出声来，他笑了很久很久，直到泪流满面：“我竟然迟了十七年才明白爱丽丝为什么要哭，我竟然才明白……”

歌薇依旧茫然地看着莱恩：“你在说什么？你怎么也哭了？”

莱恩看着歌薇的脸，终于决定将一切都告诉她。

“十七年前，真正的爱丽丝死了。你不是爱丽丝，你叫歌薇。你看到这条围巾会哭，是因为这条围巾是你唯一的亲人——你的外婆替你织的。”他缓缓地说着，像是在讲一个非常悠长的故事。

歌薇努力地回想，顺着莱恩的话努力地往回想，终于，在经历了无法言喻的疼痛之后，她清晰无比地想起来，她是歌薇，不是什么爱丽丝。

“你为什么帮我？”歌薇不明白，“我记得没错的话，你是L的人，你帮他做事。”

“因为爱丽丝哭了。”莱恩的嗓音有些沧桑，有些嘶哑，“我让爱丽丝哭了。我曾以为是病痛折磨让她哭了，可其实不是的。她哭，是因为一旦成了像L那样的电脑人，就不可能还是原来的爱丽丝了。”

这个歌薇知道，莱恩告诉过她，爱丽丝的身体不好，L会有这样高的能力完全是为了让爱丽丝用另一种形态活下去……很显然，当初爱丽丝也不喜欢那样的决定。

“L会摧毁整个地球。”莱恩说，“可是爱丽丝还在这里，我不能让L连爱丽丝的尸体都毁掉。”

“可是还有什么办法？”歌薇都快要绝望了，“这是在一千米的地下，这里的一切都在L的控制下。没有人知道我们在这里，就算有，他可以轻易操控核武器、核电站，我们还能怎么做？”

莱恩坐在轮椅上，过了好一会儿才开口：“其实也不是完全没有办法，但需要你的配合。”

听莱恩这样说，歌薇当即激动起来：“你说。”

“你假装你是爱丽丝，骗过L的眼睛，然后在他载着你坐着飞船冲出地表的一瞬间，你跳出飞船，剩下的，由我来完成。”

歌薇忽然生出一种别样的情绪：“你要怎么做？”

“我有我的办法。”莱恩说完，就转着轮椅出去了。

于是，歌薇按照计划，假装自己就是爱丽丝。

L是第三天中午的时候推开她的房门的。他很开心，虽然歌薇不知道一个机器人，一个电脑，到底知不知道开心是什么样子。

L带着她上了飞船。莱恩和那个傀儡少年已经在飞船上。莱恩朝她笑了笑，然后借着机会递了一张字条在她手里，歌薇赶紧收好放在口袋里。

L手里握着一个遥控器，只等飞船进入外太空，他就会按下按钮，然后地球就会在顷刻间化为死地。

“准备好了吗？”莱恩捏了捏她的手，“不要怕，飞船出去的一瞬间你就跳船出去。”

歌薇心里忽然生出几分不舍，她看着莱恩的脸，觉得有种莫名的难过。

飞船已经快冲出地表。那一瞬间，站在莱恩身后的傀儡忽然笔直撞向飞船的门，“哐当”一声门被撞开了，歌薇趁着空隙跳出了飞船。她飞快地转身看向飞船里面，就看到莱恩手里的镰刀朝着L砍了过去。遥控器从L手中飞出去，飞船无人操控，一下子从地表急速朝着地下落去。

“莱恩！”歌薇奔回去趴在撞开的洞口，里面黑黢黢什么都看不见。她想起莱恩给她的字条，飞快地掏出来打开，发现上面记录着一个故事。

一个很悲哀的故事。

L的缔造者，怎么会是莱恩呢？可又怎么不是莱恩呢？莱恩的第一个字母，不就是L吗？

莱恩和爱丽丝的故事发生在十七年前。

L是莱恩拿自己做实验完成的第一个有人类情感的机器人，所有的数据全都来自莱恩自己，可以说L就是莱恩。后来L有了自己的意识，自主启动了爱丽丝计划。莱恩阻止过L，可惜后果是被L打断了一双腿。

莱恩自己都分不清，到底为什么要阻止，明明他也很想爱丽丝复活。

他对爱丽丝死之前的那滴眼泪很在意，那时候，他不知道爱丽丝为什么要拒绝活下去的机会。过了十七年他才明白，爱丽丝不愿意成为L那样的怪物活着，她到死都还在哭啊！

“莱恩！”歌薇不知道自己怎么了，她很难过很难过，心里有种情绪就要破腔而出。她用力喊着莱恩的名字，就像他是自己的恋人。

可惜只有一声巨响从地底下传来，跟着就是一阵猛烈的气流从下而上地冲上来，她被冲出去很远，最终撞到头昏过去。

再醒过来时，歌薇发现自己在医院，外婆坐在她身边打瞌睡——莱恩骗了她，外婆还活着。

脖子上围着那条红色的围巾，她蓦地大声哭出来。

为什么呢？

这一次爱丽丝没有哭，可是歌薇哭了。

第四幕——一千零一个秘密

Part Four

每个人都有秘密，你也有，所以你总是不肯告诉我你在想什么。你难过的时候，我多想陪着你一起难过。我想告诉你，无论发生过什么，我就在这里。

<1> 第一百零八个故事

陈薇终于听不下去了。喝得烂醉如泥的陈清海还在絮絮叨叨，他说了那么一大堆话，想表达的意思其实很明确："当初我背回来的，为什么不是小妹呢？"

"可是抱歉啊，你背回来的是我。你这么不待见我，我也去死好了！"陈薇将筷子使劲摔在桌上。竹筷子因为弹性，跳起来老高，砸中放在桌角的杯子。"哐当"一声，注满果汁的杯子就彻底宣告退休了。

也许是那一声巨响让陈清海惊醒过来，他先是有些错愕，等到视线落在碎掉的杯子上的时候，又爆发出一阵怒吼。

"你个死丫头，有种你就别回来！"

"不回就不回！"陈薇气得浑身颤抖，她一把抓住挂在墙上的书包，当真头也不回地冲出了家门。

虽然不想承认自己懦弱，但是她确实已经泪流满面了。

本来今天是她十七岁生日，她之前也没有奢望过陈清海还记得这个日子，只不过放学回来，看到一桌子好吃的，她还是有那么点感动的。毕竟这么多年来，他们父女两个虽然相依为命却相互不待见，现在父亲还记得女儿的生日，怎么说都是一件好事。

可惜不得不说陈薇太乐观了，她怎么能忘记，今天除了是她的生日，还是她妹妹陈馨的生日！

十七年前，庆市第三人民医院的产房里生了一对双胞胎，就是她和妹妹。可是十年之后，还是在庆市第三人民医院，急诊科的手术台上，妹妹和妈妈因没有及时救护，抢救无效，于下午两点一刻，宣告死亡。

那是她和妹妹的十岁生日。顽皮的妹妹吵着闹着要去看海，要去坐游船。驶入深海的游轮遇上了特大风暴，滔天的巨浪拍打过来，她吓得晕死过去。等到醒来时，她就听到爸爸泣不成声地告诉她，她永远地失去妈妈和妹妹了。

那是陈清海第一次在陈薇面前哭。后来陈薇见证了很多第一次，比如陈清海第一次喝得烂醉如泥，他之前是不喝酒的，滴酒不沾。再比如陈清海第一次当着她的面说，为什么他背回来的不是小妹呢?

陈薇用力地擦掉脸上的眼泪，暗暗骂了自己一声："呸！不争气的！哭什么哭！"因为反正无论她怎么哭，陈清海都看不见。

<2> 你听不见的声音

许慧拧了一把热毛巾递给陈薇："擦擦脸吧。"

陈薇接过来，显然还在生气当中："许慧你说，我真的有那么差劲吗？我考试从来都是第一名，不逃课不旷课，老师同学没有一个说我不好的。妹妹又有什么好的，值得他这么念念不忘？"

许慧从冰箱里拿出一罐可乐，扬手递给陈薇："啧啧，怎么听你这口气像是在吃醋？"

陈薇朝许慧翻了一个白眼："拜托，我们都认识这么多年了，做了这么多年的朋友，你还不知道我和我爸之间的那点破事吗？他天天念叨小妹小妹的，可是小妹已经死了，我还活着啊！这个家又不是只有小妹一个女儿，我也是他女儿啊！"

"那这些话，你和你爸爸说过吗？"许慧在陈薇身边坐下，慎重地拍了拍她的肩膀。

陈薇立马就炸了："怎么没好好说？可是说到最后都是吵架收尾，然后他就会说出那一百零八遍的至理名言。"

"我知道，为什么他背出来的不是小妹！"许慧也不知道怎么安慰她，再看时间已经很晚了，"睡觉吧，明天还要上课呢。"

那一晚，陈薇失眠了。

她心里反复想着许慧的话。和陈清海好好说说？确实她有这么做过，但是失败了一次她就再也没有试过了。她也很想念陈馨，虽然那时候她们总是会争着要同一样东西，没少打架，那时候陈馨力气比较大，她总是打不过陈馨。都说小的会卖乖，其实真的没有错，那时候，陈馨会哭会闹，爸妈的注意力自然都在陈馨身上。

陈薇翻来覆去，索性手背垫着后脑勺，不打算睡了。

第二天是月考，陈薇稀里糊涂的，不知道填了些什么。倒是考完后，原本晴朗的天空忽然乌云密布。常言道七月天孩子的脸，分不清什么时候就变卦了。

她站在教室门口等了一会儿，等到人都走得差不多了，才不大情愿地顶着书包走进细碎的雨里。

昨天那么倔强地说了不回去的话，现在回去似乎有些丢脸……陈薇心里十分郁闷。

她走到校门口，雨就"噼里啪啦"下得大了起来，要是这样冲回家，一定会感冒的。

身边很多家长来送伞送雨衣的，她在人群中扫视很久，就是看不到陈清海的身影。

虽然没有期待过，但不得不说，陈薇还是有些失望了。她咬了咬牙，双手抱着书包冲进雨里，才走了几步远，头顶忽地一静，紧跟着是"噼里啪啦”的雨滴砸落伞面的声音。

陈薇心头一颤，有些不敢抬头去看撑伞人的脸。

陈清海也没有说话，只是将伞往陈薇那一边挪了一点。风雨从他身子另一侧打过来，伞被吹得有些摇晃。陈薇忽地用力抱住陈清海，哭得像个孩子。

陈清海抬起一只手，用力按了按她肩膀，千言万语都化成了这用力的一按。

风很大，雨很急，陈薇没有说话，陈清海也没有。

<3> 镌刻在脑海的时光

意料之内，那次月考，陈薇不但掉出了年级前十，甚至掉出了年级前一百。

班主任喊她去办公室，语重心长地跟她讲了无数大道理。她心不在焉地听完回教室，全班人看她的眼神都是怪怪的。

许慧坐在陈薇的右前方，见她回座位，转身凑近她问：“怎么样？怎么样？班主任没怎么你吧？”

陈薇对着许慧笑了笑：“没怎么。毕竟再有几个月就高考了，名次掉得太厉害，班主任肯定会找我谈话的。”

班主任找陈薇谈话，这是在陈薇的意料之中的，但是班主任会去找陈清海，这就是陈薇始料未及的了。

上体育课的时候，许慧眼尖地看到陈清海往教师办公楼走。她使劲拉了拉陈薇的手臂，低声问道：“你看你看，那不是你爸吗？”

陈薇起先愣了一下，随即反应了过来，那确实是陈清海，她望了这么多年的后背，是不会看错的。

“你完了，班主任要是找你爸谈话，不知道要说什么呢！”许慧有些担忧，“我说小薇啊，刚刚班主任到底问了你什么啊？”

陈薇脑子里一团乱，浑浑噩噩地看着许慧：“也没什么，似乎提到早恋？可是拜托，我怎么可能早恋嘛！”

许慧忽地捂住嘴唇笑了笑：“拉倒吧，陈薇，谁幼儿园的时候就亲人家小男生的啊？别告诉我不是你啊！”

陈薇蓦地脸一红：“呸，那都是多少年前陈芝麻烂谷子的事情了，亏你还记得。”

“那当然啊，我还记得你妹妹陈馨呢！你们真的长得一模一样，有时候我都分不清。”许慧说起过往，眼神变得很柔和，“唉，其实你爸爸会伤心，也是情有可原的。”

陈薇低下头去，过好一会儿才回应道：“我知道，其实我从来都没有真正怪过他。”

“真长啊，这么一算，我们都认识这么多年了……”许慧很感慨地看着陈薇。

陈薇忽然想起一个问题：“我一直想不明白，为什么从我们认识开始，你就喜欢我多一些，对我妹妹陈馨就没有这么亲呢？”

许慧茫然地摇摇头：“我也不知道，可能是那时候的陈馨太调皮，太耀眼，所有的光芒和视线都被她抢过去了……小孩子也是有本能的，所以我就本能地不太喜欢陈馨了？”

“哦。”陈薇若有所思地点点头，喃喃着不知道说了一句什么。

那节体育课是跳山羊考试，陈薇一次通过。

许慧目瞪口呆地看着陈薇：“哇，你可以啊，陈薇。”

陈薇对着许慧比了一个胜利的手势。

许慧忽地有些发愣，日光之下，一脸俏皮的陈薇，不太像平常安静的陈薇。这让她有了一种错觉，好像陈馨的一小点光芒在陈薇身上活了过来。

<4> 你给我的那些无法释怀

陈薇是做好了被大骂的准备回家的，推开家门，意料之外地闻到一阵好闻的香味。

她心里很忐忑，走到客厅的时候，却看到桌上已经摆了一些好吃的菜，而陈清海还围着围裙在灶台上忙碌。

陈薇本来是打算直接回房间的，不知怎么，脚就是迈不动了。

陈清海逆光而立，晚霞从大大的玻璃窗落进来。他的后背弯了，发丝在晚霞里，被染上了很多种颜色。

她的心忽地有些沉重，她忍不住开口想说点什么，但是喊了一声“爸”之后就再也发不出声音了。

陈清海扭头看了她一眼。陈薇小心地在他脸上寻找，企图找到一点点蛛丝马迹来证明他的不悦，可惜没有，他甚至还对着陈薇笑了笑。

“回来了？去洗个澡，一会儿就吃晚饭了。”

“那个……”陈薇斟酌了许久，缓缓地问道，“班主任找你去……说了什么吗？”

陈清海摇摇头：“只说你最近学习成绩有些不稳定，这次考得不太好之类的。”

陈薇的手紧紧抓着书包的带子：“那……你就没有什么想问我的吗？”

陈清海依旧摇摇头，淡淡地回她：“没有。”

陈薇就放下书包，拿了衣服去洗澡。她将自己埋在浴缸里，温热的水汽浸润到鼻间。

从那场意外之后，他就再也没有给她送过伞。她一直都有自己带伞的习惯，是昨天冲出家门太急，忘记了拿。

一顿饭陈薇吃得心不在焉，陈清海不停地给她夹菜，她一时间无法明白陈清海到底为什么会做出这样的改变，她不习惯。

她终于放下碗筷，看着陈清海的脸，迟疑地问道："是不是老师说了什么？这太不寻常了，你从来不会给我送伞，也不会专门做晚饭。"

陈清海手臂一僵，也慢慢放下了筷子："给你送伞，是那天刚好顺路。班主任说你马上要高考了，不管有什么事情都不要让你分心。"

陈薇一颗心宛如坐过山车一样，从最顶端坠落下来，她本来满心期待的答案，并没有从陈清海嘴里说出来。

"高考？"陈薇一时间有些啼笑皆非，"那是不是假如我没有考砸，你依旧不会想起来给我送伞，难得闲下来给我做好吃的？"

陈清海尴尬地笑了笑："能不说这些吗？"

已经不用他回答了，因为陈清海的表情已经说明了一些。

她大概可以想象得到班主任和他说了些什么。比如说高三的人了啊，无论发生多大的事情稍微忍耐，到高考结束再说啊！比如说多多关心她，让她考个好成绩啊！

原来在他们这些人的心里，最重要的还是成绩。

"要是陈馨还活着，她考倒数第一，你都不会有意见的，对吗？因为我是陈薇，所以我就必须完美，一点没做好你就看不顺眼是不是？凭什么呢？陈馨可以犯错，可以胡闹，可以调皮，为什么？从小到大，你就一直陈馨陈馨地念，甚至后悔从海水里背回来的人是我！爸，我也是你生的！"声音戛然而止，她还没有说完，蓦地脸上一阵火辣辣的痛。

她抬起手触了触自己的脸，陈清海双眼瞪得老大，他的手还扬在半空，五个手指印清晰无比地落在陈薇的左颊上。

<5> 假如你肯听我说

陈薇脑中还是空白，耳边有呜呜的鸣响。

这一次她没有摔门离开，她缓缓地执起筷子，然后夹了一口陈馨小时候特别爱吃的红烧肉：“其实我也喜欢吃的，可是你从不会给我夹一块。”

她抬起手背从眼睛上扫过，努力压抑自己的哽咽，径自夹了一只虾子，剥了壳儿沾了点醋放进嘴里：“你剥虾子也从来只给陈馨剥，每次都说小薇，你是姐姐，姐姐要让着妹妹啊。尽管这个所谓的姐姐，只比妹妹先出生了七分钟而已。”

陈清海似乎被自己那一巴掌弄傻了，坐在那里一动不动地望着她，看着她边哭边吃，边吃边哭。他一言不发，最后似乎是看不下去了，站起来拎起外衣抓着车钥匙砰一声关上了家门。

陈薇撇了撇嘴，跑到卫生间，将刚刚狼吞虎咽塞进嘴里的东西全部吐了出来。你看，她和陈清海就是这样，就算想要好好说话，说到最后，一定有一个人会先行摔桌子走人。

只不过这一次，这个人由陈薇换成了陈清海。

有时候陈薇甚至想，自己为什么没有死在那场意外中，要让她侥幸活下来，面对心如死灰的父亲，整日念叨为何不是救的另一个孩子……哪怕那场灾难，全都是因为那个孩子不懂事的无理取闹才会酿成！

他有没有想过，她也会难过，并非因为活着所以必须不在乎，因为活着就可以被任意伤害？他把全部的痛苦都转移到了她身上，从未想过那一年她也才十岁而已。

那天陈清海回来得很晚，他站在陈薇房门外轻轻唤了一声：“小薇，睡了吗？”

她其实没有睡，只是将被子盖过头顶，假装已经睡熟了。

第二天她就跟班主任申请了住宿。对于好学生，这么点任性还是可以有的。当班主任听到陈薇想住宿的理由是为了安心备考，当天就将所有的手续都办好了。

她下午回家拿被子，那个时间段陈清海应该还在工作，空无一人的家，冷冷清清的，一丝温暖都感觉不到。

终于还是走到这一步，水火不容，谁都容不下谁了。

三个月时间，陈海清没有给她打过一次电话，她也没有很想家，反而是松了一口气。那个家失去了一个女主人和一个孩子，她心里很清楚，那种梦里想过无数次的温暖，是回不去的。

<6> 我到不了你在的彼岸

接下来的模拟考，陈薇用一个漂亮的分数报答了班主任帮她搞定住宿的热情。毕竟最后的本科升学率对于一个班级的班主任来说，还是有些重要的。

这高考最后的关头，士气不能减弱。

许慧的成绩一直在中等线上，不上不下，不温不火，就像她这个人一样，所以不难想象，她会和中规中矩的陈薇成为好朋友，并且一做就是这么多年。

“真的不用我帮你复习？”陈薇再次向许慧确认了一遍，“我希望我们一直一个学校呢。”

许慧丢给她一个大大的笑脸，将书包甩手背上肩头：“我们一直一个学校，你就该明白我多不喜欢念书了！放心啦，我回家要是有不懂的，一定问你。”

陈薇就笑着和她挥手说了再见。只是如果陈薇知道，她再坚持一下让许慧留下来，就可以避免那场无法躲避的灾难，她一定无论如何都不会和许慧说再见的。

第二天，上午第三节课都过了，许慧依旧没有来上学。

陈薇觉得奇怪，跑去问班主任才知道，昨天晚上，一辆私家车和公交车相撞。坐在副驾驶座位上的许慧，大脑被大块瘀血压迫，而开车的许妈妈被安全气囊弹开，并无大碍。

她听完老师的话，在自己的理智做出反应之前，双腿已经迈向了前。

班主任在后面大喊："陈薇，快要上课了，你要去哪里？"

去哪里？班主任为什么要这样问？陈薇心里像是灌了一吨水银，那是她的朋友，从幼儿园开始，一直相处到现在的朋友。她失去了妈妈，失去了陈馨，怎么能够容忍自己再失去一个许慧？

她不要失去，因为她已经明白失去有多痛苦。她只想用自己的双手，好好地将她还能拥有的东西都抓在手心里，包括和许慧的这段友情，当然，也包括和陈清海之间的仅存的亲情。

她急急忙忙地找到了许慧所在的医院，她看到了坐在走廊里形容憔悴的许妈妈。许妈妈猩红着双眼望着陈薇，陈薇触了触许妈妈的脸。明明文采出众的陈薇，脑海里却冒不出一个词语，能够给予许妈妈希望和安慰。

她推开病房的门，看到头部包得像个粽子一样的许慧。

许慧并没有睡着，而是瞪着大大的眼睛看着头顶雪白的天花板。

陈薇一时间有些恍惚，似乎回到了她和陈馨才去幼儿园的那一天，在一大群孩子里面看到一身公主裙的许慧。当时的许慧就是这样睁着眼睛，站在角落里，一动不动地看着她和陈馨。

陈薇弯下腰握住许慧的手，还没开口，眼泪就先砸在了许慧的指尖上。

许慧的头无法动弹，只稍稍移动眼眸看着陈薇，看到她眼底真的很难过之后，意外地扯扯嘴角，笑了：“你知道吗？我觉得有一件事情我必须告诉你，因为我怕万一手术失败，就不能再说了。”

“你说。”陈薇将耳朵凑过去，不想错过许慧的每一句话，每一个字，每一个音节。

“其实我知道，你不是陈薇，你是陈馨。”许慧说完，还很调皮地冲她吐了吐舌头，因为牵动了伤口又疼得龇牙咧嘴。

陈薇呆呆地僵在那里，一动不动地望着许慧，七年来全部的伪装在这一瞬间，就在许慧清澈如水的眼眸之中，粉碎得干干净净，一无所剩。

<7> 因为我们有个小秘密

像是过了一个世纪那样漫长，她靠着床瘫在陪护椅上，张了张嘴，很想说点什么，可是她发不出任何的声音。

“其实一开始我不确定的。一直跟你做朋友，是觉得你好可怜，没有了妈妈，没有了姐姐。真正确定这一点的是那一天……”许慧还想说什么，可是陈薇已经冲出了病房。

像有一只看不见的大手，在用力地抓着她的心脏，让她很疼很难受。

“小薇！”许慧稍稍抬高声音想唤住陈薇，可惜她已经消失在了视线能及的地方。

她以为的天衣无缝、完美无缺的伪装，原来是这么不堪一击。陈薇浑浑噩噩地上了公交车，到了墓地，踉跄地找到了妈妈和陈馨的坟墓。

那里，两个墓碑并肩而立，墓前还有枯萎的鲜花和开始腐烂的瓜果。她知道，那天晚上，陈清海摔门出去之后，一定是来了这里。

她逃避了七年始终不肯来的地方，就在这里，此时此刻，她像个十岁的孩子那样，双手捂住眼睛，放声大哭：“对不起，对不起。”

这句对不起，她欠了七年。

许慧说，你不是陈薇，你是陈馨。

她说的没有错，其实当年死在那场海难中的，不是妹妹陈馨，而是比她早了七分钟出生的陈薇。

她其实在被救上岸的时候就已经醒了，但是她不敢睁开眼睛。她那时候并不是难过，而是害怕了。生日那天，是她纠缠着要去看海，要坐游船的。以至于那场灾难之后，她害怕爸爸不要她了，害怕爸爸骂她怪她，所以在护士询问她姓名的时候，才会用虚弱无比的声音告诉护士，她叫陈薇。

她当时怎么就那么懦弱呢?

以至于后来，面对那样的陈清海，她始终无法开口告诉他这个秘密。再后来，她才发现，要成为陈薇，她需要付出多少代价。学习要更加努力，不可以人来疯，和陈薇唯一的好朋友许慧成为朋友。

学着成为陈薇，才让她明白，那时候的自己有多么可恶。

她不过仗着晚出生了七分钟，却夺走了多少属于陈薇的东西?因为她爱哭一些，爸爸妈妈所有的目光都在她身上。因为她小了一点，所以理所当然地霸占陈薇的吃穿用，甚至闯了祸也要嫁祸在无辜的陈薇身上。她做了那么多让人讨厌的事情，可是为什么大海带走的，却是陈薇的生命?

这多不公平!

成为陈薇越久，就越爱她，才明白原来自己曾经有那么好的一个姐姐。可是陈清海，却还对着那个不乖不听话的陈馨念念不忘。

他难道不知道，时间越久，她对陈薇的愧疚感就越深吗?

若是没有她的无理取闹，陈薇应该和她一样高，考年级第一，有很多帅气的男生喜欢，有一个就算看透她不是陈薇还愿意容忍她撒谎的好朋友。

<8> 从原点走到终点并不漫长

后来什么时候靠在陈馨墓碑上睡着的，她都不知道，等到睁开眼睛，四处已经都漆黑一片了。星星密布天际，漂亮得不像话，就像那天晚上，风暴来临之前的海面，星斗落在海里，她和姐姐站在甲板上，那时候姐姐的眼睛里就像落了很多很多的星星，像个小宇宙。

远处有沉重且缓慢的脚步声朝着这边来了，陈薇抬头看过去，是陈清海。他一手拎着外套，微微弓着身子，年少时候的风华正茂在他饱含沧桑的步调之中隐去了踪迹。

他在她面前站了很久很久，久到陈薇以为他永远都不打算说话了，他才开口："回家吧，小薇。"

她诧异地抬起头，不解地看着他。

陈清海笑了笑，笑容里满目心酸："你们班主任打电话给我，说你上课无故旷课，我去了，问清楚了，直接去许慧医院找你。她见到我，跟我讲了一个故事，我猜……你会来这里。"

陈薇缩回去，将头埋进臂弯里。

她想象过让陈清海知道这个真相的无数办法，唯独这一件没有想过。她的好朋友和她唯一的亲人，一个在这一天揭穿了她的谎言，另一个在同一天知道了她的谎言，她无力招架。

她感觉到她正在经历七年前的那场海难，甲板上有惊慌失措的游客，有她的妈妈和姐姐，有四处找他们的爸爸。

救生船下到水里也被滔天的浪花打翻，她和姐姐站在海水里彼此相望，直到水到了膝盖，淹没了胸膛，吞噬了她和她的呼吸。

那艘游轮，跨过沉淀漫长的光年，还是沉下去了。

“对不起，对……不起……”她哽咽着跟陈清海道歉。

“其实弄坏玩具的是我，不是姐姐。”

“其实打碎盘子的也是我，不是姐姐。”

“其实打破了邻居小孩脑袋的人也是我，不是姐姐。”

……

“捉迷藏。”陈清海忽地开了口。

“其实……”陈薇恍惚地抬起头望着陈清海，看着他笑得温暖宽厚，一如七年前一切还没有发生的样子，眯着眼睛浅笑着看着她。

“那天，是在玩捉迷藏吧？”陈清海轻轻淡淡地说道，“还没有捉完呢。”

<9> 其实哪里有那么多的生离与死别

陈薇就想了起来，那天她和姐姐还有爸爸妈妈在甲板上玩捉迷藏，爸爸负责找他们，她和姐姐躲在硕大的帆布下面，所以风暴来临的时候，爸爸和妈妈找不到他们。

可惜那时候她们不明白，为什么爸爸会那么焦急地在喊叫。

“对，捉迷藏。”她抽泣着抬起手背擦眼泪，“爸爸，你好笨，怎么都找不到我们。”

“啊。”陈清海眼眶蓦地就红了，他蓦地弯腰紧紧将陈薇抱在怀里，“对不起啊，小薇，隔了这么多年才找到你们，真的真的对不起。”

“是爸爸不好，是我不好，那不是你们谁的错。”陈清海喉咙间发紧，这么些年来，他在陈馨面前念念不忘的只记得陈馨，对陈薇又何其残忍，明明自己还活着，却替姐姐承受着那一份不公平，因为是活着的那一个，所以必须容忍所有的责怪和训骂。

其实当初换成谁都一样的。

如果当初他从海水里背回来的人是陈馨，那么他就会原谅自己吗？

不会的，他会对另一个陈薇念念不忘的。

这么多年来，他一直都没有想过，曾经最不懂事最不让人放心的陈馨，会将自己变成陈薇，好像长大也只是在一夜之间一样。

她懂事，就算他打骂、恶言相向，也不会真的记恨他。她学习努力，明明她没有陈薇聪明，可是为了保住陈薇一直以来的第一名，她学习到很晚才睡觉。

她不再用任性刁蛮地去争取什么，她只是用她自己的方式承受着种种的不公平，用自己的方式对陈薇说抱歉。

你看，她让自己成为陈薇，一过去，就是这么多年。

那七分钟的差距，她用了七年来跨越，可以那么骄傲地站在他面前成为陈薇，可是他自己呢？在他思念陈馨的那么多日夜里，可有想到其实两个都是自己的女儿，他们谁都是无辜的？

“对不起，对不起……”他反反复复地贴在陈薇耳边喃喃道，“是爸爸不好，是爸爸不好。让你这么难过，让你这样痛苦，对不起啊！”

陈薇用力地摇头，明明有很多很多的话想告诉他，想告诉她其实与姐姐比起来，她是多么幸运，他还活着，她没有成为孤儿，她是多么幸运，他还会抱着她跟她说对不起是多么幸福。

可是明明有这么多的话堵在嗓子口，她却一句话也说不出来。

“其实我一直没有发现，小薇，小馨，你们谁都没有离开我，都是好孩子，是我自己，是我自己自私地将痛苦转嫁给你，连这些年你生病我都没有好好关心过，以至于最后发现你其实是陈馨的，竟然是一个外人。”陈清海抱着她痛哭流涕，好像要将当初忍住没有哭出来的眼泪，全部流尽了。

他将她背起来，星星一闪一闪像孩子的眼睛，陈薇趴在陈清海的后背上，手臂紧紧地环着他的脖子，哭着哭着，就睡着了。

陈清海后背濡湿了，好像那一年浸润过的海水，他们跨过七年的岁月，从一切隔阂的终点走到了原点，又在原点冰释前嫌。

“你还活着，真好。”

“是的。”

<10>我在找故事里的那个人

她没有改掉身份证上陈薇的名字，陈清海依旧喊她小薇，只是再也没有提起过陈馨这两个字。

这是藏在岁月尽头的秘密，她是陈馨没有错，可是她替陈薇作为第一名永远活着，这是她唯一能替她做的事情。

那一年高考，她没能考出年级第一的成绩，可是她的分数上了全国最好的大学的分数线。

去火车站的时候，陈清海亲自送她去的。在火车站遇到了许妈妈，她来送去外地出差的丈夫，看到陈薇的时候，略微怔了怔，然后冲她微笑点头，最后再次没入汹涌的人潮之中。

等她回过神想去问一问许慧的状况的时候，她已经无法寻到她的踪迹。

上了火车，去往一个陌生的城市，那一年陈薇觉得，时光太过漫长，让她有种已经过了一辈子的错觉。

大学她认识了很多新朋友，却始终没有找到能真正要好的那一个。

第二年，新生报到，她因为是学生会干部，所以需要去车站接大一新生。

她举着牌子，在来来往往的人潮之间等待着什么，忽地人潮之中有个人影一闪而过，她本能的喊了一声："许慧！"

然而涌动的人群很快淹没了那个人的身影，她甚至都没有确定那是不是许慧，就彻底遍寻不见了。

那后来她惆怅了很久，直到大一军训结束那一天，有个女生匆匆忙忙地朝她跑过去。在她反应过来的一瞬间用力拍了拍她肩膀。

她目瞪口呆地看着眼前黑黑瘦瘦的姑娘，她有世上最明亮的眼睛和最迷人的笑容，最关键的是，她胸口挂着的胸卡上，清晰无比地挂着两个字——"许慧"。

她激动地就要大叫起来，许慧给了她一个大大的拥抱："还能遇见你，真好呢！陈馨，那天你为什么不等我说完话？"

"其实啊，确定你是陈馨是那天，我说你亲了人家小男生的事情，因为我知道，当初亲人家的是你，不是陈薇。她为了我没有相信她跟我吵了一架，所以我就确定你绝对不是陈薇啦。真是的，那天你那样跑掉我很担心。为了活下来告诉你这些，我吃了很多苦啊！医生都说这是个奇迹。还有你明知道我念书不在行的，你又考这么好的学校。为了追上你，我复读的那一年多辛苦，你知不知道啊？"许慧抓着她的手臂摇啊摇。

她吼完了这些，想起什么似的，忽然一本正经地看着她："还有最重要的一句话，其实和你成为朋友也很美好，我喜欢你，陈馨。"

她低头看到了陈薇的胸卡，笑得越发灿烂了一些："哦，不，是成了陈薇的陈馨。"

这个世界上，有船沉下去，就有新的船会扬帆起航，只要你给予一点希望和关注，一点包容和期待，那么这艘船就一定会创造你无法想象的奇迹。

第五幕——上仙帮帮忙

Part Five

我曾经以为我不会爱你，直到就要失去你，我竟心慌不已，想到未来的世界找不见你，我就难过得不得了。

一滴司花泪，满地姻缘花。

❶

“上仙，你就帮帮忙嘛！”沙迦拽着司花神苏君的手臂晃了晃，他面前的桌上放着一只相框，里面是一个仙女漂亮的笑脸。

沙迦当然知道这个仙女，所谓崇拜一个人必须要知道他的一切八卦。相框里的那个仙女她叫青瑶，是玉帝大人的女儿，也是苏君喜欢的人，不过红颜多薄命，青瑶已经死了有一千年。

苏君坐在靠背椅上，终于受不了沙迦的缠功，十分不耐烦地扫开沙迦的手，“别总是对本上仙动手动脚的。”

“说吧，这回又是什么事儿？”苏君稍稍扭头，摆上一个十分正儿八经的表情看着她，“你是不是又闯祸了？”

“呵呵呵。”沙迦干笑了几声，“那个，我好像一不小心碰到了月老祠的姻缘花，你知道的，我不能碰花，一碰就凋谢。”

“这个好办，不就是一朵姻缘花吗？”苏君十分悠闲地站了起来，跟着沙迦走到了办公室门口，正打算再说几句话安慰安慰这个小灵使受伤的心灵时——

“那个……上仙，不是一朵，是全部。”沙迦说完了，偷偷眯着眼睛看苏君的表情。

就见苏君的笑僵在了脸上，然后直接转身，关门：“再见。”

“上仙，你不能这样啊，上仙！”沙迦呈现蜘蛛造型趴在门上拍着门，奈何苏君就是躲在里面不出声。

好吧，沙迦认命了，这次是真的闯了天大的祸了。

出了司花上仙的办公室，沙迦乘着云梯打算去月老的办事处谢罪，只是还没走几步，就看到自己的领导正火急火燎地朝她这边来了。

沙迦觉得自己整个人都不好了。

所谓好事不出门，恶事行千里，估计整个天庭都要知道她把月老祠的姻缘花都给弄死的消息了。

“沙迦！”果然，冥王怒气冲冲地跑到她面前，抬起手就揪住她的耳朵拧啊拧，“你竟然还敢到处溜达，快跟我去找玉帝赔不是！”

“那个，老大……”沙迦十分忐忑不安，“你觉着玉帝会怎么治我的罪？”

“姻缘花是缔结凡间众生姻缘的，你要是光弄死几朵也就算了，你全弄死了，这人间婚嫁姻缘都乱了套，罪名可就大了去了。”冥王恶狠狠地拽着她就往天帝的办公大楼走，“别连累了整个冥界办事处，不然有你好果子吃！”

面对将她一手养大的冥王大人，沙迦忽然觉得好累，不会再爱了。

❷

冥王敲开了玉帝大人的总统办公室大门，就看到玉帝黑着脸面对着面前一盆完全枯死的姻缘花，他身边还坐着黑西装红领带的月老大人。

“沙迦！”玉帝看到躲在冥王后面很想挖个坑把自己埋了的小灵使沙迦，直接就怒了，“你给我滚过来！”

大人发话，沙迦这种小角色岂敢不听，于是她慢慢地从冥王身后挪了出来，然后往地上一躺，咕噜咕噜朝玉帝滚了过去，“玉，玉帝大人，小的滚过来了。”

玉帝整张脸都在抽搐，被沙迦气笑了，他一把将种着姻缘花的花盆丢在沙迦面前：“看到了吗？你干的好事！”

“小的一直是深藏功与名，好事不敢当，不敢当……”沙迦说着将花盆扶了起来，本来已经枯死的姻缘花，被她这么一碰，顿时碎得连渣渣都不剩了。

“说吧，你打算怎么谢罪！”玉帝瞪着圆溜溜的眼睛看沙迦，“你自己说说怎么弥补！”

“不如罚她去种姻缘花吧。”苏君的声音从门口传过来，“事已至此，你就算把她的元神剁个一万遍，也无法挽回局面。”

“上仙！”沙迦忽然觉得世界充满爱，站在门口一身白衣服的苏君真的太帅了！哦，果然是她看中的人！

苏君低头看着双眼发亮的沙迦，十分想假装不认识她。他本是不打算来的，但是一闪神就看到沙迦讨好的笑脸就在眼前似的，到底还是忍不住来了。

“苏君，你是认真的吗？”冥王觉得苏君一定没睡好，“你觉得一个专门收魂的小魂使，她的煞气重到连碰都不能碰花的地步，她能种出姻缘花吗？”

“是啊，苏君，你怎么也跟着沙迦靠不住了。”玉帝眉头皱了皱看着站在门口胸有成竹的苏君。

“小仙我决定和沙迦一起种姻缘花，我就不信凭借我花神的魅力，不能陪沙迦种出姻缘花来。”苏君说得十分淡定从容，好像真的有大招藏着没放，“怎么样，玉帝大人？打个商量嘛，大不了种不出来，你连我一起治罪，成交吗？”

“那就十两玫瑰凝露！”玉帝想了想，最近王母娘娘吵着要做新版面膜，决定顺水推舟答应苏君的提议，顺便撸点玫瑰露就更好了。

“五两，不能再多了！”苏君痛心疾首地看着沙迦，“玉帝，您要知道，那东西八百年才产一两滴。”

“成交！”玉帝笑得满面春风，桃花儿朵朵开。

3

“上仙，您喝水。”沙迦狗腿劲十足地端着水杯给坐在太阳底下做日光浴的苏君，“我加了蜂蜜的！”

“干活去。”苏君丢了一把铲子在沙迦脚下，“去挖地，记住要用你全部的灵力集中在这把铲子上，然后再去挖。”

他走到一半又补充道：“不挖完不给饭吃。”

“好的，上仙！”沙迦提着铲子干劲儿十足地开始挖地。

第一天过去了，第二天过去了，第十天过去了，一年过去了，一百年过去了……

挖到第一百零八年的时候，沙迦甩了甩十分酸疼的手臂，觉得要是再挖下去，她的肱二头肌都能成型了，于是她在苏君来视察挖地成果的时候，把铲子一摔，忍不住问道，“上仙啊，我们是不是可以下种了？”

开玩笑，她刨了一百多年的地，答应天帝种的姻缘花，毛都还没一根。

苏君双臂交叉在胸前，在地上走了走，然后整个人表演了一遍卧倒的姿势，耳朵贴着地面像是在听什么。沙迦好奇地学他趴在地上听，可是听了半天什么都没听到。

“嗯，可以不用挖了。”苏君站起来，拍了拍身上沾着的泥土，一把将沙迦从地上拽起来，“你回去吧，准备准备，等我通知你来下种。现在，马上从我面前消失！”

“好的，上仙！”沙迦就提着铲子火速消失在苏君的面前。

“等一下。”苏君忽然又喊住了她。沙迦条件反射似的又缩了回去，只见苏君抬手替她理了理乱糟糟的头发，又抬起袖子擦掉了她额头上的汗珠，这才挥挥手让她去了。

于是一天过去了，两天过去了，十年过去了，一百年过去了……

沙迦坐在房间里，觉得再这么等下去浑身该长蘑菇了。沙迦寻思着，这姻缘花还真难种，挖地要一百年，怎么连下种也要一百年，该不会上仙忽悠她了吧！

沙迦坐在房里想了整整一天，越想越有这个可能，最终推开房门，决定去天庭办公处找上仙！

不过当沙迦终于到了苏君办公室，里面却空无一人。沙迦走进去拿起放在桌上青瑶的相片，第一次有些羡慕她。

多好啊，能得到苏君的喜欢，绝对是世上第一幸福的姑娘啊。

放下相框，沙迦又到其他仙人的办公室找了一圈，可是无论哪个房间里都是空荡荡的，“奇了怪了，这天庭的人都哪里去了啊？”

沙迦想了想，决定去玉帝大人那里碰碰运气。

一路上，人影少得可怜，气氛似乎有些怪异，好像天庭正在酝酿一件大事。沙迦走到玉帝办公室外，正打算敲门就听到玉帝慷慨激昂的声音：“是时候杀回阎魔界，替上一代花神——我心爱的青瑶公主报仇雪恨了！”

呃？这又是哪一出？

❹

阎魔族入侵天界，那是一千多年前的事情了，沙迦没有经历过那场战争，一切都是冥王告诉她的。

在一千年前，处在混沌结界里的阎魔族从混沌之中用死亡之气开辟出一条通道，数千万阎魔大军从通道里杀到天庭，差一点就覆灭了整个天庭。

关键时候，是青瑶公主，也就是上一代司花神，耗尽元神将自己的本命花种在了通道入口，阻隔了阎魔界的后方补给，在危机时候成功地将阎魔族赶出了天庭。

虽然是天庭胜利了，但是付出的代价却是成千上万的天兵天将，还有玉帝的女儿青瑶神女。沙迦只是没有想到，原来天庭一直酝酿着要反击阎魔界。

“站在门外偷听的那位，你可以进来了。”玉帝大人的声音落下的同时，沙迦面前的门“哐当”一声就朝里开了。

众仙家就坐在会议桌边上，整齐划一地看着站在外面表演面瘫神功的沙迦。

“滚过来！”玉帝拍了拍身边的一个空位置，朝沙迦瞪眼喝道，“别站那里以为自己是门神。”

“好的，玉帝！”沙迦就屁颠屁颠地走过去，一屁股坐在玉帝拍的椅子上了。

“所以，我决定，让现任司花神还有我们辣手摧花的小灵使沙迦当任讨伐将军，带领十万天兵天将，为青瑶报仇，灭了整个阎魔族！”玉帝大手一挥，直接宣布最终结果。

啊？这是个什么情况？

她只是来找苏君种花去的，怎么稀里糊涂要去打阎魔界了！沙迦正想开口问个明白，就听玉帝低声说，“朕是让你将功赎罪，要是打了胜仗，你弄死那么多姻缘花的事情，朕就不同你计较了。”

这敢情好啊，沙迦冲玉帝用力握拳点头，再三表示一定不会辜负领导给予的希望的！

苏君看不下去了，一手横过来打算揪住她手臂拉她走的，哪知道距离没有算好，一手抓在了沙迦的胸部，沙迦的脸噌地就红了。

“上仙，我要告你性骚扰！”

苏君脸黑了黑，放下手决定还是不要管她死活好了。沙迦抬起头看玉帝，却发现玉帝的位置上早就空空如也了。

❺

沙迦觉得上仙一定是害羞了，因为从那天之后，沙迦就没见过苏君。

一直到玉帝召见他们去瑶池喝践行酒，沙迦才看到一身军装的苏君，他似乎瘦了一些，玉帝似乎很激动，不停地给他们灌酒，最后还一人赐了一把刀。

沙迦穿着军装握着军刀，内心很澎湃，第一次上战场就是个官，不知道让多少天兵天将羡慕啊。

酒过三巡，玉帝喝得半醉了，一手搭在沙迦肩膀上，满嘴酒气地说：“沙迦啊，你可得替朕争口气，好好杀敌，关键时刻保护好司花神。”

“好的，玉帝！”沙迦觉得一股力量从心里燃烧起来了，玉帝这是多信任她啊，还将苏君交给她保护啊！

玉帝说着，忽然凑近她耳边嘀嘀咕咕说了一句话，说完之后拍了拍她的肩膀，这才踉踉跄跄地被小仙女们扶了下去。

“玉帝同你说了什么？”苏君冷不丁开口问她话，“这么神神秘秘的？”

“嘿嘿，嘿嘿。”沙迦色眯眯地看着苏君的脸，“我不告诉你。”

她说完站起身，打算回冥王宫，哪知道才走了一步就往前栽了下去，“扑通”一声摔了个结实，“上仙帮帮忙。”

“嗯？”苏君蹲下身，眯着眼睛看醉醺醺的沙迦。眼前的少女，不知怎么的就和千年前的青瑶重合起来，有那么一会儿，苏君分不清他面前的人是谁。

“送我回家嘛。”说完这句话，她就直接闭上眼睛睡死过去了。

苏君蹲着守了一会儿，抬起手轻轻触了触她脸颊，掌心是温柔的温度，不是叫人害怕的冰冷。苏君忽地笑了，弯腰将她背了起来，他动作十分小心翼翼，好似背着不能伤害的珍宝一样。

苏君到冥王宫的时候，冥王留着一盏灯还没有睡下，像是一直等着沙迦回来，听到外面有动静，出来一看，是苏君背着沙迦，沙迦已经睡到不知道哪里去了。

冥王走过去推了推沙迦的身子，沙迦“嗯”了一声就侧过脸去继续睡过去了。苏君将沙迦丢到床上，拉上被子，这才走到冥王面前。

冥王看着苏君一度欲言又止，好一会儿才重重拍在苏君肩膀上：“沙迦这丫头很喜欢你，这次也不知会去多久，你一定要照顾好她。我等你们凯旋。”

迷迷糊糊之中，沙迦翻了个身，朦胧之中好像听到苏君说：“其实我也挺喜欢这丫头的呢，虽然她总是制造各种麻烦。”

6

出征的那一天，玉帝牵着一匹马交给了沙迦，她翻身上马，看见苏君长剑指天，高喝一声：“出发！”

顿时排山倒海似的呼声从身后传来，沙迦听的心潮澎湃热血沸腾，策马跟在苏君身后，踏上了覆灭阎魔族的旅程。

行了好几日，沙迦站在山头往远处眺望，终于可以看到阎魔族的部队朝他们的方向集结了。估计是得到了天庭征战的消息，已经开始组织反击了。

“真是活该。”沙迦用力将抓在手里的小石头丢出去，“早知道有今天，当初不要入侵天庭不就好了啊！”

“那样的话，这个世上就不会有流血有战争了。”苏君走到她身边，朝着她看过去的方向看了看，“目测他们的人马，再过个三天就会和我们相遇了。”

“不怕！我们天庭人马精壮！”沙迦说着还挤了挤前段时间挖土积累出来的肱二头肌，“放心吧，上仙，小的会保护你的！”

“不。”苏君一把将她从山顶拉着跳下去，他冲她笑得温和，抬手捏了捏她的脸，“一切交给我就好，上仙会保护你的。”

沙迦顿时心花那个怒放啊：“上仙，你不会一直暗恋我吧？”

苏君难得地没有变脸，甚至还朝她挑了挑眉毛：“你猜猜看啊。”

沙迦连忙捂住自己的鼻子，汹涌的鼻血还是流了出来。

苏君觉得自己一定是疯了，他竟然会觉得流着鼻血色咪咪看着他的沙迦十分可爱！

7

苏君计算得很准确，阎魔族的人马确实是在第三天的时候和他们的先锋部队遇上。

沙迦一觉还没有睡醒就被苏君叫醒了：“起来起来，出去陪将士们玩一下。”

“好的，上仙！”沙迦一个鲤鱼翻身从帐篷里蹦了出去，阎魔界的天空没有星星，只有一轮硕大的泛红月亮挂在头顶，将士们点着火堆，全围在火堆边上聊天喝酒。看到沙迦出来了，顿时一阵起哄：“我们辣手摧花的小将军出来了呀。”

“你才辣手摧花，你全家辣手摧花！”沙迦怒了，那是她的心头痛啊。

不知道为什么从小到大，只要花被她碰到一点点就会立刻凋谢。

“生气了。”将士们哄笑着看着沙迦，“啧啧，这么看，其实沙迦丫头长得也还挺好看啊！咦，和苏君将军站在一块儿，还真有那么一点夫妻相呢。”

“哎哟，你们太讨厌了！”沙迦一跺脚，可耻地羞涩了，转头看向苏君，意料之外的看到他竟然没有生气，甚至还冲她略微点了下头。

沙迦的脸红顿时就红了，少女这是害羞了。苏君忽地笑了，他抓了抓沙迦的手，她掌心全都是热腾腾的汗珠子。啧啧，就算不要脸如沙迦，竟然也知道害羞。

沙迦转过头看向苏君，凑近他耳边轻轻说：“上仙，你想不想知道那天玉帝跟我说了什么？”

“嗯？”苏君眼里的兴味暴露了他想知道的事实。

沙迦张了张嘴几乎就要说出来了，可是话到了嘴边，又硬生生给咽了下去，一张红扑扑的脸低下去，“哎哟，小的不好意思说。”

她说完，转身就跑进了帐篷，拿被子盖过头顶，脸上还在烧烧烧，心里像是吃了最甜最甜的蜂蜜，她觉得上仙一定是喜欢她的！

8

天庭不愧是准备充分，一路扫荡过去，直将阎魔族派来拦截的兵马杀个片甲不留。又行了一段时日，他们终于深入了阎魔族的腹部了。

“顺利的话，明年春天还来得及回天界。”苏君站在马前对着众将士大声说道，“替司花神青瑶报仇，替一千年前死在阎魔族人手上的众将士报仇！”

他这么大声一喊，士气顿时就上去了。沙迦骑在马上，眯着眼睛看苏君，无论看多少遍都是这么英俊潇洒清新脱俗。

苏君翻身上马，继续往前开路，沙迦忽然小声问：“上仙，我和青瑶神女比起来，是不是差很多啊？”

苏君缓缓回头看了她一眼，懒懒地回了一句：“不是。”

沙迦顿时就兴奋了，只是还没有兴奋多久，就又听苏君说：“你是差得很多很多。”

好吧，沙迦顿时蔫了，苏君看着笑了笑，抬手拍了拍她的肩膀：“不过——”

“不过什么？”暗下的眼神再次亮了起来。

苏君抿唇笑了笑，眼眸里似乎藏着浓浓的情意：“这样的沙迦，也挺叫人喜欢的呢。”

阎魔界的天空一直是铅色的，常年都笼罩在厚厚的乌云之下，此时他们已经一路杀到了阎魔族的阎魔殿外，只要将顽守在这里的三万精兵剿灭，他们就能跨上战马凯旋了。

苏君和众将士商量了一下，决定兵分两路从两边包围阎魔殿。

“这次让我上战场了吧！”沙迦十分坚持，“好歹也是玉帝封的将军，不能一直当摆设啊。让我领一队兵马杀过去，反正他们也没有多少战斗力了嘛。”

“不行，我们不能让沙迦去！”骨干将士直接否认了沙迦的提议。

“上仙帮帮忙吧。”她转头看上苏君，“你就让我去威风一次吧。”

苏君面色却忽然静了下来，他向来对她的求助无法视而不见的。可是这一次，他沉默了。沙迦讨好似的看着他，她的手习惯性地揪住他的衣摆晃啊晃。

他很想说不行，只有这一次不行，可是看着她的眼睛，鬼使神差一般，他终于轻轻地，轻轻地点了下头。

得到他肯定的回答，沙迦就笑了：“你知道那天玉帝对我说了什么吗？”

“玉帝对我说，要是打了胜仗回天庭了，就将我许配给你呢。”这次她没有等苏君问直接就说了出来，然后她一夹马肚子朝前奔去，“上仙，你等着我凯旋啊！”

苏君本能地抬手在虚空抓了一把，他本是想抓住她的，可最终只抓到自己冷透了的指尖。

“不要去！”他本是想这样的喊出来的，可是话到了嘴边，又生生咽下去了。

⑨

沙迦觉得很开心，她回头望了望，苏君还站在原地望着她。他的表情很奇怪，像是正在经历一场十分艰难的抉择，好像还是第一次吧，苏君这么认真这么长久地看着她吧。

“众将士随我冲进去！”沙迦扬起手中的剑，学着苏君的样子往前用力挥下，像是这样就能给自己无限的力量和勇气。

沙迦想起第一次见苏君的时候来，那时候她还才三百岁，个子才只有人类女孩儿七八岁那么高。那时候禁不住诱惑的她，抬手碰了碰王母娘娘最爱的那朵仙瑶，顿时花就谢掉了，她吓得哭了起来，回头就看到苏君站在那里一动不动地看着她。

她跑过去揪住他的裤腿摇了摇，感觉到他浑身僵硬着好一会儿才软和下来，她说：“上仙帮帮忙，你是司花神吧，你帮帮我吧，我不是故意弄坏这朵仙瑶的。”

苏君愣了许久才对她笑了笑，然后弯下腰，手拂过仙瑶花枝，白光闪过，一朵仙瑶已经重新盛开在花枝上了。沙迦看得呆了，对苏君的喜欢，便是从那时候就开始发芽了吧。

“给我杀！”沙迦吆喝着将剑刺进一个阎魔族人的心脏，大声喊着，“杀完了，我们就能凯旋了！”

将士们的情绪都很高，手起刀落，敌人的数目在不停地减少，苏君远远地站着，只是站着。

他没有动，只是无比认真地看着那个挥动利刃斩杀敌人的少女。

他的双腿像是生了根一样，他想冲过去和她并肩杀敌，他想冲过去带她离开这修罗场，可是最终他只是站在这里看着她厮杀看着她被砍伤，他的手紧紧地捏成了拳头，指尖早就刺破掌心，血顺着拳头落在地上。

“沙迦！”他终于还是忍不住喊了她一声。站在尸体堆里的少女，听到他的叫喊，万分喜悦地回过头来，她脸上早就染满了鲜血，只是笑容依旧灿烂，她清澈的眼眸里，倒映着他的影子，也倒映着站在他身后，成千上万个举着弓箭对着她的天兵天将。

弓以张开，箭在弦上，只等他一声号令就会射出去。

“不用射箭了！”沙迦抬起手朝他挥了挥，“就快好了，就快可以回……天……庭……了……”

苏君下意识地抬起手来朝她挥了挥。

那一瞬间，他看到沙迦的笑僵在了脸上，看到她转头，身后空无一人，看到她回头看他，眼底没有一丝责怪和愤恨。而她本就被血染红的身上，已经被射中了数不清的箭羽。

然而她还在笑，她笑着对苏君张了张嘴，无声对他讲“我们打胜了呢”！

⑩

“不要再射了！”苏君终于大声喊了出来，他抬起手中的剑将身后将士们射出去的箭全部砍掉。他像是中了邪一样，再也忍不住地朝她跑了过去。

沙迦用剑撑着自己的身体，她努力不让自己倒下去。

其实她是知道的啊，要问她从什么时候知道的？

真笨啊，不是一开始就知道了吗？

知道她自己其实是个阎魔族人开始，就知道她只能走到这里了。

那一晚苏君走后，冥王终于是忍不住将什么都告诉了她。

到底是养了她千年，见不得她去送死，所以告诉了她想让她找机会逃走，哪怕逃到未知的混沌之中都好过去死。

一千年前，冥王在处理阎魔族人尸体的时候，在尸体堆里发现了才刚出世的她，怎么都没有忍心杀死她，于是偷偷地抱了回去，偷偷地将她养大了。

阎魔族人有个共同的特点，那就是死气太重，不能碰花，一旦触碰了花就会谢掉。

其实她知道的，她第一次见到苏君的时候，苏君浑身僵硬着本是想杀了她的。纸是包不住火的，尽管冥王再怎么小心，玉帝还是知道了她是个阎魔族人，也是从那个时候起，玉帝就在酝酿复仇了。

一千年前，青瑶封住了通道的入口，只有阎魔族人用灵力挖掘一百年才能挖开通道，所以苏君让她挖地，不过是让她挖开通道的封印罢了。

她笑着看着苏君，笑着看他终于走到她身边，然后弯下腰，那样仓皇失措地将她从尸体堆里拉起来，将射在她身上的箭一根一根地拔掉。后悔吗？沙迦问自己。

可是啊，苏君在这里，就不会后悔吧。

可是啊，苏君有喊不要再射了，就不会后悔吧。

“你都知道了？”苏君颤着声音在她耳边问，他的心里像是被射中无数飞箭，疼得那么煎熬。要到这个时候苏君才明白，其实这个小灵使在他心里，不只是复仇的棋子啊。

沙迦笑得很吃力，但她仍旧是点了点头。

“上仙帮帮忙。”她抬起满是血的手抓住苏君的衣襟，用力地想要坐起来。可是她已经坐不起来了。

苏君拦腰将她抱起来，他贴着耳朵在她唇边，分明应该不难过的，可是苏君的心却在猛烈的颤抖：“你说，我在听。”

“我啊，似乎一直在麻烦上仙你。从第一次见你就在让你帮忙。没想到，都已经是最后了，还要再麻烦你。”她说着，带着几分歉意，“我是回不去了，可是那姻缘花还没有种出来，你能帮我种出一地姻缘花吗？顺便跟月老说声对不起，我真的不是故意的。”

“我答应你。”苏君说着，轻轻将她拥在怀里。

他就这么拥着她也不知道坐了多久，直到有人小声地对他说：“上仙，沙迦已经去了。”

已经去了啊！

明明是杀死青瑶的阎魔族人，死了也没有什么可惜的，可是不知道为什么，苏君的眼睛猛然一涩，有什么东西忍不住还是落了下去。

一滴司花泪，满地姻缘花。

第六幕——明天再见

Part Six

时常想起儿时的我们，喜欢在草长莺飞的时节玩捉迷藏。小小的手牵小小的人，多想就此守护小小的一生。

喂，你明天真的会来吗?
嗯，明天再见。

斜阳城外芳草凄

茶盏里添了新茶，叶岚却不想喝。

她心不在焉地望着窗外，人来人往的，可是她要等的人，偏偏没有途径。

“小姐，快回家吧，迟了该回不去的。”丫鬟小环面色焦急地望着叶岚，她眼底分明有不耐烦，可是又碍于身份不敢太过放肆。

“哦。”叶岚有些惆怅，可是西天晚霞都快谢去，她已经在这里等了一整天了，她自己都知道，她根本就是等不到的。

“走吧，回家。”她说着放下一些碎银子，领着小环出了茶肆。

“其实，小姐，我真不明白，为什么你总是在这里等人呢？”小环实在想不明白，“每年的这一天，你都会来这里。”

叶岚神秘地笑了笑，眼神放肆且明亮：“因为和人家约好了啊。”

“可是，每年都等不到啊。”小环嘀嘀咕咕道，语气里已经有了一丝不满，“真是的，每年这一天都得钻狗洞回去。”

“好啦好啦。”叶岚讨好似的看着小环，“下次有好吃的，我再给你留着。”

小环一听，脸色一沉，跺脚说：“谁稀罕！小姐啊，不要那么幼稚好不好！”

喊完就丢下叶岚一个人跑回去了，叶岚有些哭笑不得，她这个小环倒是比主子还有架子。

叶岚跑到冷宫围墙外的狗洞边上，趴下身子往里钻，可是不知道是不是因为最近心宽体胖，她一下子竟然卡住了。

“完蛋了，完蛋了，我该不会得卡一晚上吧？”叶岚快绝望了，冷宫这一角十分偏僻，寻常人根本不会来这里，连巡逻的守卫都不会。想到自己会卡在这里卡到老卡到死，叶岚就一阵悲从心来。

“咦？”蓦地有人在她身侧说话，“这里有半截身子啊。”

“不是半截！”她立马大声喊起来，有人就好办了，“帮帮忙，帮我往里推一下！”

她说完就满心期待那人推她一把，可是下一瞬，那人直接在她屁股上踹了一脚，硬生生地将她踹进了围墙的另一边。

她惊呼一声大叫道：“喂喂喂！你这人怎么这样！”

她飞快地趴下去，将眼睛贴在洞口，从下往上看，却在看到那人脸的一瞬间，眼睛蓦地瞪得老大：“咦！是你！”

那人微微愣了愣，眼神有些嫌恶地望着她：“我本以为是哪个公主、小主的偷溜出来玩儿，可你怎么看都不像。”

伤自尊，太伤自尊了！

叶岚抬手指着自己的脸：“喂喂喂，你真不记得我了吗？”

“我不叫喂，本大侠行不改名坐不改姓，哦，你可以叫我江南，当然我更喜欢江大侠这个称呼。”他说完再次嫌弃似的看了她一眼，“还有，我确定不记得你这种满脸黑泥巴的姑娘。”

他说完，长剑“唰唰唰”几下将满地的芳草砍成狗啃的一样，自我感觉良好地转身翩然而去。

留下叶岚目瞪口呆地趴在围墙内，直到他已经消失不见了才想起来应该要问他的问题。

——为什么这么多年来，一直爽约呢？

是的，就算隔了八年之久，但她记得的，他额心有一颗朱砂痣，笑起来有两个好看的酒窝。这么多年来，她每一年每一天都去同一个地方等着的人。

他原来叫江南吗？

叶岚“咯咯”地傻笑起来，像是只是知道了一个名讳，就是一件值得庆祝的事情。

江南偶像是江洋

“简直就是胡闹！”母妃的脸沉得像是要下雨，她凶狠狠地盯着叶岚，“就知道你是个煞星！当初为什么会生下你，为什么是个女孩？你若是男孩，哪里轮得到穆贵妃那个贱人放肆！”

叶岚低着头翻着白眼，这些碎碎念她已经听得耳朵起老茧了。

从叶岚记事开始，母妃就从没给她过笑脸过，连带着宫女太监都会欺负她，完全不把她当一国公主看待，真是太岂有此理了！

“下去吧！”母妃终于拍桌子让她滚了。

于是叶岚就十分高兴地回了自己的房间。

说是房间，其实不过是比宫人房稍微像点样子的地方，小环看她回来，十分牵强地跟她行了个礼。叶岚也不恼，反正都已经习惯了。

她从记事开始，就已经在这冷宫了。后来听稍微年长一些的宫人说，当年她母妃和穆贵妃同时怀上了龙子，皇后的位置一直空着，皇上已经决定了，谁生出皇子谁就成为皇后。

最后的结果十分喜闻乐见，穆贵妃生的是个儿子，她母妃生了她。后来在和穆贵妃较量中，母妃又一不小心输了，最终从大大的贵妃宫祗搬到了冷宫。

她从未见过自己的父皇，那只是个传说中的代号而已。

“呸！呸！真难吃，这是人吃的东西吗？”跟着一只杏花糕就被砸在了她脚边。

“谁！”叶岚低喝着回过头去，就看到刚刚消失不久的江南竟然端着她的点心坐在她最舒服的一张软榻上，叶岚倒吸一口气，语气带着一丝惊喜，“是你！”

江南也被吓了一跳，“咦！你是刚刚的半个尸体！”

“我不是尸体！”叶岚怒喝，“我有名有姓，我叫叶岚！”

“咦？”江南忽然凑近脸看了看她，“真神奇，我以为你叫阿猫阿狗呢。”

叶岚脸上黑了黑，第一次对自己的相貌产生了怀疑，难不成她真长得十分不像个公主？伤自尊，太伤自尊了！

“喂，阿猫。”他捅了捅她手臂，“你认不认识永乐苑怎么走？”

叶岚眉头皱了皱有些好奇：“你问这个做什么？”

他立马神秘兮兮地凑近她耳边，靠得那样近，叶岚心里忽地“扑通扑通”地跳，他说：“既然你问了，我怎么好意思不回答你。其实我的毕生追求是成为江洋那样的大盗！”

“啊？”叶岚惊了，“你的追求……嗯……很微妙。”

江南嘿嘿笑着说道：“所以，阿猫带个路吧。”

叶岚嘴角抽了抽：“我不叫阿猫，我叫叶岚。”

“好的，我知道了，阿猫！快带路吧，阿猫。”他说着从软榻上跳下来，抓着她的手就出了房门。

好奇怪的感觉，叶岚小心脏跳得厉害，她摸了摸自己的额头，觉得一定是风寒发烧了。

专注于思考自己是不是发烧了的叶岚，完全忘记了两件十分重要的事情。

第一件事情是她不叫阿猫。

第二件就是虽然她从小到大在皇宫长大，但是她日常活动地点，只限于冷宫之内。

一朝出了冷宫门

“所以阿猫，我们这是迷路了吗？”江南站在四通八达的官道交叉口，心里第一次西北风吹过一半，拔凉拔凉的。

叶岚艰难地咽了咽口水：“不然我们打道回府吧……”

江南直生生地盯着叶岚看，那眼神看得叶岚心里直发毛：“你确定你还记得打道回府的路？”

伤自尊，太伤自尊了！

叶岚愤愤地想，就算这是事实，但你也不能这么直白地说出来嘛。

“按照我神偷多年的直觉。”江南伸出手指在路口点来点去最终点在一个方向上，“肯定是这条没错！”

叶岚嘴角抽了抽：“我都听见了，你说，一二三四五六七，点到哪条就哪条。”

江南用力咳嗽了几声：“闭嘴，阿猫！”

叶岚偷偷对他后背做了个鬼脸，他脚步忽然加快了不少，叶岚跟得气喘吁吁：“你走慢点，又没守卫巡逻，这个点，是两班守卫交替的时间。”

江南猛地回头瞧了叶岚一眼：“哎哟喂，阿猫竟然还知道这么厉害的事情。”

叶岚十分得意地冲他笑，走了一段，两人在一座十分巍峨的宫祇门口停下了。叶岚抬头看着上面挂着的金字匾额，说道：“所以这是御书房。”

“这已经在本神偷的算计之中了。”江南说着上前推开御书房的门，

“御书房肯定有整个皇宫的图纸，找到了肯定能找到永乐苑。”

叶岚很认真地想了想，觉得他说得十分有道理。

于是埋头跟他一起找皇宫布局图。可就在他们找得十分尽兴的时候，御书房的门“哐当”一声被人推开了。

那人似乎十分惊讶，跟着惊讶变成了暴怒，大喊道：“大胆贼人，竟敢夜闯御书房！快来人，护驾！”

叶岚吓得一屁股坐在了地上，就这琉璃灯光瞧清了那人衣着。她歪头看着那人气阴沉的快要杀人的脸，好像十分困扰地开了口：“那个，我该喊你父亲大人，还是爹爹，还是父皇？”

“啊？”没错，推开门踏进来的，正是这大周的皇上，他气得胡子都快歪了，“快来人！把这两个小贼打入天牢，明天杀头！”

叶岚连忙用手护住脑袋：“别闹，父皇，母妃告诉我虎毒不食子！你杀我是不对的！”

皇帝被她气乐了，抬手示意已经扑上来的守卫慢一慢。他走过去看着满脸乌七八糟的叶岚，眼神一沉：“你要知道，父皇这两个字可不是乱叫的。你是哪个宫里的？”

叶岚拍了拍胸脯十分自豪地回答：“冷宫的！”

皇帝嘴角抽了抽，眼神更加沉了几分：“给我拖出……”

“禀告皇上！”正在这时，一个老公公上前，不太确定地说道，“冷宫里，淑妃娘娘好像是有个女儿来着的。”

淑妃娘娘是我娘

叶岚顿时就乐了：“对对对，就是淑妃娘娘，她就是我娘，哦，不，母妃！哎呀，妈呀，看来这么多年我母妃也还是有人惦记的。”

皇上立马摆出恍然大悟的表情，但是叶岚有注意看他的眼神，其实他压根儿没想起来淑妃是谁。可怜她的母妃，还天天做着白日梦，幻想哪天皇上忽然想起她来，把她从冷宫里弄出去来着的。

“来人，给……”皇上给了半天，终于忍不住问了一声，“你叫什么名字？”

“我叫叶岚。”叶岚好心地回答皇上的话。身后江南一直在用惊呆了的表情看着她。挫败，太挫败了，叶岚想，难道她其实真的是个公主的事实，这么让人难以接受吗?

“哦，给叶岚洗个脸，让朕好好看看。”皇上心情忽然变得十分好，好到直接忽略掉了叶岚后面的江南，大手一挥差人打洗脸水去了。

很快洗脸水送上来了，有宫女替她洗脸，叶岚还真不习惯，因为虽然名义上她的确是个公主，但冷宫里的公主……等于自食其力。

“哎哟喂。”江南嘀咕一声，“阿猫变成好看的阿猫了！”

叶岚嘴角抽了抽，决定自动忽略江南的话。

皇上盯着叶岚瞧了一会儿，像是慢慢地想起什么来：“哦，朕记起来了，你长得还真像你母妃。”

叶岚松了一口气，正打算告退，就听皇上问：“岚儿啊，你深更半夜不睡觉，带着你的小太监来朕的御书房做什么？”

噗……叶岚不厚道地乐了，小太监？江南？虽然这个误会不太好，但是省了一堆麻烦叶岚还是十分乐意默认的。

“是这样的，父皇。”叶岚拉着皇上的手开始哭，哭得一把鼻涕一把泪的，哭到深情处还吸一下鼻涕，“岚儿从未见过父皇的模样，想着御书房应该有父皇的画像，实在忍不住就想来看看父皇的样子了。”

皇上听得一愣一愣的，也不知道是真糊涂还是假糊涂，竟然就这么接受了这个解释。直到叶岚拉着江南出了御书房，都还觉得不可思议。

江南仰着头看着天空，忽然低头看叶岚："偷画像这件事情，其实不是你胡诌出来的对不对？"

叶岚心里一颤，脚下步子下意识地就走快了一些，

江南没有跟着她走，他只说："阿猫，我明天再来找你啊，明天你得带我找到永乐苑。"

叶岚背对着他朝他挥挥手："嗯，明天再见。"

她心情本是极好的，可是现在，她不好，一点儿都不好。

因为江南说中了，她确实干过偷画像这种事情。虽然那时候她还小，但是那种黑暗的记忆，现在回想起来，仍旧是太糟糕。

"哼。"她踢了踢地上的石头，"别把别人心里的东西，这么风轻云淡地说出来啊，浑蛋。"

无心插柳柳成荫

叶岚觉得自己就是个二百五，还不带还价的。

多年前，江南就是这么跟她说明天再见的，她就真的在原地等了这么多年。可是最后他出现了却不记得她了，像昨晚上他说明天回来找她，她压根儿就不该放在心上，压根儿就不该相信嘛。

叶岚愤愤然从门槛上站起来，正打算转身回房，就听到远处传来一阵急促慌乱的脚步声。是小环十分激动地往这边跑来了。

她边跑边喊："娘娘，娘娘，皇上来了，皇上来冷宫了！"

叶岚心里一愣，她的父皇，真的来冷宫了？

她还没有反应过来，就看到她母妃十分迅速地补了妆、换了衣衫出来迎接了，叶岚觉得惊奇，因为她母妃竟然笑了！从小到大，叶岚就没见过母妃

的笑脸过。

叶岚坐在原地没动，只过了一小会儿，果真看到皇上屁股后面跟着一堆人潮这边来了。他来了第一件事情就是换上了深情款款的表情，大喊道："爱妃，朕的爱妃，委屈你了！"

被丢在冷宫十六年的淑妃娘娘，因为这句话，感动得都快晕死过去了，"谢谢皇上还挂念臣妾！"

叶岚低头，手里拿着小木棍在地上无意识画圈圈。要不是她昨晚上误打误撞，皇上才不可能想起来冷宫里的淑妃。后宫佳丽三千，他记得才怪。

"还有岚儿，委屈你了。"皇上闪开淑妃的拥抱，笔直朝叶岚走过来，他当头给了叶岚一个熊抱，"来，让父皇好好看看。"

叶岚也做出十分感动的表情，反正这宫里，谁都在演戏而已。

皇上一把拽着她就进了房间，像是有些迟疑地问她："岚儿，昨晚上你在御书房，可曾看到一张明黄色的丝绢？"

叶岚茫然地摇摇头："没有啊！"

得到这个回答，皇上一伙人又风风火火地从冷宫消失了。留下一冷宫的人盯着她盘问皇上和她说了些什么。

叶岚胡乱地敷衍着。她心里却觉得奇怪。皇上丢了东西，为何不差人查，何必亲自走一趟？丢的东西……会和江南有关系吗？

叶岚觉得自己真是二百五，谁都看得出来，一定是有关系的啊！皇上丢了东西，只有她和江南去过御书房，并且，江南失踪了，傻子都看得出来啊。

她知道，她只是有些失落。

冷宫的日子说难熬也难熬，说快，那也真是快。这几个月里要说有什么大事，那就是小环一鸣惊人地被皇上封了个答应，从冷宫飞出去了。

那丫头一直不待见自己，叶岚想，但是她能飞出去，也是好的。

那一日之后，皇上又失忆了一般，彻底忘记了冷宫，忘记了叶岚和淑妃。叶岚第一次觉得时间难熬，之前没有再遇见江南，只是按照约定去等他而已，如今再见到了，心里有个地方，在悄悄地骚动着。

想见他的心情，彻底盖过了偶尔等待，她叹了一口气，学着思春的宫女摘花瓣。

“喂，阿猫。”一个含笑的声音传入她耳中来，“这花跟你有仇吗？”

原本阴沉的心，在一瞬间明媚起来。

叶岚心里直呼糟糕。

太糟糕了啊，因为这和宫女说的喜欢一个人的样子，何其相似？

她喜欢江南？这真是晴天霹雳。

寻找不存在的永乐苑

叶岚瘪了瘪嘴：“你又失约了！”

江南无辜地眨了眨眼睛：“胡说，像我这等神偷，这种失约的事情怎么可能嘛。”

“走，我们继续去找永乐苑。”他说着，乐嘻嘻地拽着她跑出冷宫。

心跳声，喘息声，叶岚伸手捂住自己的脸，害怕让他看出自己的异样。可是越不想他发现，往往越事与愿违，他猛地拉下她的手，好奇地盯着她的脸瞧：“咦，你脸怎么这么红？”

他说着，忽地将自己的额头贴着她的额头。

这样近的距离，彼此的呼吸声在耳边放大，叶岚脸彻底红了。不知是不是错觉，那瞬间，她似乎看到江南的脸上，也浮现出了一抹红晕。

他仓皇地退开了几步，敷衍地催促道：“走走走，快走。”

不想戳破他的心情，叶岚心里涌上一抹温暖的情绪来。

她加快了步子，跟着他往前走。跟着他去寻找那个根本不存在的永乐苑。

那天后来，她有问过宫里的宫女太监们，但是谁都没有听说过，宫里有什么地方叫永乐苑的。知道这一点的时候，叶岚倒没有十分难过。因为如果这能成为他来找她的理由，那么她就愿意相信，这个皇宫里真的有个地方，巴掌大小的地方就叫永乐苑。

嗯，就在她心里。她给自己的心起了个名字，就叫永乐苑。

“江南。”她轻轻唤了他一声，“如果今天找不到永乐苑，你明天，会来找我吗？”

江南声音里有一丝凌乱的味道：“嗯，我会的。”

“真的吗？”尽管知道他只是随口说说的，她还是打心里觉得开心。

因为就算是一个虚无的约定，那也可以打发冷宫里无比漫长的时光啊。

“真　唆。”他像是有些不耐烦，“跟好我，走丢了，我可不负责找你。”

叶岚笑着应了一声，你看，其实他比她熟悉多了，这大周的皇宫。要她带路什么的，根本就不需要吧，那么她是不是可以臭美地以为，他是想见她，所以才来找她的呢?

不过不管是哪一种可能性，叶岚都十分高兴。

自然是无功而返，江南将叶岚送到冷宫门口，转身消失在黑暗之中。叶岚望着漫天星辰，冷风从耳边吹过，她嘀咕了一声：“唉，冷宫该下雪了吧……”

冷宫的雪是第三天的黄昏开始下的，叶岚守在窗户边，看着雪花飘下来。江南果然没有来找她，她允许自己小小地埋怨他一下。

这个人怎么能这样呢？从八年前开始，说话就没有算数过呢。他总是说话不算数，那时候他说，明天我会再来哦，明天再见。她就等啊等，等得那片空地都起了茶楼，他连从楼外走过一次都不曾。

雪落宫城如飞花

没有等来江南，但是这冷宫，等来了皇上的圣旨。

皇上下旨，大抵是说怀念淑妃，将她接回贵妃宫去。叶岚害怕江南来找她的时候她不在冷宫里，决定继续留下来。反正她的去留，淑妃娘娘压根就没有询问过。

雪下了很久很久，推开门都到膝盖深。

明年一定是个丰收的年份吧，她想。她趴在软榻上昏昏欲睡，就在叶岚差点睡着的时候，她听到一串急促的脚步声冲进来了。接着在她还未曾反应过来之前，就被人驾着走入了大雪之中。

她没有穿多少衣衫，忽然被推出去很冷。她冻得直哆嗦，困惑地问："你们做什么抓我？喂喂喂，你们这是要带我去哪里？"

很快叶岚就知道她被带到哪里去了。

那是一间黑暗的秘牢，她手足被锁上了沉重的锁链。她十分茫然，不明白自己犯了什么事，身为一国公主会被大刑伺候。而且，敢这么动她的人，其实这大周朝里也没有几个人吧。

她忽然有些期待，这牢门打开来，外面站着的人会是谁。

牢门是在第二天下午的时候打开的，那时候她正在做梦，梦里还啃着猪蹄，还没有来得及啃完就被人抽醒了。

叶岚视线飘浮地看着前面，最后聚焦在眼前的脸上："咦，父皇？"

没错，站在她面前的，就是当今皇上。叶岚早就猜到了，顿时觉得无趣，闭上眼睛打算继续找猪蹄去。

“不要叫我父皇！”皇帝很是愤怒，“快说，那天晚上，那张明黄色的绸布，你到底拿到哪里去了！”

叶岚摇了摇头：“父皇啊，我都说了，我不知道。”

皇上脸上顿时就沉了下来：“不过是个野种，你不配叫我父皇！”

叶岚错愕地望着皇上：“啊？”

“哼，淑妃好大的胆子，竟然敢跟朕玩狸猫换太子。她把朕的皇子换出宫，换了你这丫头进来。我本来念及你是我的女儿，心软舍不得用刑，现在完全没有必要了！”他说着冷笑着挥了挥手，身后立马有太监拿着长鞭子进来，“给我打，打到她说为止！”

她忽然很好奇：“那张丝绢上面，到底写了什么？”

皇上冷哼道：“那上面写着我大周地图存放的地方。”

叶岚忽然想起一个地方来：“永乐苑？”

皇上脸上大变：“果然是你拿走的！给我打！”

“啪——”鞭子干净利索地抽在她身上。真疼！

叶岚苦笑了一下，她本以为江南胡乱拿了个地方来搪塞她，竟然真的有这么个地方吗？只是江南，好像从一开始到现在，他给她的，就只有欺骗呢。

鞭子一下一下地落在她身上，她竟然还笑得出来，她只是喃喃着喊着：“父皇，疼。父皇，我真的很疼。”

可是等她被疼痛打醒，就只能看到所有人麻木冷淡的脸。

原来不是皇亲国戚，被打起来，是不需要手软的啊。

“喂，醒醒。”江南的声音低低传入叶岚耳中来。

她恍惚睁开眼睛，看到确实是江南，又缓缓闭上：“哦，又做梦梦到你了。”

不知怎的，江南的心好像被人轻轻拧了一下，有些疼。

明明说好明天再见

叶岚“咯咯”地笑起来：“你只在梦里从不骗我。”

“像小时候，你明明认真地、信誓旦旦地说明天会再来的。”她嘴角瘪了瘪，从来都不哭的姑娘，竟然哭了出来，“可是你是骗人的。后来你再出现，根本不认识我，你果然根本不记得曾经答应过我明天再来看我。从开始到现在，你给我的，只有欺骗。”

“可是，我还是很谢谢你。”她又是哭又是笑，“因为如果没有这样虚无的等待，我都不知道要怎么微笑着熬下去。”

江南心里一抽一抽地难受起来，他想喊醒她，可是他开口只溢出一丝哽咽，再摸了摸自己的脸，上面竟然已经湿透了。

“父皇说，我不是他的孩子，所以无论怎么对待都没有关系。”她笑得可怜兮兮，“为什么，我以前以为，因为我总是哭着面对整个世界，所以母妃就总是生气，父皇也总是不来看我。我想如果我不哭，只笑着面对每一个人，那么这个世界就会待我温柔，我只是想被人轻轻抱一抱而已啊。”

“不要……再说了……”江南轻轻拥着他，他将脸埋进乌黑的发间。

“没关系，在梦里，所以说这些话，都没有关系。”她喃喃着继续说着，“我温柔对待我的命运，可是呢，母妃总是很不喜欢我。其实我知道的，她不喜欢我，是因为我不是她的孩子。就像我知道江南一直在骗我，我知道这个皇宫里，每个人都觉得我低贱卑微，但是有时候，假装不知道，要比看得太清醒快乐得多。”

“所以明知道，等不到我，还依旧在等着吗？”江南惨笑道，“明知道等不到的。”

“是啊，就像明知道自己喜欢你。”她顿了顿，偷偷地笑了笑，“也告诉自己，我一点儿也不喜欢江南，一点儿也不。”

怎么可以有人，让自己卑微到这样的地步呢？

江南捧起她的脸，那样狼狈的、都是泪水的脸——

在八年前，他的确曾经见到过啊！

那时候他才刚刚成为一名大内侍卫，那一年他十四岁。

他执行完任务，正打算回宫复命，就听到有个小女孩的哭声。她哭得很惨，用惊心动魄形容也不为过。他本不喜欢多管闲事的，但不知怎么的，就跟了上去。一直跟到集市口，小小的女孩站在那里，行人来来往往，就显得她那么孤单。

他就从小贩那里买了一根糖葫芦，然后蹲下身对她笑了笑：“不要哭了，哥哥请你吃糖葫芦好不好？”

当时她脸上，便是这样，满是泪水。他不知道那么小的孩子，到底会因为什么才伤心成那个样子。她看着他的笑脸，像是看到了这个世上最美丽的奇迹，她甚至伸手触了触他的脸，然后她就笑了。

她问：“大哥哥，如果宝宝不哭，你明天还会来吗？”

他揉了揉她的发，笑着回答她，“嗯，如果你不哭，明天再见。”

明天再见。

于是她就站在曾经他给她糖葫芦的地方，一等就是八年。

你是否真实地来过

“江南。”她无意识地喃喃，“明天你会来吗？明天还会让我梦见吗？你看，我连梦见你，都是一件奢侈的事情呢。”

她说着，陷入了长长的昏睡之中。他解下外袍披在她被打得触目惊心的身上，他轻轻凑在她耳边说：“明天会来的。”

梦里，她勾了勾嘴角，到最后还是笑了。

她在发烧，因为衣服单薄，因为连续被毒打，她伤口感染，她需要大夫。

江南一咬牙，关上了门，他轻轻地说：“等着我，叶岚，你一定要等着我。”

他说着，掠入了黑暗之中。

他得尽快将事情查清楚，没错，其实他是皇上身边的暗卫。淑妃一党，其实从十六年前便在密谋叛乱，那时候淑妃产下的其实是个男婴。她为了让自己进入冷宫，将孩子掉了包。这样做，只是为了给自己赢得充分的时间去布局。毕竟冷宫是皇宫防备最薄弱的地方，皇上只是没有料到，她竟然自己将孩子换掉，因为这种事情，谁都无法想象。

其实那张绸布是被皇上自己拿走了，包括永乐苑，也只是故意说给她听的。皇上这么做，只不过是想逼淑妃他们动手而已。只有动手了，他才能名正言顺地除掉他们。皇上唯一忌惮的，便是被淑妃换掉的皇子，他在什么地方，没有人知道。

叶岚艰难地睁开眼皮子，眼前依旧是黑暗，她似乎梦见江南来看她了。

似乎梦见……自己哭了。

真不争气，叶岚想，明明那个时候对自己说了，不许再哭了的。

因为哭了，江南就不会来。只要不哭，他就会来，只要不哭，就不会被凶残地对待吧。

她头很沉，觉得身子完全不见了，全部的重量都在头部。

其实一切会忽然变成这样，并非完全没有预兆的。她不笨，只是表现得不聪明。她知道皇上一定认识江南，否则不会在那样的情况下，还能自圆其说地将他说成是太监啊。

“咔嗒——”

牢门开了。

是皇上一脸冷意地站在门口，他看着叶岚的脸，似乎也有那么一丝不忍心，他挥了挥手让人将她带出去。什么东西从她身上滑下去，她回头看了一眼，那依稀是一件袍子。

她苦笑一阵，看来她真的病得不轻，否则她怎么会以为，江南曾真的来过呢?

我只渴望被温柔相待

她将脸低下去，只觉得有些不好意思呢。那么多人围在金銮殿下，他们都在看她。从他们的眼神里，她知道自己一定很惨。

淑妃一党就站在台下，他们手足都缠着铁链，显然是事情败露了。

皇上一脸铁青地望着淑妃："你要见她，我就带她出来了。你现在可以说，我的皇子在什么地方了吧！"

淑妃看着叶岚的脸，她忽然爆发出一阵疯疯癫癫的笑声："报应，报应！"

叶岚抿着唇，她努力的保持微笑。你看，她的爹和她的娘，一个将她打成这个模样，另一个疯疯癫癫的在看笑话。

"叶岚。"江南的声音近在咫尺，叶岚吃力地扭头去看，她本以为自己在做梦，可是当视线真真切切落在他身上的时候，她就开心地笑起来。

"江南，你怎么在这里！"她说着，语调温暖。

他轻轻说，"因为说好了，我们明天再见的啊。已经约定好了的，不是吗？"

她眼睛蓦地就亮了起来，她用力地点了点头。

不知怎的，明明只是无意之间随意说的一句话，却被人这样小心翼翼宛如珍宝一样珍惜。他的心揪了起来，她已经遍体鳞伤，可是眼神依旧清澈明亮，他拍了拍她的头，转身站在她面前，“你等我，叶岚，你等我，我一定能救你，一小会儿，真的只要一小会儿。”

她微微笑着望着他，语气轻微：“所以，这次一定会再见到你吗？”

他坚定地点点头，飞快地执剑冲入人群中。

淑妃忽的喝道，“想知道也不是不可以！”

皇上眼睛一亮，飞快地追问，“你说！”

她从怀里掏出一只小瓷瓶来，“你亲自把这个给叶岚那个丫头喂下去，我就告诉你，你的皇子在什么地方。”

皇上走下去接过瓶子，他狐疑地看着淑妃：“真的？”

“你可以不相信我。”淑妃耸耸肩，“但是我告诉你，是真的。”

皇上走拿着瓶子走到叶岚身边，他拔出瓶塞凑近叶岚唇边。叶岚一直微笑着看着皇上，她微微侧过头，她说，“啊，我该喊你什么呢，父亲大人？老爹？还是父皇？”

皇上张了张嘴就要说什么，却又听她说了下去，“小时候，我多希望爹娘可以亲手喂我哪怕是喝水。”

“快喝！”他声音已经带了几丝冷硬，其实他也并非真的忍心这么做，但是这关系到大周国的血脉。

“会喝的啊。”她笑着说，“因为这是父亲大人，唯一一次喂我吃的东西。”

她说着，张嘴将瓶子里的东西一饮而下。

她心里有一丝歉意，她很想对江南说，对不起这次是她毁约了。她等了这么多年，好不容易他守了约，她却失了约。

“不要！”一道尖锐的高喝传过来。众人纷纷转过头去，却看到雍容华贵的皇后，面色苍白的站在原地，她眼底满是惊恐神色，她喉咙中迸发出一道野兽似的低吼，她明明是这么喊的，“不要，那是我的孩子啊！”

“哈哈哈！”淑妃痴痴傻傻地笑着，形容癫狂竟似疯了，“她是你的公主，你亲手杀了你的公主，当年我只不过是将自己的儿子和穆贵妃的女儿掉了包！”

皇上手中的药瓶，猛然坠地。他错愕地转头看叶岚，她面上保持着笑意。

她说，因为这是父亲大人，唯一一次喂我吃的东西呢。

她说，我该喊你什么呢？父亲大人？老爹？还是父皇？

他猛然接住她朝后倒去的身子，天天天，大周国皇帝的天，在顷刻之间碎成粉尘。她是他的女儿，他从未抱过她，甚至在这十六年里都不曾去看看她。他此生给她的唯一的东西，竟然是一瓶致命的毒药。

她依旧睁大眼睛看着，尽管在皇上手中瓶子落地的一瞬间，她就已经咽了气。

她的视线望着人群里的某一点，顺着她的视线望过去，是江南站在她视线的尽头，他分开人群急促地走到她身边，他牵起她的手，这才发现她手里紧紧拽着一张帕子。

上面是娟秀的字迹，字迹鲜红，是她在黑暗之中用自己的血写出来的。一撇一捺一笔一画都歪歪斜斜的。

她写：“其实我只是渴望被亲人温柔相待，还有江南，我真不争气，就算被你欺骗我还是喜欢你。”

他终于忍不住哽咽出声，将她从皇帝手中夺过来。

他静静将她拥在怀里，低低地凑在她耳边说：“我也喜欢你啊，这次没有骗你。阿猫叶岚，你听得到吗？”

第七幕——他的爱住在西厢第几折

Part Seven

父亲节这天，你给爸爸买了一束薰衣草，我问你为什么不是康乃馨，你说因为那是爸爸，是曾将你背在后背上，放在自行车后座上，一背就背到大的人。他曾英俊，他曾光芒万丈，他是爸爸。

他还演着那场郎骑竹马来的戏，他还穿着那件花影重叠的衣。

.1.

死一般的静。

只有陈朵自己的喘息声。

地上是一个老旧唱片机的残骸，就在五分钟前，她用力将唱片机捧起来，狠狠砸在了地上。

然而一开始的冲动过后，陈朵浮上一丝心慌，尤其是看到站在一边无辜得像个孩子般的爸爸，这种慌就在沉寂中发酵，最终让她逃也似的冲出了家。

“陈朵！”一只手用力抓住了她，江离带着关切的声音响在她耳边，“怎么了？刚听到好大的声音……”

“没怎么。”陈朵语气有些生硬，她用力甩开江离的手，“不要你多管闲事，高才生！”

高才生三个字一出，江离的脸蓦地一白，眼神也暗了下去，他想说点什么，可陈朵的身影，已经消失在弄堂口。

陈朵一口气跑出去好远，最后她瘫坐在公园的长凳上，喘得像个迟暮的老人。

“给你。”江离到底是不放心跟了过来，他朝她递过去一只手，掌心里放着一颗大白兔。

“谁让你跟来的！”她抱怨，却伸手接过他递来的糖。

江离顿时松了一口气。

陈朵剥开大白兔的糖纸，将糖塞进嘴巴里，熟悉的味道让她烦躁的心情慢慢平静下来，她眯起眼睛，盯着长凳对面的一棵枇杷树，“你看，枇杷树都开花了。”

“种下有两年了吧？”江离感叹了一声。

“庭有枇杷树，吾妻死之年所手植也，今已亭亭如盖矣。”陈朵轻轻呢喃了这么一句，“有两年了，爸爸妈妈带着我一起种下的，那时候妈妈还活着，爸爸也……”

她说到这里蓦地停住了。

“时间过得真快。”江离接过话头，没让气氛太过尴尬，“那时候我们高三，现在都大二了。”

“陈叔叔，还是老样子吗？”他迟疑着，最终还是将话题，转换到了陈朵爸爸的身上。

陈朵低下头紧紧抿着唇，像是在压抑着某种情绪，“是啊，还是老样子，时好时坏的。”

“会好起来的。”江离安慰她，“他一定会回到曾经的样子的。”

.2.

曾经的样子啊。陈朵愣住了，她忽然有些记不清，没有生病的爸爸，是什么样的。

她闭上眼睛，努力想记起爸爸年轻时候的模样，然而无论怎样努力，都回想不起来。

只记得那是一张浓墨重彩的脸，穿着花影重叠的戏袍，在戏台上咿咿呀呀地唱。

没错，陈朵的爸爸曾经是一个唱青衣的旦角，虽然只是在这座城市一个名不见经传的小戏班子里。

“我要回去了。”陈朵站起来，扭头对江离笑了笑，“谢谢你的大白兔。”

“陈朵。”他忍不住喊住她。

陈朵回头望了他一眼，江离说，“你会考上的吧？”

“不知道，也许吧。”陈朵耸耸肩，“不过你也知道，这很难。”

江离便沉默了，陈朵见他不说话，便笑了笑转身离开了。

虽然很想逃避，但陈朵最终还是回了家。

到家的时候，爸爸正拿着拖把拖地，之前碎了一地的唱片机已经被清理掉了。

“我又发病了吧。”爸爸十分歉疚地看着陈朵，“还砸掉了这个唱片机，对不起啊，陈朵。”

陈朵顿时烦躁起来，心里不安掺杂着懊悔，“不要总跟我说对不起，唱片机……不是你砸坏的。”

她说完，大步错开站在原地低着头不知在想什么的爸爸，直接回了自己的房间。

她从枕头底下翻出一张盖着红印的纸，那是一张专升本的录取通知书，来自于江离所在的那所大学。

江离问她，会考上的吧。

她说，不知道，也许吧。

她说了谎。

她扭过头看着放在书桌上爸爸的病例，她抓过来翻开，上面写着，陈青岩，男，49岁，诊断为间歇性精神分裂症。

.3.

两年前，这座城市发生了一起重大火灾，死一人，烧伤三人，死的那个人就是陈朵的妈妈。

事故那天是陈朵十七岁生日，距离高考仅剩两个月。因为妈妈的去世爸爸接受不了，整个人变得疯疯癫癫，成天穿着戏袍，抹着大花脸，吐词不清地唱着戏。全部重担一下子压到了陈朵的头上。

她忙得像个陀螺，没有片刻闲暇，于是可以预见，她的高考分数，与她的理想差了十万八千里。

她到现在都记得，分数下来那天，江离兴冲冲跑来找她，拉着她描绘精彩纷呈的未来。

那瞬间，全部的委屈和不甘心涌上心头，她尖锐的嗓音打破了他的侃侃而谈，她说："你是来炫耀的吗？高才生，你的未来，我没兴趣知道。"

她说完这句话，江离怔住了，看她的眼神像在看一个陌生人。

虽然后来她跟江离道歉了，但她知道，他们已经回不去曾经的亲密无间了。

像这个世上任何一对青梅竹马一样，陈朵和江离家很近，生日只差三个月，从小到大，他们比谁的分数高，比谁拿的奖更多。陈朵以为他们会一直这么较劲下去，没想到她这么快就败下阵来。

"我们学校每年都有两个专升本的名额。"江离北上念书那天，去见了陈朵，"怎么样，你敢不敢来？"

"你嚣张什么！"她冲他挥舞着拳头说，"等着，等着我去打败你。"

"一直等着你啊。"江离低低说了声，只是陈朵离他有些远，什么都没有听见。

那后来，陈朵去了本市一所名不见经传地专科学校报到。

其实她的分数，去稍微远些的地方念二本是够的，但那些地方都太远，只有这个学校离得近，近到她可以随时回家，照顾不知道什么时候就会发病的爸爸。

大概是她仍然不愿意接受这样的生活，她向江离所在的大学，提交了转本申请，随后是两年的辛苦温书，终于终于，她得到了这张通知书。

.4.

“朵朵，吃晚饭了。”爸爸的声音从房门外传来，她瞬间回过神来。将那张录取通知书塞进枕头下，她这才去开了门。

爸爸已经脱下了那身花花绿绿的戏袍，他看着陈朵的眼神里，带着一丝讨好和谦卑，这种眼神陈朵不喜欢，很不喜欢。

“知道了。”她挪开视线不与他对视，她从爸爸身侧走过，爸爸跟在她身后，安静的像午夜的幽灵。沉默着吃完晚饭，陈朵站起来要洗碗，爸爸却抢先一步站起来，慌忙说，“我来吧，你去温书。”

“没事的，我洗。”陈朵说，“你去休息吧，医生说你不能劳累的。”

“洗个碗而已。”爸爸从陈朵手里抢过筷子，“这点小事情，爸爸能做的。”

“我说我来洗！”陈朵蓦地吼了一声，爸爸的脸色，顿时变得苍白，他像个做错事情的孩子一样，慢慢放下了手里的碗筷。

“对不起。”陈朵连忙说，“我……我只是……”

“爸爸只是想稍微帮上忙。”他用很小的声音说，“只是洗碗而已。”

“我今天心情有些不太好。”陈朵心里很乱，“对不起爸爸，对不起。”

“傻孩子。”爸爸的脸色慢慢恢复了正常，嘴角边还挂着一丝温和的笑，“别和爸爸说对不起，做爸爸的，永远不会生自己孩子的气。”

陈朵的眼睛蓦地一热，她连忙背过身去，不让爸爸看到她红了眼眶的样子。

“洗碗就麻烦你了。”她说着，径直回了自己的房间。房门在背后合上的一瞬间，眼泪就掉了下来。

.5.

陈朵憎恨那场大火，改变了她的人生轨迹。她也埋怨过爸爸，为什么要生那种病，让她的人生雪上加霜。他就像一根深埋地底的木桩，她被粗重的锁链锁在木桩上，只能以木桩为原点，拖着沉重的枷锁画着圈。这就是她所能看到的未来，简单得让人绝望。

她羡慕江离，她嫉妒江离，有时候她甚至迁怒与比她幸运的江离，哪怕她明白，那毫无道理。她这几天情绪之所以这么糟糕，有一大部分是因为江离。

他不仅回来了，在回来的那天，还带回来一个女孩子，他将那女孩子带到她面前，微笑着介绍，“大一的小学妹，也是我们高中时候的小学妹。”

他是这样介绍的，但陈朵从那女生的眼睛里，看到了对江离的喜欢。

这是第一次，江离将女生带到她面前，她明白他这个举动所代表的含义。

所以她焦躁不安，她脾气坏到了极点，她一气之下砸坏了爸爸的唱片机，又在爸爸精神好不容易好转的时候，对他大吼大叫。

全部的全部，都是因为江离——因为她偷偷地喜欢江离。

她翻了个身，将脸埋进被子里，爸爸的声音从门外传来，“睡了吗，朵朵？”

“就要睡了。”她回了一声，“你也早点睡吧，晚安。”

“能给我五分钟吗？我有点事情……”爸爸迟疑了一下，小声地说。

“明天再说吧，我要睡了，明天还要上班。”陈朵打断了他的话，她现在的情绪不适合跟爸爸多说话，她害怕继续说下去，她又要说出什么伤害到他的话。

“好吧，晚安。”爸爸也没有坚持，说了声晚安，陈朵就听到他脚步远去的声音。

她叹了口气闭上眼睛，这一晚她做了个梦，梦里妈妈还没有去世，穿着漂亮的戏袍在戏台上，和穿着书生袍的爸爸，唱着一出西厢记。

她在台下，高兴地拍着手，是那么那么快乐。

.6.

两年前爸爸生病之后，就没有再回去唱戏了，家里一直在用存款，还有妈妈去世时的赔偿金。但给爸爸治病是一项很大的支出，他们总有坐吃山空的一天，高考结束之后，陈朵就开始了打工生涯，寒假暑假，都是在打工中度过的。

“学姐，你在这里做兼职吗？”一个清澈的女声在耳边响起，陈朵回头看了一眼，只见一个长得很乖巧的女孩子站在她面前，眼神满是惊奇。

陈朵记得她，就是江离带到她面前的那个女孩子，她记得是叫苏沁的。

“是啊，做兼职，你来买东西？”陈朵随口问道，她寒假是在这家超市打工，每个月有一千块的收入。

“是啊。”

她将购物篮放在台子上，放在最上面的，是一大袋的大白兔糖。

“你也喜欢吃大白兔啊。”陈朵心里划过一丝浅浅的疼，脸上却挂着淡淡的笑容。

“很香，江学长很喜欢，试着吃了一颗，发现很不错。”苏沁不好意思地吐了吐舌头。

陈朵抿着唇没有说话，给苏沁结完账，确定她走远了，脸上的笑容才消失了。

中午吃饭的时候，陈朵正埋头喝汤，忽然有一只手搭在了她的肩上，她猛地抬头就看到了江离带着笑意的脸。

“江离？”她愣在那里，“你怎么在这里？”

“听苏沁说你在这里打工，我正巧要买点东西，顺路看看你。”江离说着在她对面坐下，“看样子，工作环境还不错嘛。”

“是啊，以后毕业了找不到工作，来这里收银也不错。”陈朵淡淡地说。

“收银？”江离挑了挑眉，“我记得你的梦想是成为大律师，收银和律师，这个梦想缩水也太厉害了吧。”

“有什么不好？”陈朵静静地看着他，“离家近，上班时间稳定，有工作餐，挺好的。”

“那你的梦想呢？”江离脸上的笑渐渐收起来，“陈朵，你把你的梦想，丢去哪个角落了？”

陈朵站起来，居高临下地看他，“从三年前，我接受了那张录取通知书开始，梦想这两个字，已经不存在于我的字典里了。”

.7.

下班回家，已经是晚上八九点了，爸爸还在沙发上等她。

“不是让你早点睡不用等我回来了，医生说睡眠一定要充足，有良好的休息身体才会好。”陈朵说着，将围巾挂在衣架上。

“朵朵，你坐下来，我想我们需要好好谈谈。”爸爸指着一边的沙发对陈朵说。

陈朵倒了两杯热水端过来，她在一边沙发上坐下，抱着茶杯看着爸爸，“是你昨天晚上想和我说的事情吗？”

“是的。”爸爸喝了一口水，似乎松了一口气，“爸爸身体好很多，所以想去工作，我这几天看了一些招聘信息，我觉得超市理货员，我应该可以。爸爸想去你打工的那家超市试试。”

“可是医生说你不适合出去工作。”陈朵眉头皱了皱。

爸爸低头看着自己手里的茶杯，“总是这样在家里，也不是个办法。”

“这个，我们等问过医生再说吧。”陈朵说。

“还有一件事。”爸爸看着陈朵，眼神带着一丝严厉，“我听江离说你想放弃考本科，这是怎么回事？”

“江离是这么跟你说的？”陈朵的语气顿时变得很不好，“江离这个大嘴巴，多管闲事！”

“这么说是真的？”爸爸皱眉说，“是因为我吗，因为我……”

“不关你的事，只是考试不太顺利，可能明年要重新考。”陈朵心里很乱，随随便便扯了个谎，“我不会因为你放弃的，你放心。”

“这就好。”爸爸似乎松了一口气，“等爸爸找到工作，你就不用这样辛苦了。”

“早点休息吧。”陈朵说。

她回了房间，关门的手在轻轻颤抖，虽然她看上去很平静，但只有她自己知道她有多愤怒。

.8.

第二天，陈朵起得很早，她将还在睡梦中的江离拽了起来，拉着他跑出了弄堂。

她丝毫不掩饰自己的愤怒，她说，“江离，你凭什么将那些话告诉我爸爸，你明知道他身体不好，那样刺激他，他会发病的你知不知道！”

“因为他是你爸爸，我觉得有必要告诉他。”江离眼神亮得惊人，没有一丝一毫的退缩。

“你以为你是我的谁！”她吼道，“少自以为是了，他是神经病，难道你也是神经病吗！”

“我以为我是你最好的朋友，朋友的责任，就是在对方走向歧路时，拉她一把不是吗？”江离说，“而且陈朵，那不是神经病，那是你的爸爸。”

“陈朵，他首先是你爸爸！”江离用比陈朵更大的声音说出了这句话。

陈朵大脑一片空白，江离的话宛如一把尖锐的利刃，破开她的脑袋，笔直扎进了她的心里。

“陈朵，在你心里，他还是你爸爸吗？”江离声音放缓放轻了些。

“吧嗒——”什么东西从眼底滑落，砸在地上。

“陈朵，你还记得曾经的自己吗，记得那个打死不认输，说着这个世界上最喜欢爸爸的那个陈朵吗？”江离走近她，他拉起她的手，将什么东西放进了她的掌心，他说，“陈朵，别伤害这世上你最爱的那个人。”

他说完用力抱了她一下，悄然离去。

留下陈朵站在原地，脸上早就被泪水浸透了。她本是盛怒而来，有许许多多话想说，可现在，她竟然一个字都说不出来。

她摊开掌心，那里是一颗大白兔奶糖。

不知道怎么回事，她脑中忽然浮现出他们小时候的样子，那天她被他抢走了第一名，闹脾气哭得厉害，他出现在她面前，掌心里就放着一颗大白兔。

从此，她不开心的时候，他总递给她一颗大白兔，到如今他们都长大了，他却还保持着小时候的习惯。

人为什么要长大，如果可以停留在十七岁生日之前，那该多好呢?

那样，妈妈没有离开，爸爸没有生病，她有憧憬的未来，那个她规划了很多很多遍的未来。

.9.

等风吹干脸上的泪痕，等眼睛不再红红的，陈朵才回了家。

打开家门，便听到爸爸熟悉的唱腔，他穿着一件书生戏袍，脸上上着精细的妆，掐着身段唱着戏。他又发病了，唱片机被她摔坏了，没有伴奏，他的声音听上去有些苍凉。

以往这个时候，她都会把自己关在房间里，等他恢复正常再出来，可是这一次，她没有走开，鬼使神差地，她在沙发上坐了下来。

江离说，那个不是神经病，那个是你爸爸。

是爸爸啊，是从她记事起，就在戏台上唱戏的爸爸。

她眼圈又红了，她连忙伸手抹了把脸，深吸一口气，将泪意掩埋。

她看得很认真，宛如他在台上，她在台下。也因为认真，她发现他似乎是和谁对着戏，唱唱停停，在他的世界里，此时一定有人跟他一起唱。

“是唱的什么？”她忍不住开口问。

爸爸的视线朝她看来，他说，“忘了啊朵朵，是西厢记，看，妈妈唱的崔莺莺，爸爸是张生。”

“西厢记啊。”陈朵心里一阵温暖的疼，她记得小时候妈妈告诉她，她和爸爸认识，就是排西厢记这出戏，她是崔莺莺，他是张生，却不想西厢记做了他们的红娘。

“原来是和妈妈对唱啊。”陈朵很心酸，她忽然觉得自己很残忍，残忍到对自己的父亲这样漠视，他在她面前唱，她却从来视而不见。

“是啊，今天朵朵生日，妈妈说要给朵朵一个惊喜。”爸爸袖摆一挥，神色之间，依稀可见年轻时的风采，“不知道朵朵你会不会喜欢。”

“惊喜是什么？”她下意识地问。

“告诉了你，不就变不成惊喜了吗？放心吧，礼物妈妈放在更衣室，晚上会带回家的。”他神秘地说，“好了，爸爸和妈妈要对戏，你看书去吧，再三个月就要高考了。”

“好，我去看书。”她站起来，转身的时候嘴角就弯了下去，他在重复唱着那天的西厢，他犯病的时候，只记得那天是她的十七岁生日。

她关上房门，哭得肆意。

她不知道，她不知道妈妈出事那天，他们在戏班子里排着西厢，不知道妈妈为她准备了个惊喜。

那天的大火，是从戏班更衣室烧起来的，电线老化走火，烧着了衣物，瞬间吞噬了那栋大楼。她一直憎恨那场大火，一直埋怨妈妈为什么要去那里。现在才知道，更衣室里放着妈妈要给她的生日礼物。她是去更衣室里取礼物，才会被困在那里。爸爸有没有迁怒过她，他应该迁怒的，他完全有资格，如果不是因为她的生日礼物，妈妈会好好活着，他不用因为她的死去而发疯，不用因为思念而唱着一个人的西厢记。

她翻出枕头下的那张录取通知书，咬着牙撕成了两半，最后丢进了垃圾桶里。

.10.

她消沉到了极点，连超市一起工作的人都发现了。

“陈朵！”江离焦急地喊她，“快跟我走！”

“怎么了？”那天之后，江离就没来找过她。

“你爸爸出事了。”江离抓着陈朵的手臂，拽着她飞快地跑出了超市。

“我爸爸怎么了！”陈朵的心跳非常快，像被一只大手用力揪紧了，“江离你说啊，他到底怎么了！”

“我去你家找你，撞见了他吞下一大把安眠药，我打了120，他现在医院洗胃。”江离说着，拦了一辆出租车就往医院方向赶。

陈朵脑中一片混沌。

妈妈去世之后，她像个大人似的料理了她的后事，她以为她已经足够坚强，可以应付任何变故。

可是现在，她手足无措，她浑身发抖，她害怕到了极点。

“别怕。”江离紧紧握住她的手，“你爸爸不会有事。”

“他睡眠不太好，医生给他开了一些安眠药。”陈朵喃喃地说，“我为什么这么粗心大意……”

“是不是因为我告诉他你的事情？”江离问到，有些自责，“对不起，我不知道会这样。”

“不是你。”陈朵轻轻摇了摇头，“不是你的问题，江离，是我，是我错了。”

“你不知道，最难过的时候，我也曾在心里想他为什么还要这样活着，可是现在我才知道，原来我之所以可以那样坚强，是因为至少他还活着。”陈朵擦掉了眼泪说，“其实我一直，都把他当成最后的依靠。不是我为他放弃梦想，而是拿他当成，逃避痛苦的借口。我害怕，不敢离开这里半步，害怕一回头，连爸爸也会消失不见。”

“我以为自己是世界上最不幸的人，却忘了他也失去了最爱的人，他不能像我一样，还可以冲他发脾气，他把一切藏在心里，把自己逼疯了。”陈朵絮絮叨叨地说着，像个做错事的小孩，“江离，我怎么会糟糕成这模样？我总是迁怒他，我摔了他心爱的唱片机，我让他一孤单，就是这么久。没有人比我更糟糕了江离！”

江离没有说话，只是静静地听，其实将一切都藏在心里，什么都不肯说的，除了陈朵的爸爸，还有陈朵啊。

陈叔叔疯了，至少也是一种发泄，可她却不能疯，于是将自己逼成了，连自己都憎恨的模样。

.11.

到了医院，陈朵飞快地冲了进去，洗胃已经结束了。

陈朵推开病房的门，爸爸已经睡着了，她看到他一动不动的样子，心里有些紧张，直到确认他的心跳，才稍稍放下了心。

她将他露在外面的手放进被子里，手却触碰到一样东西。

她打开来，是两张折叠好的纸张，翻开其中一张，上面是爸爸的字迹，他写着：他想陈朵妈妈了，想去见她。让她好好活着，努力成为大律师。

另一张折好的纸，她翻到一半就没有翻下去。

“怎么了？”江离看到她忽然停下了手，不解地问。

“没什么，他说想妈妈了。”陈朵用力将另一张纸捏紧，不动声色地塞进了口袋。

不用拆她也知道是什么，被她撕成两半的录取通知书，爸爸用胶带粘了起来。

他不想成为她的包袱，企图用这种方式消失在她的生命里，她不敢想，若不是江离正好发现，那么她要怎样面对这封信。

“谢谢你江离。”陈朵真诚地看着他，“真的谢谢你。”

“干吗说这些？我们不是好朋友吗？”江离笑着说，“我还在等你，你什么时候来跟我抢第一名？”

“好朋友”三个字，宛如一根尖锐的刺从心头划过去，她知道，对江离来说，她大概永远只会留在这个位置上了。

“不要等了。”这一瞬间，她脑海中，有关于未来的轨迹，在断裂的地方，又抽出了新的枝丫，她说，“我打算自考律师本科，然后找个事务所实习一年，参加司法考试。”

“这样……也很好。”江离说，“我可能会留在那座城市。”

“我就在这里。”陈朵扭头看着仍在沉睡的爸爸，“我的梦想，我的家人，都在这里。”

“快点实现梦想吧，万一以后我要找律师，你可要帮忙啊。”他看着她的眼睛，轻声说，“我们可是青梅竹马。”

“一定，我的小竹马。”她点头允诺。

再见，我深深喜欢过的人。她在心里说。

她目送江离走出病房，她没有跟出去，她在病床边上坐下，爸爸很快醒来，看到她张嘴想说什么。

陈朵却先开了口，“医生说你没事了，快好起来吧，不是要去超市上班的吗？这样我们就可以一起上下班了。”

他眼神蓦地亮了起来，看着陈朵，有些不敢相信。

“要长命百岁啊。”她像个孩子一样扑进他怀里，“要看着我长大，看着我拿到毕业证，看着我穿上婚纱嫁人，我还想再听你唱的《西厢》……”

他的眼睛里迅速聚集起水汽，最后凝结成眼泪滚落，他嘴唇抖得厉害，最终用力点了点头。

第八幕——百变妖物语

Part Eight

你最近还好吗？最近的我们好像总是在吵架，你说算了吧，然后收拾了行囊去远方。我们互不退让，像两只斗败的小公鸡。我说了那么多的对不起，却忘记了只有爱才能创造奇迹。

(1) 意外来客

“我说，咱能不能换个地方？”戴着高高礼帽的吸血鬼伯爵喘着气，非常郁闷地看着眼前穿着一身唐装的黑发少女。

“不能。”白灵非常帅气地翻了个跟头落地，手里的鞭子啪一下砸在地上，激起一片白色尘土，非常从容地看着眼前的伯爵，“我警告过你很多次了爱德华，这里是中国，不是你的地盘儿，你敢胡作非为我就敢灭了你！”

爱德华悻悻然笑了笑，“漂亮的中国女孩，你这么粗鲁强悍肯定找不到男朋友的。”

白灵瞪了他一眼，“想本小姐貌美如花，怎么可能交不到男朋友！别企图转移话题，今天你死定了！”

爱德华摸了下鼻子，“可是我死了，会有很多女妖精伤心的。”

白灵顿时一脸黑线，“亲，你忘记我为什么要追杀你了么！还不是你太花心，我们中国的女妖精，都是很专一的，你怎么能同时跟很多女妖精交往！”

“你们中国不是一夫多妻么，我只是来尝试一下的嘛。”爱德华说着非常委屈，“你不能因为我是外国吸血鬼不给我交多个女朋友。”

白灵怒了：“那都什么年代了，现在是和平民主的年代，是一夫一妻！”

“啊！”爱德华忽然掏出手机来，说了几句话就又挂掉了，“中国女孩！我要走了，我老婆怀小宝宝了！”

“啊？你老婆怀宝宝了？”白灵一时间没有反应过来，“这什么乱七八糟的，你别想跑！”

她说着就提着鞭子朝爱德华追过去，可是这家伙像是忽然打了鸡血一样的，转眼间已经消失在了白灵面前。

“吸血鬼，这速度真不是人能追的。”白灵跟着追了一段，实在是追不上了，气喘吁吁地靠着墙壁挪不动道了。

收好了鞭子，白灵一个轻灵的跳跃跨出了公园的围墙。正是傍晚时分，夕阳懒洋洋照在身上非常舒服。

回到家才推大门，白灵就看到自家客厅的沙发上坐着一个人，一个白灵打死也不想见到的人！

“蓝小天！”白灵一手将书包丢在了地上，冲上去一个漂亮的过肩摔就将坐在沙发上的格子衫美少年摔了出去。

只是没有意料之中的惨叫声，蓝小天气定神闲的在空中来了个自由转体，然后漂亮地稳稳落地，甚至还冲着白灵眨了眨眼睛，“啧啧，色女灵，这么久不见，你还是这么爷们儿。嗯，这么强悍，一定交不到男朋友。”

白灵脸都绿了，抽出鞭子就朝蓝小天甩了过去，“浑蛋蓝小天！你给我滚出去！还有，你才交不到男朋友，你全家都交不到男朋友！”

(2) 白灵的初恋

鞭子没落在蓝小天身上，而是稳稳地被一个头发花白的老头子接在了手上，“小灵，淡定淡定。”

“爷爷！”白灵急了，想抽出鞭子又怕弄伤老爷子，老爷子身体差得很，可是经不得折腾的。但是白灵又实在气得很，索性一把丢下鞭子，拎着书包就上了楼，哐当一声将门锁死。

“浑蛋蓝小天！”白灵用力将自己抛进大床上，拉过被子盖过头顶，在心里将蓝小天骂了个狗血淋头。

白灵和蓝小天的仇，可以追溯到初中那会儿。

不过和一般的初中，白灵和蓝小天读的是教他们怎么辨别人和妖精的。

古往今来人和妖共处在地球上，只是妖精很多时候都伪装成人的样子混迹人群，普通人认不出来罢了。人和妖，妖和妖之间，难免会有冲突，为了不伤害到脆弱的人类，中国每个地方都有固定的家族来维持本区域的妖界治安。

那时候正是十三四岁，少女心萌动的年纪啊，白灵喜闻乐见地喜欢上了蓝小天。

并且那时候的白灵还做了一件足以让她抱憾终身的事情，那就是写情书！

没错白灵在初中那会儿，给蓝小天写过情书。

并且据当事人说，那情书写得真的是惊天地泣鬼神。

要是蓝小天直接拒绝了白灵也就算了，白灵顶多是恨他一阵子，但是他做了一件让白灵决定恨她一辈子的事情，那就是，他竟然在学校广播站，当着全校学生的面，将那封情书读了出来。

那一天，她经受了史上最惨无人寰的嘲笑，从此就誓死讨厌蓝小天。

(3) 史上第一次

“喂。”蓝小天靠在白灵的房门口，抬手敲了敲门，喊了一声，“色女灵，你这么怕我啊。”

“你给我死开！”白灵一把抓着枕头就砸在了门上，“我不想见到你。”

“莫非你到现在还对我念念不忘？”蓝小天略带嘲笑的嗓音，不管白灵愿不愿意听见，还是非常清晰地传进她耳朵中，“啧啧，你不想见我，是在害怕什么啊。”

害怕你妹！白灵一下子踢掉被子从床上爬了起来，气势汹汹地走过去，哐当一下开了门，蓝小天本是靠着门站的，没有料到她会忽然开门，一时间重心不稳的朝她倒过来，白灵下意识的网边上一闪，于是蓝小天喜闻乐见的摔了个结实。

“你活该！”白灵气笑了，也对啊，她干吗躲着他？她才不要对蓝小天示弱呢！

蓝小天坐在地上没起来，仰着头看着白灵，“过了两年了，你竟然一点都没变。”

白灵用鼻孔朝他，“你倒是长残了，这么丑，肯定没有女朋友！”

蓝小天笑着看她：“色女灵，好久不见，其实我还是很挂念你的呢。”

“不劳挂心，说吧，你不好好在青市待着，来兰城做什么？”白灵虽然不太想见到他，但是冷静下来，还是觉得奇怪，“难道是遇到解决不了的妖精，来请姐姐我帮忙？”

“NO（不）。”蓝小天摇动中指，略微得意地说，“你说错了，这次我可是来帮你的。”

“我才不要你帮，兰城挺好的。”白灵说，“你可以回去了。”

“落日星亮了。”蓝小天从地上爬起来，语气变得非常认真，“就在兰城这一带。”

白灵的笑僵在了脸上，“你说什么？”

“其实我也发现了。”白老爷子适时出现在房门外，缓缓地说，“前天我夜观星象，看到兰城的上空，亮起了一颗落日星。”

落日星，灭世星。

白灵听说过，这颗星星在2000年的时候也曾亮过，每个世纪之交，其实都会经历一些常人不知道的劫难。白灵的父母就是死在2000年的那场灾难之中的，用两个人的力量，压制住了兰城通往异世界的通道，成功地将落日星击落了。

2000年灭了的落日星，现在又再次亮起来了。这代表了什么，白灵比任何人都要清楚。蓝小天轻轻拍了拍她肩膀，“你放心，我就是来帮你的。”

“难道你知道为什么落日星会亮？”白灵面色凝重地看着蓝小天。

“因为吸血鬼怀了孩子，那个孩子一旦出生就会不断的吸食人血，到时候人咬人，这个地球将会变成吸血鬼的世界。”蓝小天说，“我们唯一可以做的，就是阻止这个孩子的出生。”

(4) 东西合璧

“爱德华！”白灵忽然想起来，之前在公园逮到花心爱德华的时候，他接了个电话说他老婆怀了孩子，当时她还觉得爱德华在胡说八道，因为吸血鬼根本不可能让人怀孕，“可是这怎么可能呢。”

“圣经上有说过，吸血鬼生孩子，这个孩子将会带来灭世之灾。”白老爷子素有活版图书库之称，中外书籍都读过不少，“看来这颗落日星之所以会亮，就是因为这位吸血鬼伯爵爱德华了。”

“可是他有那么多女朋友的，我怎么知道是谁怀了他的孩子呢。”白灵急死了，再次想灭了爱德华，让他这么花心吧！

“这个我已经查到了。”白老爷子说，“就是那位唐朝就活下来的女僵尸唐嫣儿了。”

“是她！”白灵瞪大了眼睛，“那个非常非常美丽的唐嫣儿！爱德华竟然能交到她，这太不科学了！”

“唐嫣儿必定是怀着极大的怨气。”白灵来回踱了几步，飞快地说，“我以前见过她几次，是个非常有个性的僵尸姑娘，她最不喜欢男人花心，爱德华除了她之外还有很多妖精女友，她肯定恨死爱德华了。”

“怀着怨气的僵尸宝宝。”白老爷子也惊了，“你们得赶紧找到她，千万千万别让这个孩子出生！你们只有一个星期的时间，僵尸宝宝不像人类的婴儿需要历经十月长成，僵尸孩子只需要七天就能出生，出生就需要吸食大量人血，会害死很多人的！”

蓝小天眉头皱了皱，“可是兰城人太多了，人气掩盖了妖精的气息……”

“也不必急，等吃过晚饭再说，现在出去也找不到的。”白老爷子说着转身下了楼，“今天就尝尝我的手艺吧。”

(5) 百鬼夜行

也许是感受到了落日星的异能量，兰城的妖精们似乎都开始骚动起来，原本低调地活在人堆里的妖精，好多在半夜现着原型在大街上行走。

“就在这附近了。”手里的仪表指针忽然剧烈的转动起来。

白灵点点头，一言不发地跟着蓝小天往前走，越靠近，身边的妖精就越多，他们大多是无意识地在街上游荡，虽然场面有些诡异，但好在都不会去攻击人类。

“一旦那个孩子出生，这些妖精的野性就会战胜人性，到时候后果不堪设想。”蓝小天声音难得正经，“你要做好准备。”

白灵点点头加快了脚步走到他前面去，抬头看，前面是一处小洋房，这里处于城郊，唐嫣儿还真的很会选地方。

再次看到唐嫣儿，白灵还是觉得惊艳，她穿着一身红色宫装，挽着发髻，静静站在门口，“白灵？这么晚找我做什么呢？”

白灵看了蓝小天一眼，有些犹豫该怎么开口，蓝小天索性一口气将落日星的事情全部说了出来。说话间，唐嫣儿已经将他们让进了屋内，甚至还体贴地给他们泡了热茶。

“你怎么选择？”白灵知道这种事情很残忍，因为就算那孩子不是人类，甚至还是个灾星，但怎么说都是唐嫣儿的孩子，僵尸能怀孩子，这本身就是个奇迹。

“动手吧。”唐嫣儿意料之外的没有刁难他们，“反正那种花心鬼的孩子我也不想要，再加上这个孩子的出生会造成这种可怕的后果，那我宁愿不要。”

白灵和蓝小天同时松了一口气，来之前白老爷子已经给了她杀死这个孩子的武器，那是一把刻了符咒的尖刀只要刺进唐嫣儿的肚子里去，就可以杀死他了。

“你放心，只是插进肚子里对你是没有伤害的。”白灵安慰着唐嫣儿，唐嫣儿对着她微微笑了笑，示意她可以动手了。

白灵就握着刀对着唐嫣儿的肚子就要扎下去，然而刀子触到唐嫣儿的一瞬间，一道锐利的白光，狠狠将白灵推了开来。

(6) 吸血鬼宝宝

“小心！”蓝小天飞快地将白灵拉到身后，自己却被那白光推出去老远，白灵被他护在身后，没有什么大碍，他却被撞的狠狠吐了一口血。

“怎么回事！”白灵惊呼一声，飞快地将蓝小天扶起来，再抬头就看到唐嫣儿还躺在那里，但是以她为中心却有一层厚厚的白光保护着她。

“我不知道！”唐嫣儿也很害怕，她从地上捡起被白光打掉的短刀，一咬牙打算自己刺进肚子，就在这这时候，爱德华忽然出现在唐嫣儿面前，一把打掉了她手里的刀，非常愤怒地看着唐嫣儿，“你竟然要杀死我们的孩子！”

“爱德华！”白灵大喊一声，“你竟然还敢出现，我今天一定要收了你！”

爱德华飞快地抱起唐嫣儿，回头看了白灵一眼，“我不会让你收了的，我要当爸爸了，我是不会让你们伤害我的孩子的！”

爱德华的眼珠子蓦地变得通红，抱着唐嫣儿就串出去老远。

白灵本想追出去，但想到蓝小天受了伤，迈出去的腿又收了回来。

蓝小天脸色白的有些吓人，白灵有些慌了，“喂喂，蓝小天，你不是吧，这么脆弱，还是不是爷们儿！”

“我当然是啊。”蓝小天挂在她肩膀上，头闷在她脖子间，说话的时候，热气喷在她脸上，白灵的心里有种说不出的感觉，似乎沉睡着的某种情绪在不知不觉之间开始慢慢苏醒。

“你刚刚为什么要推开我，明明自己可以躲开。”白灵撑着他往回走，刚刚那么来一下，街上的妖精们似乎也清醒了过来，一个个变回人形也都回家去了。

街道似乎一下子安静下来，路灯温柔的亮着，好像白灵的心也跟着温柔了起来。

“因为你虽然比汉子还汉子，但怎么也是个女生嘛，男生保护女生，是天经地义的。”蓝小天靠着她耳边有气无力地说，“这个答案怎么样？”

“很好。”白灵说着很好，可是心里却有些失望。她有些懊恼，除了这个答案，她还指望从蓝小天嘴里说出什么话来？

几乎是扛着蓝小天回了家，白老爷子连忙找了药箱来，替蓝小天里里外外检查了一遍，除了被撞断了一根肋骨之外，其余没有什么伤。

这样的伤，对于他们这样的人来说，几乎不算受伤。

“现在怎么办？”白灵茫然地看着白老爷子，“爱德华劫走了唐嫣儿，有他在，我们成功杀死那个僵尸宝宝的可能性几乎是零。”

白老爷子沉默了很久，最终叹了一口气缓缓说，“就算没有爱德华你们也杀不了那个胎儿了，因为一旦胎儿的自我保护模式开启，外人就根本伤害不了他。现在唯一一个办法，就是等他出生，我反复地查阅了很多书籍，发现了僵尸宝宝的一个特点，在吸第一个人血之前，僵尸宝宝会吐出身体里的全部能量，只要不超过20岁有灵力的年轻人去撞散那波能量，就能够杀死吸血鬼宝宝了。”

“那去撞的那个人……会怎么样？”白灵犹豫地问出了这个问题。

“会死。”

(7) 死的权利

爷爷说除了这个方法之外，没有第二个方法。

要么死一个人，要么全世界的人都变成吸血鬼。白灵不想死，人生还有那么长的时间，但是她更不想蓝小天去死。

虽然那个人很讨厌很可恶，但若是她和他非要死一个人，她宁愿死的人是自己。

只是……

白灵喃喃自语，“我还没有谈过恋爱，我舍不得死啊……”

她说着，忽然站了起来，冲进蓝小天的房间，也不管他还在休息中，直接把他从被窝里挖了出来，“蓝小天，你给我起来。”

蓝小天正睡得香，冷不丁被人弄醒，有些迷糊，半眯着眼睛看着白灵，表情有种说不出的慵懒。白灵艰难地咽了咽口水，不可否认，尽管过了两年，这厮依旧长得非常养眼，“我要你当我男朋友。”

“啊？”蓝小天立马就清醒了，“你说什么，色女灵？”

白灵拍了他一掌，“我是认真的，好吧虽然承认自己没有谈过恋爱很丢脸，但我确实没有谈过恋爱，我想在……之前，好好地谈一次恋爱，虽然对象是你有些不圆满，但总好过没有。”

“怎么着，本大帅哥你还嫌弃？”蓝小天好笑地看着她。

“呸。”白灵白了他一眼，“我想过了，兰城世世代代都是我们白家守护着的，身为第五十三代传人，我不能给祖宗丢脸啊。”

“你真的决定去送死？”蓝小天有些不信地看着她，“喂喂喂，色女灵，别拿生命开玩笑。”

“你到底答不答应！”白灵不想和他说其他的话，“回答我好还是不好，距离僵尸宝宝出生也就剩下三天了，你只要当我三天的男朋友就行了。现在你只要回答我，好，还是不好。”

她说完，就看着蓝小天，非常安静地等待他的回答。

事实上……她的手心已经全部都是汗了。

“好。”蓝小天微笑着抬手摸了摸她的头，“当你三天男朋友，我就勉强答应了吧。”

(8) 是牺牲还是爱

情侣会做的事情，其实很简单，无非是压马路，看电影，逛街，一起吃东西喝茶，再拍几张大头贴就搞定了。

所以白灵觉得非常非常的无聊，她牵着蓝小天的手晃啊晃，“真搞不懂，为什么那么多人喜欢谈恋爱，明明这么乏味。”

“闭上眼睛。”蓝小天的声音温温柔柔的响在她耳边，“我来教你，怎么恋爱。”

“你？”白灵狐疑地看着蓝小天，“真假的啊。”

“开玩笑像我这么帅，女朋友都是排着队的好吧。”蓝小天非常得意地说，“没有谈过恋爱的人没有资格怀疑我。现在闭上眼睛。”

白灵就乖乖闭上眼睛了，她静静等了很久，始终听不到动静，偷偷睁开眼睛，却看到蓝小天好看的脸庞就在眼前，蓝小天被她吓了一跳，脸上忽地就浮上两片可疑的红晕，眼神非常非常的狼狈。

白灵忽然就乐了，“哈，你说谎了！还女朋友排着队呢，肯定和我一样，没有……”

唇被人堵住，白灵的眼睛瞪得非常非常大，蓝小天吻了她？

蓝小天吻了她！

白灵心跳非常非常的快，近乎要跳出心口的那一种。原来她还喜欢着他的，就算这么长时间以来，她骗自己恨蓝小天，但是现在，此情此景，她无法欺骗自己的心。

不过也好，反正她就剩下了三天可活了，为什么不遵从自己的心呢？

“喂。”白灵哑着嗓子问，“你还没有回答我呢，你是不是也没有谈过恋爱？”

蓝小天抿了抿春，他在白灵无比期待的眼神中，顺着她的心意点了点头，“是。”

白灵一下子就高兴地跳了起来，“哈哈哈，果然吧！”

“你真的做好准备了吗？”蓝小天缓缓问，“今天……是最后一天了呢。”

“我做好准备了。”白灵觉得没有遗憾了，如果为了这个世界而牺牲她一个人，她没有任何怨言的，“倒是你啊，以后交女朋友，一定要找到比我好的，否则我一定要去拆散你们。”

“为什么？”蓝小天看着她的眼睛问她，“白灵，你是不是还喜欢我啊。”

如果是以前的白灵，她绝对一定以及肯定会否认的，但是现在，此时此刻，她不想对自己说谎，“是啊，得意吧，浑蛋。”

(9) 若不是因为爱着你

白老爷子已经连续好几天没有合眼了，他几乎翻遍了所有的书籍企图找到第二种方法，他真的不想看到自己的孙女去送死。

上一次的落日星让他失去儿子和儿媳妇，他实在不能够承受再一次地失去了。

但是他又没有资格阻止白灵这么做，因为白家的孩子，是没有贪生怕死的权利的。白家肩负着的是整个兰城的安慰，这是白家世世代代传承下来的重担。

“小灵。”白老爷子抬起涨红的眼睛看着她，看着看着就流下泪来，“对不起我找不到其他办法。”

“没有关系，爷爷，我已经和蓝小天说好了，以后他会照顾你。”白灵轻轻说这，用手指替他梳了梳乱七八糟的白发，“我必须这么做，爷爷，白家的子孙，学习的第一门功课，就是牺牲。”

“我知道。”白老爷子叹了口气，“你去吧。”

白灵就出了书房，白老爷子无力地瘫倒在椅子上。就算他饱读书籍，这又有什么用，他依旧无法救他唯一的孙女。

白灵穿好衣服出门，蓝小天已经在门口等她了，白灵本想说一个人去就够了，蓝小天先开了口，“你死的资格拿走了，你总得给我陪你走最后一程的资格吧。”

“好。”白灵笑了笑，没有再拒绝蓝小天。

今晚僵尸宝宝将会出生，不用仪器寻找，因为强大的灵力已经可以被白灵感知到。

整个兰城的妖精们都在骚动，像是在等待这位伟大的魔星出世。

白灵拽着蓝小天飞快地朝前跑，很快灵力最强的地方已经近在眼前了。

那是一栋已经废弃了的大厦，大厦外方圆两百米都没有行人，白灵拉着蓝小天冲到了大厦外，发现这里被布下了一圈结界，不用猜也知道是爱德华干的。

白灵破了结界冲进去，才走进去就感受到一股很强大的压力。

“来不及了。”唐嫣儿早就坐在了大厦的台阶上，似乎一直在等着他们的到来，她怀里抱着的正是一个刚刚出生的婴儿，“对不起白灵，我尽力了，可是我杀不死他……”

“爱德华呢？”白灵问“爱德华去了哪里？”

“他死了。”唐嫣儿面色有些冷，“我是中国僵尸，怎么可以被一个西洋吸血鬼欺骗？怎么可以仍由他摆布？我趁着他在棺材睡着的时候，杀死了他。”

白灵有些发愣，她一时间还无法接受这样的事实，她本以为她会和爱德华有一场恶战的，看来这场恶战也省了。唐嫣儿果然是唐嫣儿，真的是个非常有个性的中国僵尸啊。

“把孩子给我吧，我有办法杀了他。”白灵上前一步，“或者，你舍得吗？”

“我舍不得。”唐嫣儿笑了笑，非常美丽，她走近白灵将婴儿放进了她怀里，“可是我不能看着他将这个世界变成吸血鬼的世界啊。我不能陪他生，但是我可以陪着他死。”

唐嫣儿说完，将白灵那天给她的刀刺进了自己的心脏。

“不要！”白灵想要阻止，可惜唐嫣儿已经倒地气绝了。

白灵将婴儿放在大厦的台阶上，缓缓朝着蓝小天走去，她终于说，“好了，你可以走了，只要僵尸宝宝吐出能量球，我撞上去就行了。”

“喂，色女灵。”蓝小天忽然抓住白灵手臂，不让她继续向前走。白灵背对着大厦，所以她没有看到，放在台阶上的婴儿，已经缓缓地吐出了能量球。

(10) 挽救世界的不是牺牲

“嗯？”白灵不解地回头看他。

蓝小天伸手捏了捏她鼻子，低低柔柔在她耳边说，“有件事情我一直没有告诉你。”

“什么？”白灵不明白蓝小天到底想说什么。

“其实当初当着全校人读情书，不是为了羞辱你。而是为了向全校人炫耀，色女灵喜欢我呢。能得到色女灵的喜欢，这在我来说是一件非常值得骄傲的事情。”蓝小天凑近她吻了吻她额头，“我喜欢你哦。喜欢你，喜欢了很多很多年呢。”

他说完，一把推开她，迎面撞向了那颗无法闪避的火球。

白灵猛然转头，“不要！”

然而耀眼的白光，将她整个人都扫飞出去，她无法承受这样的波动，终于晕死了过去。

再次醒来，白灵看到的是爷爷憔悴的脸，她忽的觉得心口非常非常疼，她想起来，在最后的那一瞬间蓝小天将她推了出去，就像一开始他推开她不让她受到伤害一样，最后的时候，依旧是他推开了她。

眼泪不受控制地往下掉，笨蛋蓝小天，蓝小天真的是个大笨蛋！

他看着她信誓旦旦的选择牺牲自己，他什么都不说，其实也许一开始就决定了要代替她去死的吧。

可恶的蓝小天，白灵觉得，自己会这样难过一辈子的。

“小灵你终于醒了。”白老爷子见她醒了非常开心，“怎么哭了呢？不要哭，一切都解决了，婴儿消失了，爱德华和唐嫣儿我也已经送他们往生去了。你不要难过啊。”

“蓝小天……”白灵哭的说不了一句完整的话，“他……他回不来了啊。”

“谁说我回不来的？”熟悉的声音近在咫尺，白灵猛然抬头去看，果然看到唐小天熟悉的脸，他在冲她微笑。

“啊？”白灵愣住了，她不解地看着爷爷，“这是怎么回事，你不是说撞向能量球的人，会连灰烬都不剩的吗？”

白老爷子笑了，“我后来才在一本非常老的缺了页的圣经上发现了一句话。能救世人的不是牺牲，而是爱。”

“如果撞向能量球的人，心里充满的是为了这个世界牺牲自己的念想，那么他就真的会牺牲。但一旦这个人心里是充满了爱的，那么他就不会死，非但不会死，还会心想事成。那能量球，其实代表了一个愿望。”白老爷子说完，拍了拍白灵的头，缓缓地退出了房间。

白灵偷偷看蓝小天的表情，发现他也在偷偷地看着她，“喂蓝小天。”

“嗯？”蓝小天应了她一声。

“你最后的时候，跟我说了什么？”白灵笑得很灿烂。

“我喜欢你。”蓝小天低喃。

“大声一点儿，我没有听到。”

“色女灵，我喜欢你。”

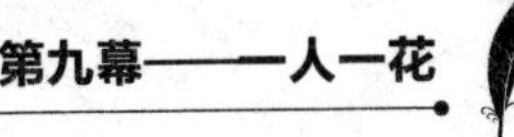

第九幕——一人一花

Part Nine

爱上一朵花，就陪她去流浪，爱上一朵花，就陪着她绽放。
爱上一朵花的姿态，她在黑夜中发亮。

(1) 樱花与雪

我一般不叫周光年哥哥，我更愿意喊他傻帽，因为他的的确确是个傻瓜，如果可以，我甚至都不愿意承认他是我亲哥哥，但是没有如果，因为他长了一张和我一模一样的脸。

才走到教室门口，闹哄哄的教室里就传来一道尖锐的嗓音，“哎哎！周光月，有你的信，你哥哥寄来的！”

这讨厌的声音，除了何玉婷没别人，她一直热衷于拿我哥哥说事儿，语调总是带着嘲笑，她表情很夸张，声音更是刻意放得很大，生怕全班不知道似的：“真羡慕啊，这次留的地址是日本北海道。”

我嘴角抽了抽，用力把她抓在手上晃来晃去的那封信抢了过来，班上同学发出一阵哄笑，我默默地走到最后一排的位置上坐下。我是全班唯一一个没有同桌的人，大概也是唯一一个没有朋友的人。

都是因为周光年那个傻帽！全校都知道我有一个白痴双胞胎哥哥，他们明目张胆地拿看神经病的眼神看我，就因为我每次考试都考全班倒数第一，所有人都认为我也是个智障！

我把信狠狠地揣进桌肚子里，翻出课本来准备上早读。

何玉婷那个讨厌的家伙一屁股坐在我身边，伸手就要去翻我的课桌，“怎么不拆信啊，从日本寄来的，让我们都开开眼吧。”

我直接一把推开她，怒目瞪她，高声说：“何玉婷你烦不烦啊？关你什么事？我的信凭什么给你看？”

何玉婷被我推了一把，漂亮的脸蛋顿时就浮上了愤怒的绯色，她猛然朝我扑来，一边扑一边还不放弃从我桌肚子里掏信，“你还推我？我今天还就要看看，神经病能写出什么信来！”

“就不给你看！”我心里慌了，虽然我也不知道周光年的信里写了什么，但是请不要对一个傻子抱有期望，我已经因为他够丢人了，可不想更丢人一些！

我直接和何玉婷扭打在了一起，打着打着，何玉婷忽然发出了胜利的笑声，我心里浮上一丝不祥的预感，逮住空隙一看，那封信已经被她拿在了手里。眼见着她就要撕开封口了，我急忙伸手去抢，过程中不小心弄倒了课桌，“轰隆”一声书本全部洒落在地。

教室里的起哄声有那么一瞬间的停滞，好在我的手已经够到了信封，用力想抢回来，哪知道用力过猛，“撕拉”一声，信封被我撕坏了。

一张卡片从信封里滑了出来，卡片飘飘忽忽落了地，那是一张明信片，上面印着皑皑白雪的富士山，以及一支斜飞入画的樱花枝。

“何玉婷周光月你们在干什么！跟我到办公室来一趟！”班主任一手夹着书，面色铁青地站在教室门口。

(2) 少年与猫

我和何玉婷被叫到办公室，但最终的结果，却是我一个人被关在办公室好好反省写检讨。

同人不同命的原因是因为何玉婷能考出漂亮的一百分，而我只能交白卷考个大零蛋。班主任皱着眉头说：“周光月，你一个人不上进也就算了，你还拉着何玉婷打架，你给我好好反省一下！”

何玉婷出去之后特嚣张，她站在门口趁着班主任不注意，冲我得意地做鬼脸，我真想赏她两个字：幼稚！

班主任上课去了，办公室里就剩下我一个人，我将一直拽在手里的那张明信片抹平了放在桌子上，明信片的背面是周光年歪歪扭扭的字迹——

樱花，雪，妹妹和我。

我莫名有些烦躁，我把明信片揉成纸团抛进了垃圾桶，把什么都没有写的白纸丢在了班主任桌子上，然后那天，我旷课了。

周光年曾经有一个梦想，他的梦想是有一天赚许许多多的钱，可以带着我周游世界，踏遍所有美丽的国度，可是还没有等他实现梦想，他就变成了一个白痴。

我推开家门，外婆蹲在院子里洗衣服，看到我回来有些诧异地问："就放学了？"

我生硬地"嗯"了一声就往楼上跑，这是一栋很老的小楼了，还是外公在世的时候建的，楼梯扶手早就生了锈，我一口气跑进阁楼，从外面打开门，给我写信的周光年就在这里。

他很安静地趴在阳台上跟一只黑猫对视，那猫听到我的脚步声，惊得"喵呜"了一声，闪电般地跳走了。

"哎呀，小黑！"周光年惊叫了一声，要不是窗户上被打上了铁栏杆，他估计就直接跟着猫跳楼了。

我一把抓住他手臂，冲他吼道："周光年，你不要再给我写信了！"

对，那一封一封写着世界各地不同地址的信，其实都是从这个小小的，被铁栅栏锁住的小阁楼里寄出去的。我红着眼睛朝他咆哮："为什么一定要给我写信呢，我每天回家，你直接给我不行吗？为什么一定要用寄的？"

周光年皱着眉毛，看上去很是可怜兮兮："因为不用寄得，那么远，小月收不到啊。"

"哪里远了啊！周光年你多大了啊，不要再玩了！"我近乎发狂。

他腼腆地笑了笑，还当我是个孩子一样拍了拍我的头，"小月怎么又不好好记住自己的年龄，我们六岁啊。”

这一瞬间，原本还那么生气的我，忽然之间就哭了。

(3) 纸飞机与逃学

周光年说，小月怎么又不好好记住自己的年龄，我们六岁啊。

在他的脑海里，我和他是一样大的，但是事实上他的智商退化到六岁的程度，而我已经十六岁，是个总是考零分的高二生。

“小月怎么哭了啊，不要哭，哥哥给你折纸飞机！”他急忙从桌上拿起一张纸，折啊折，转眼就折好了一只纸飞机，他献宝似的将纸飞机塞进我的手里，“不哭不哭哦，哥哥保护妹妹，妹妹不哭。”

我飞快地往后退了一步，然后奋力将飞机超窗外抛去，纸飞机打了个旋儿，掉了下去。我跑出阁楼，用力将门关上，门后面周光年的声音焦急无措：“小月你怎么了？你不要不理哥哥啊，不要把哥哥一个人关在这里啊！”

我捂住嘴巴跑回自己的房间，用枕头按住自己的脸。

“小月，你们老师打电话到家里来了。”外婆从外面传来，“你要不要来听电话？”

“告诉他我不上学了！”我大喊了一声。

外婆“哦”了一声，接着去听电话了。

十四岁那年，妈妈和爸爸离了婚，她像是甩垃圾似得把我和周光年甩给了外婆。除了每个月会固定给生活费，我几乎都快要忘记我还有个妈了。

那天之后，我没有去过学校，外婆什么都没有问，我总是考零分这件事情，外婆是知道的，大概她也觉得我不适合念书，早早回家也没有什么不好的。

我不想去学校，我不想去面对那一张张满含嘲笑的脸，我和何玉婷打了一架，一定已经被全校都知道了。何玉婷长得漂亮，性格张扬成绩优异，很受人欢迎，估计我的形象已经从智障演变成了疯子吧。

只是我没有想到，最先来找我的不是班主任，而是何玉婷。

她站在我家门口，很是鄙视地看着我，她说："周光月你个缩头乌龟，只敢缩在家里的乌龟！"

于是我再一次扑过去和她扭打在一起，我说："何玉婷你个贱人，我一定要揍翻你！"

(4) 争吵与利刃

最终拉开我和何玉婷的，是买菜回来的外婆。

她急忙丢下菜，上来拽着我就往后拉，"小月你干什么？你为什么和人打架！"

"外婆你别拉我！"我挣扎着要继续去抓何玉婷，何玉婷看了看我外婆，最终往后退了一步，她盯着我看，看着看着，忽地"扑哧"一声笑了起来："哈哈，周光月，你简直太有女疯子的气质了。"

我看着头发被我挠成鸡窝形状，衣服扯得乱七八糟的何玉婷，不知怎么的也笑了，我说："何玉婷，别说我，你也跟个疯子似得。"

外婆看我们没有动手的意思了，也就放下了我，"这是你同学吧，你这孩子，跟你妈一个脾气，好好和人说话，别动手了啊。"

她教训完我，又扭头去看何玉婷。"我去做饭，一会儿就在这儿吃吧。"

"她才不是我朋友！她是我仇人！"我连忙大声说，"何玉婷你赶紧走，不要你留在这里吃饭！"

开玩笑，吃饭的时候，周光年会被从阁楼里放出来，他每天都有一个小时的自由活动时间，要是何玉婷在这里，一定会被她狠狠嘲笑的！

“小月！”外婆顿时就怒了，“怎么说话的！”

我气呼呼地看着何玉婷，哪知道这讨厌鬼竟然说：“没事外婆，我不生气，我们有点误会，没事的没事的。”

外婆露出一个欣慰的表情，拎着菜进了厨房。

何玉婷一把揪住我的手臂，拽着我跑出了院子，一直跑到不远处的长凳边上才松了手，我恨恨地说：“何玉婷，你到底来干吗的？你又不是不知道我讨厌你！”

何玉婷像是完全不受影响，她无所谓地笑笑说：“没关系，周光月你可以继续讨厌我，因为我也讨厌你。”

“你就是个懦夫，是个缩头乌龟，只敢躲在家里，在学校跟我打架的气势哪里去了？周光月，我可真瞧不起你！”何玉婷声音满含嘲讽。

我愤怒地盯着何玉婷，她不说学校我还不生气，她一提我就怒了，像点燃的爆竹般炸开来：“我为什么会在家里，我为什么不去学校，还不是因为你吗？要不是你闹得全校都知道我哥哥是白痴，我为什么不敢去学校！”

何玉婷忽然沉默了，沉默了的何玉婷和我所认识的那个何玉婷，像是完全不一样。

好一会儿她才缓缓开了口，她低声说：“周光月，你真的太让人失望了。”

她接着又说：“要是周光年没有变成白痴，他一定比现在的你优秀一百倍！”

(5) 梦想与花

我有些错愕，我张了张嘴想说话，何玉婷又快我一步说：“周光年，他曾经是我发誓一定要比下去的人，周光月，我知道周光年的优秀，所以我瞧不起你。”

我瞬间败下阵来，我像一只斗败的公鸡一样，瞬间失去了全部力气。

我瘫坐在长椅上，你看，所有人都觉得，要是周光年还是曾经的周光年，那么他一定比我更加优秀。

十四岁那年，周光年发了一场高烧，那场高烧烧坏了他的脑子，他的智力迅速衰退，最终定格在了六岁那一年。

爸爸和妈妈之所以离婚，是对周光年彻底绝望了，爸爸曾经将一切的希望压在周光年身上，认定了他会有大出息，可是周光年变成了笨蛋，他就头也不回地留下一纸离婚协议，将我和周光年这对烂摊子留给了妈妈。

那年，周光年以全校第一的成绩考上了高中，可是他没有办法去学校了，永远都没有办法。

他曾经是我的骄傲，所有人都羡慕我有那样一个优秀的哥哥，可是后来他变成了一个笑话，而我也跟着成了全校人的笑话。

何玉婷在我身边坐下，她说：“你知道吗？周光年有一个梦想，他梦想带你走遍全世界。你不知道，你在他的梦想之内，我有多么的羡慕。”

“我知道啊……”我喃喃地说，“你不要再说了，这些我都知道啊。”

我忽然反应过来，惊诧道：“不对，为什么你会知道这些？为什么你会认识周光年？”

爸爸和妈妈没有离婚的时候，我和周光年是在另一座城市念书的，后来他们离了婚，我就转到这所高中念书了。何玉婷没有道理会知道周光年的事情。

“因为我们是在一个初中念书的啊，为了周光年我才到这个城市来念书，可是开学一天就让我知道周光年已经不能继续上学了。”何玉婷有些自嘲地笑了笑，“你不认识我，是因为我们没有同班过。”

“我每次都考不过周光年，我找他下战书，我说周光年，下一次我一定会考得比你好。”她说着，忽然扭头来看我，“你猜他怎么回答我的？”

我茫然地摇摇头，一时间我已经有些没有办法看明白，坐在我身边的这个漂亮女孩儿了。

她明明是那么讨厌的一个人，明明总是嘲笑我有一个白痴哥哥，她让全校都知道我是白痴的妹妹，可是现在，她看上去并没有那么高兴。

她也没有指望我回答，自顾自地说下去：“他说，何玉婷，你要想考过我，初中是没机会了，高中吧，高中三年呢，说不定就能赢我一次拿个第一呢。”

她说着说着“扑哧”一下笑出了声音，“你没有看到他眼睛里的自信，让人情不自禁得就想和他继续斗下去，继续为了第一名争得你死我活。”

“可是现在，周光月，没有了周光年，我每次总能拿到第一名，我却一点都不开心。”她说到这里，眼睛变得红红的，她扭过头去不让我看到她的脸，“没有他在，就算总考第一名，似乎也没有一点意义。”

(6) 沉淀的回忆

我们谁都没有说话，像是要在这张长椅上坐到地老天荒。

直到一串沙沙脚步声踏着落叶而来，我听到周光年的声音，带着欣喜和开怀，“小月小月，回家吃饭。”

何玉婷的肩膀僵了僵，她扭头去看，可惜周光年根本没有看她一眼，他只是兴奋地拽着我的手，“走，回家吃饭，哥哥带你回家吃饭。”

我下意识地看了何玉婷一眼，我以为她会露出嘲笑的表情，可是没有，眼前的何玉婷微微抿着唇，她把手紧紧握成了拳头，她跑上来绕到周光年面前，红着眼睛问他：“周光年，你还认识我吗？”

周光年很困惑地看着她，然后下意识地后退了一步摇了摇头。

何玉婷一下子激动起来，她上千抓住周光年的手臂，她说：“周光年你怎么能这样？你不是说我们到了高中再比个高低吗？你怎么能不记得我了？我还没有考过你，你不能这样，你这样太狡猾了！”

周光年的眼神露出惧怕的神色，他不停地往后退，他慌乱地甩着手臂企图甩开何玉婷的手。“你为什么要抓住我？我不认识你，你是不是想伤害小月？我告诉你我会保护她的，我一定会保护好她的！”

我鼻子猛然一酸，错愕地看着周光年的后背，他个子比我还要高半个头，看上去很有安全感的样子。

这感觉，就像小时候一样，他明明也只比我早出生三分钟而已啊。

小时候，我总是害怕巨型狗，他就挡在我面前，明明他自己也很害怕，但是他从来没有退缩过，他奶声奶气地说：“小月你不要怕，哥哥会打跑大狗的。”

我懵懂地点头：“嗯，可是哥哥不害怕吗？”

“当然害怕啊。”他声音也有些颤抖，“但是我是哥哥，哥哥要保护妹妹。”

因为一句哥哥要保护妹妹，所以他总是站在我面前，替我阻挡一切可能的伤害，过去是，现在，变成了一个傻瓜的周光年，明明还是啊。

你看，他其实整个人都害怕得发抖，但是他牵着我的手牵得那么紧，他智力退回了六岁，可是六岁的周光年，还是这样义无反顾地挡在了十六岁的我面前。

心脏开始剧烈地收缩，一针一针尖锐的疼，视线变得好模糊，为什么忘记了呢？现在的我只会因为他感到困扰，甚至都不愿意告诉别人他是我哥哥，不愿意让任何人知道我有一个傻瓜哥哥。

在我的眼里，他是一个累赘，是一个急于摆脱的负累。

为什么忘记了呢？

为什么不记得了？

明明他一直这么努力的，以一个哥哥的身份保护我啊。他可以忘记约定一起念一所高中的何玉婷，但是他记得我，记得他小小的梦想。

梦想里，他牵着我的手，游荡在世界的任何一个国度。

(7) 一人一花

周光年牵着我的手往家走，这一次我没有急于甩开他的手，从他变成一个傻瓜之后，我第一次反手握住了他的手。

周光年好像非常开心，总是偷偷地在笑，何玉婷远远地跟在后面走，那么不可一世的何玉婷，此时却是那么的失落，她跟着我回了家，褪去了张扬，何玉婷显得那么的安静。

她总是偷偷地看周光年，而周光年总是孜孜不倦地挑好吃的夹到我的碗里，在他眼里，何玉婷像是空气一样，是看不到的。

吃完了饭我送何玉婷出门，她长久地站在我家院门口，她说："周光月，你知道我为什么看不起你吗？"

"因为我哥哥是傻瓜？"这样的何玉婷，看上去似乎也没有那么讨厌了。

她低下头去，声音带着一丝忧悒："周光月，有一个傻瓜哥哥并不可怕，可怕的是你自己都不肯好好面对他，你嫌弃他讨厌他，最亲的人都讨厌他，那么又有谁会不嘲笑他？又有谁不嘲笑你？"

"我看不起你，是因为你太懦弱，你连自己的哥哥都不去保护，一直都是他在保护你，他一直站在你面前，为什么在他需要你的时候，你却选择了逃避，选择了当缩头乌龟！"

她忽然回头，用愤怒的目光瞪着："为什么不反驳我？为什么不反驳所有人？周光月，你真让人失望！”

她说完，转身就往前走，最终她拐了个弯，彻底消失在我的视野之内。

我呆呆地愣在了原地，似乎有些明白她为什么会那样对我，她在用最极端最决绝的方法逼我，她想逼我站在周光年面前保护他，捍卫他，为他赴汤蹈火。

于是她嘲笑我，嘲笑周光年，她让全校人都嘲笑我。

她说得没有错，我的的确确一直在让人失望，面对这样的嘲笑，我畏缩了，我从不肯替周光年说一句辩驳的话，哪怕他曾经的确是我的骄傲。

我甚至自暴自弃地总是交白卷，我害怕去学校，我害怕面对所有人，我总是考年级倒数第一。

我慢慢蹲下身，我将自己的头埋进双臂之中，我从来没有像现在这样讨厌过我自己。

“小月，小月你看，好不好看？”周光年的声音永远充满兴奋和快乐，他跑到我身边，他拉了拉我手臂，将一朵盛开的栀子递到我手上，“好香的花，小月你喜不喜欢？”

我真没用啊，眼泪怎么也不肯停下来，我用力抿住嘴巴，我冲他用力点点头，周光年很快手足无措起来，“妹妹怎么又哭了啊，谁欺负你了？哥哥去教训他，小月不哭。”

他伸出双臂，像小时候哄我那样，将我抱住，他拍着我后背，语调像在哄一个小孩，“小月乖，不要哭。”

“对不起。”我哽咽着说，“哥哥对不起，真的对不起……”

(8) 我保护你

我回到了学校。

班主任已经彻底无视了我，因为他觉得，一个连家长都放弃了的学生，每次都考年级倒数第一的学生，已经完全没有必要给予太多的关注了。

何玉婷出乎意料的没有嘲笑我，周光年也没有再给我寄信，一切好像都变回了之前的样子。班上没有人关心我几天没有到学校到底去了哪里，反正我也没有朋友。

这样的状况一直持续了一个星期，周五放学的时候，天空忽然下起了大雨，我没有带伞，只好站在走廊里，打算等雨小一点再冲回家。

忽然教室外面传来一阵闹哄哄的吵闹声，跟着我就听到了一个熟悉的声音："小月，哥哥给你送伞来啦。"

我愣住了，因为接下去我就听到了一阵哄笑声，所有人都开始七嘴八舌地指着周光年，各种骂人的词语不停地闯入我的耳朵里。

曾几何时我也这样看他，但是现在我忽然觉得这样的声音很令人讨厌，我走过去推开那群人，我大声喊了一声，"你们给我闭嘴！"

周光年显然看到了我，此时十分高兴地喊着我，"小月，你出来了啊。"

"智障哥哥来接白痴妹妹了啊。"有个男生用十分嘲讽的声音说，"啧啧，真好玩儿，长得一模一样的白痴太少见了。"

"啪——"我冲过去，直接甩了他一个巴掌，那瞬间我浑身止不住地发抖，我的内心还不坚强，但是就算这样，我也不会再无动于衷了。我站在哥哥面前，眼中似有一团火。"他不是白痴，不是傻瓜！"

我在人群里看到了何玉婷，她有些惊讶地看着我，我望着她的眼睛，一字一顿坚定无比的，用我最大的声音告诉所有人，"他是我的哥哥！"

"他也曾十分优秀，比你们之中任何一人都要优秀，我不许你们再说他是白痴！"我说着，将那个还在喋喋不休的男生往后推了一把，"再说我就

揍你！”

周光年这个时候傻傻地站在那里，看上去有些无措，他习惯了站在我面前，第一次我站在他面前，他就不知道该如何是好了。

“你敢打我！”那男生忽然朝我扑来，他死死抓着我的衣领就要揍我，我停止了颤抖，我像个真正的疯子一样和那男生扭打在了一起。

“男生欺负女生，算什么东西！”何玉婷终于从人群里冲了出来，她一把揪住那男生的头发，加入了我们的战局。一直七嘴八舌在围观的人，因为何玉婷的加入而安静了下来，外面雨越下越大，那男生终于一不敌二，被我们打得落荒而逃。

我气喘吁吁地瘫坐在地上，何玉婷也好不到哪里去，她静静地看着我，忽然灿烂地笑了起来，她伸手捶了捶我的肩膀，“喂，还不赖嘛。”

“你也是。”我第一次冲她笑了。

雨还在下，周围已经没有人在围观了，我和何玉婷坐在雨水里，都十分的狼狈，这时候周光年忽然蹲下身，十分委屈地发出“呜呜”的哭声，“刚刚好可怕，那个人好可怕。”

我走到他面前，像他曾经对我那样，轻轻摸了摸他的头，我说：“不要害怕，从今以后，让我保护你。你没有办法做到的事情、你的梦想，我都会帮你完成。”

他怔怔地望着我，他脸上还挂着泪水，可是他笑了起来，“小月真可靠。”

(9) 谁的梦想

这一架，我和何玉婷还有那个男生，被全校通报处分。

这一次的检讨，我写得义无反顾。

回到教室，何玉婷收拾收拾课本，在全班人错愕的目光之中，搬到了我旁边。于是我收获了高中生涯里的第一个同桌，她不自然地咳了两声，“你不是说着玩的吧。”

“什么？”我从习题册里抬起头看她。

“说什么，没有办法做到的事情，没有办法实现的梦想，你都会帮他完成，不是说着玩的吧。”

我很认真地回答她：“当然不是说着玩的，你等着吧，我很快就会拿回年级第一名的，哥哥的第一名，我会捍卫到底。”

她又露出了那种猖狂的笑，“为了早日实现这个对你来说难度超大的事情，我决定勉为其难地帮你补课吧！就这么愉快地决定了！”

于是每天放学，她总是跟我回家，其实她是借机和周光年说话，周光年一开始有些害怕她，不过现在，他已经习惯了何玉婷的到访，甚至有一天，还送了一只他亲手折的纸飞机给她。

何玉婷高兴得眼睛都红了，握着纸飞机的手都在发抖，她紧紧抓着我的手腕，声音在颤抖，“他说我们是朋友，他承认我们是朋友了！”

我说：“你们是朋友了，你也要小心了哦。”

“什么？”她微微一愣。

“下个星期就要月考了，这一次我要向你挑战！”我说，“你可要努力哦。”

何玉婷“哼”了一声：“谁怕谁！”

送走了何玉婷，我推开了小阁楼的门，周光年逗着小黑玩儿，小黑看了我一眼竟然没有跳窗而逃，我问周光年：“你为什么不给我写信了？”

“因为小月你说，会让你觉得困扰啊。”周光年有些委屈，“所以不再写了。”

我揉了揉小黑的脑袋，我对周光年说，“已经不会困扰了，继续给我写信吧，写一辈子都没有关系。”

他眼睛忽然就亮了起来，“好，等哥哥以后赚很多很多钱，就带小月去很多国家玩。”

“好。”我轻轻应了一声，“不过在这之前，我也会努力，努力赚很多钱，带哥哥去真的富士山看雪看樱花，去真的薰衣草庄园，去真的巴比伦斜塔。”

三天后，周光年的信再次出现在了我的桌子上，曾经带头嘲笑我的女生，如今和我坐在一起，一起拆开了这封信，它承载着周光年无法实现的梦想，沉甸甸地落在我的手上。

信封里还是一张明信片，蔚蓝的大海上海燕纷飞，明信片的背面还是一行歪歪扭扭的字迹——

夏威夷的海，妹妹，我，还有小婷。

“进考场了，考试要开始了！”老师站在讲台上催促，教室里顿时热闹起来，我将明信片夹进书本里，收拾好了纸笔出了教室。

走廊上，我往东走而何玉婷往西，忽然何玉婷喊了我一声，“周光月。”

“嗯？”我回过头来，隔着喧嚣的人声，看到她冲我挥了挥手拳头，“加油！”

“我一定可以赢你，第一名一定是我的！”我充满自信地对她说。

她冲我做了个鬼脸，抱着笔盒拐进了考场，而我深呼了一口气。

我大概收获了第一个朋友吧，我想。

第十幕——看月亮爬上来

Part Ten

一颗蛋总是会遇见她命中注定的另一颗蛋，小乌龟王八蛋也不例外。就像是我总会命中注定的遇见你。我们一起并肩坐在鹊桥上，看月亮慢慢爬上来。

[千里寒江]

五百年前，她还只是一颗没有完全破壳儿而出的蛋，山精给她起了个名字叫小八。

山精是天庭派遣在北冥的看门人，之所以给她起这么个名字，是因为她的娘亲是一只巨大的神龟。二百五十年前的一个深冬，一只巨大的乌龟降临在北冥的上空，挡住了日月，整个北冥都陷入了黑暗之中。那黑绵延了几乎一个月的时间，等到日光重新照在冰层上的时候，那只巨大的乌龟不见了，只剩下了一颗白花花的蛋被孤零零的遗留在忘川边上。据说在凡间，乌龟的别称是王八，她是乌龟留下的蛋也就是王八蛋，但是山精觉得这个名字总感觉哪里不对，于是就简化了一下称呼她为小八。

忘川是从天宫瑶池流下来落在北冥的一条天河，河水里经常会漂来一些天宫里的小玩意儿。小八没有完全破壳儿所以无法走动，只能伸出双手从冰冷的天河水里打捞那些小玩意儿上来玩。

直到有一天，她从河水里捞起一颗闪着七彩光芒的蛋蛋。

小八完全承认这是她见过最美的蛋蛋，也是她从天河水里捞起来的最大的一样东西。这颗蛋和她一样大个儿，她费了好大的劲儿才捞上来，她对那颗蛋着看了很久，觉得不公平，同样是蛋，为什么人家那么雍容华贵，她就这么灰头土脸呢。不过总的来说她对这次的收获非常满意，因为有了这颗蛋陪着她，她就不用一直一颗蛋独自蹲在这忘川边上了，她抬手拍了拍那颗蛋的身子：“蛋蛋，你就安心陪着我吧。”

山精不止一次地跟她抗议，说你瞧人家蛋蛋这么美丽，你怎么就起了这么个名字呢。她当时直接哼了回去：“怎么着，这是我的蛋蛋，我就爱喊他蛋蛋！”

山精觉得小八无药可救了，收拾了包袱离开了北冥，当然不是被她气走的，而是山精被天庭调往白云崖种花去了。这可是个好差事，尤其是那里十分温暖，到处都是成片的花海。

山精走了，这北冥就更加安静了，好在还有蛋蛋在，不然她一定会闷得发慌。

“蛋蛋，你看对岸的那颗小草，它开始结籽了呢，明年那里一定会长出很多小草。”

“蛋蛋，你看你看，雪雁飞回来啦，北冥又要下雪啦。”

“蛋蛋，你看水里漂来一朵好美的花呢，看我捞起来给你戴上。”

“蛋蛋……你和我说说话啊……”

“蛋蛋……”

蛋蛋当然是没有和她说话的。时间就在这日升日落之中过去，她的壳儿渐渐的越破越大，已经可以伸出双腿了，估计再过个几百年，她就可以彻底从蛋壳儿里出来了。

为了庆祝她可以缓慢且笨重的走动了，她决定带着蛋蛋去山顶看月亮。花了半个月的时间，终于将她自己和蛋蛋都移动到了山顶，那一天月色非常的美丽，硕大的圆月挂在头顶，美的不可思议。

“蛋蛋，你看，月亮都圆了。”

“是啊，月亮圆了呢。”

2 鹊桥相汇

她吓得差一点从山顶滚下去，仓促之间她听到卡卡的碎裂声，然后一只手用力地抓住了她的手，硬是将她又拉回了山顶。

“蛋蛋？”她不可思议地看着蛋壳儿上碎了一个洞的蛋蛋，心里既兴奋又害怕，“刚刚是你在说话吗？蛋蛋你怎么碎了一个洞？”

“是我在说话呢。”是个十分清润的男声，小八吓得差一点又滚下山去，好不容易才稳住了心神，难、难道这么多年来，陪在她身边的蛋蛋，是雄的?

小八觉得她一定在脸红，她忘记她到底和蛋蛋说过些什么没羞没臊的话，对于蛋蛋是个雄蛋这个事实，她觉得好长一段时间都不能直视他了。

“那个蛋蛋……”她偷偷瞟了他一眼，“你身上的大洞真的没事吗？”

“嗯，只是有些冷。”蛋蛋声音真的很好听，温温清清的，听在耳朵里有种心跳加快的效果。

她朝蛋蛋那边挪了挪，用她的身子为他抵挡北冥的寒风，确实，如果没有成熟的蛋，硬是破开只会觉得寒冷，蛋蛋一定是情急之下，为了救她才自己破壳儿拉住她的吧，“还冷吗？”

“不冷了呢。”蛋蛋从破洞里伸出手来，小心翼翼又十分迟疑地握住她的手，“真好看的月亮。”

“是啊，真好看。”她抬起另一只手指了指月亮下面，那里缓缓地搭起了一只鹊桥，“蛋蛋，那个桥上有一对非常相爱的恋人。可是他们只能这一天才能相见。”

“为什么相爱的人，只能有一天在一起？”蛋蛋的声音有些迷糊懵懂。

“因为一个是凡人一个是仙女，王母娘娘不允许他们在一起，用簪子将天划破，这条天河，就是那时候出现的。有了这道忘川河，他们就不能再见面了。但是他们太相爱太执着了，王母娘娘实在不忍心，就定下了每年搭起鹊桥让他们见一面的规矩……”

她将曾经山精讲给她听的那些故事，再一点一点地讲给什么都不懂的蛋蛋听，这也是一种混日子的方法吧。

“那将来，要是有人将我们分开，我也为你搭一座鹊桥好不好？到时候，我们还能这样坐在一起看月亮慢慢爬上来。”

他的手很温暖，嗓音也很温暖，小八觉得今天一定是她在北冥最开心的一天。

蛋蛋可以说说话可以牵牵手，小八在北冥的日子就不再那么单调和寂寞，甚至有时候想，不彻底的孵化出来也没有关系，只要有他陪着她，在这北冥站到天荒地老也没有关系。

可是那后来又过了五百年，北冥来了一位陌生的客人。那是九天之上的神仙，穿着七彩羽衣而来，看到她身边蛋蛋的一瞬间，眼睛忽然就红了起来，她冲上来抱住她的蛋蛋，她喊，“凤鸣凤鸣，我终于找到你了。”

“喂喂喂！你是谁？”小八有些不高兴，“你为什么抱着我的蛋蛋？”

仙女鄙夷地看了她一眼，“什么叫你的蛋蛋，你这样下等的小乌龟，也配和我的凤鸣在一起吗？”

她十分不高兴了，“他才不是什么凤鸣，他是我的蛋蛋！”

仙女似乎不想听她说话，她一把将小八推进冰冷的忘川水里，甚至还用了一根棍子企图将她推到忘川的另一边。小八咬紧牙齿死死地攀着水草，她不能到忘川那边去，去了，就会忘记蛋蛋的。忘川之水遗忘之水，只要从此岸跨到彼岸，那么全部的记忆便会遗忘在忘川的另一边。

“还真是固执！”仙女见推不动她，索性放下了棍子，“算了，反正只是一颗乌龟蛋而已。凤鸣一定也不会喜欢的。”

她说完抱着蛋蛋踏着五彩祥云就这样飞走了，小八在湍急的弱水里喊“蛋蛋！蛋蛋！”

可是蛋蛋没有回答她，她好不容易才从忘川爬起来，他们早就不见了踪影。她缩在蛋壳儿里第一次号啕大哭，因为那个美丽仙女抢走的，是这荒芜冰原上，她唯一仅有的蛋蛋呀。

3 从忘川到天宫

她哭了三天之后，决定去追回她的蛋蛋。

唯一忧伤的是她的蛋壳儿还牢不可摧的禁锢着她，若是她想要离开，只能一点一点笨重难看的往前挪，可是她不在乎，只要能找回蛋蛋，就算是这样一点一点地滚着向前，她也非常乐意。

小八咬了咬牙，决定现在就起程。她记得那天，那个仙女是带着蛋蛋往南而去的，她就拖着沉沉的蛋壳儿往南走，赶了几天的路之后她发现她的脚已经磨坏了，非常非常的疼，可是前面的路还十分遥远，很多时候她都觉得她是走不到蛋蛋那里了。

“咦，小八？”一个非常熟悉的声音传入小八的耳中，她精疲力竭地转了个身，就看到山精一脸困惑地看着她，“小八你不在北冥陪蛋蛋，你滚来这里做什么？”

此时见到山精，就好像见到久违的亲人一样，小八伸出双手用力抱住山精的大腿哭得很伤心，“山精，有个仙女把蛋蛋抢走了。”

“别急别急，你慢慢告诉我。”山精在她身边坐下，抬手擦了擦她蛋壳儿上的污泥，“弄得这么狼狈。”

山精已经很老了，笑起来脸上的皱纹全部挤在一起，她将所有事情都告诉了山精，山精埋头苦思了好久好久，终于一脸严肃地看着她，“小八我问你，你是无论如何都想找到蛋蛋吗？”

“嗯！”小八连忙对着山精点点头，“无论要我做什么，我都要找回蛋蛋。”

山精又想了一会儿，终于像是下定了决心一样，他将小八用一块黑色的大布包了起来背在身后，然后将她带回了白云崖。那真是一个美丽的地方，千万种花在这里生长开花，花精灵飞来飞去，时不时落在她的蛋壳儿上。

“山精，你那天为什么会正巧在那里呢？”小八想不明白这个问题。

山精冲她笑了笑，皱纹全部挤在一起了，是个非常可爱的小老头，“我本来想去北冥看看你和蛋蛋的，走到一半就看到你了。”

“蛋蛋到底在哪里啊。”她很失落地看着山精，“要到哪里才能找到他呢？”

山精冲着她叹了一口气，他说，“小八，我想我应该告诉你一些事情。我觉得你还是放弃找他比较好。”

“为什么？”小八急了，“蛋蛋说，会一直陪我在北冥，要是哪天分开了，也要像牛郎和织女一样，搭一座鹊桥来见我，到时候我们一起并肩看月亮！”

“好吧，我告诉你。”山精终于豁出去了一样，他抬起都是茧子的手摸了摸小八的脑袋，“小八，其实我一直没有忍心告诉你，其实蛋蛋是一颗凤凰蛋。凤凰一族，都是还没有破蛋就要许配亲事的。蛋蛋的新娘子，是凤凰族最美丽的公主，凤烟。”

“你骗人！”小八伸手捂住自己的耳朵，她什么都不想听，“我的蛋蛋怎么可能是那么厉害的凤凰蛋，他就是一颗蛋而已！再说了，如果是凤凰蛋，那么为什么他会在忘川水里，为什么会那么多年都没有人去找，等到他成为我的蛋蛋了，再出现抢走他呢？”

山精沉沉的叹了一口气，然后说：“我给你讲讲，这之间的前因后果吧。”

4 美猴王大闹天宫

一千年前，花果山水帘洞出了一位美猴王，泼皮无赖会七十二般变化，到处捣乱，玉帝就骗他去天宫当官，最终拿了个弼马温的差事忽悠他。

美猴王怒了，趁王母娘娘召开蟠桃会的那天大闹天宫。那时候凤凰一族的金凤娘娘怀着身孕去参加蟠桃宴，混乱之中产下了蛋蛋，却不慎掉落在天池里。那一池天河水就顺着忘川奔流而下，最终被小八从冰冷的河水里打捞了上来。

后来金凤娘娘也曾寻找过蛋蛋，可惜蛋蛋的灵气完全无法感知，全部人都以为蛋蛋已经死在了忘川水里了。

“可是蛋蛋还活着啊。”小八急忙问，“所以蛋蛋一定不是什么凤凰的，对不对？”

“不是，其实你捞上来的蛋蛋，本来确实已经没有意识了。”山精对于这一点也有些无法理解，“所以我才会放任你将一颗凤凰蛋留在身边。我那时候已经接到了天宫的调职令，害怕你一个人在北冥觉得孤单，蛋蛋虽然没有意识不能说话，但是有他在你身边，你总有个人说说话的。”

“可是……”

她无法相信啊，因为他有好听的声音，还有非常温暖的掌心。

“这只能说是一个奇迹吧。”山精有些无奈，“本该失去凤凰灵性成为一颗最普通蛋的他，在过去几百年之后，竟然被你的那些碎碎念给唤醒了。金凤娘娘感知到了他的灵力，终于让他本来应该娶的新娘子一路找到了北冥。”

“所以蛋蛋不是蛋蛋？”小八依旧觉得很可笑，“蛋蛋是凤鸣？”

“是的，蛋蛋不是蛋蛋，蛋蛋是凤鸣！”

山精是这么斩钉截铁地回答她的。

可是她不相信，因为山精明明说了啊，凤鸣本来已经死了，失去了灵力的蛋就是一颗死蛋，她唤醒的，怎么说也是只属于她的蛋蛋啊。

“还有，他们下个月就要在瑶池举行婚礼了。”山精告诉她，到时候这里的千万朵花都会被送去瑶池，那将会是一场极为盛大的婚礼。

“我想再见见他。”她求山精，“你就让我看一眼，只看一眼好不好？”

山精经不住的苦苦哀求，终究还是心软了，“那成，但是你得答应我，只可以远远地看蛋蛋一眼，他现在是凤凰族的凤鸣，而且……而且凤鸣的娘亲为了让他忘记你，差人带他跨越过忘川，用仙力破除了蛋蛋身上的蛋壳儿，现在的蛋蛋已经不再是你的蛋蛋了，他是凤烟公主的凤鸣，所以他是根本不记得你的。”

5 忘川的彼岸

小八知道的，忘川之水，遗忘之水。

一旦从忘川的这一边走到岸的那一边，就会忘记对岸的全部事情。蛋蛋如果真的跨越过忘川，那就一定不会记得在岸那边的她。她对那一川忘川水真的太了解了，过去无数个日升日落，她站在忘川边上与水为伴，水来她在岸上，水去她仍在那里。

尽管是这样，小八还是想要看看他，看看破蛋而出的蛋蛋，到底长成了什么模样。

可惜她一身蛋壳依旧坚硬无比，任凭她怎么使劲儿都无法冲破这禁锢，小八有些失落，她本希望能够冲破蛋壳儿站在蛋蛋面前的，现在看来，她只能是这副模样去见他了。

“小八，我会将你藏在花丛里，你记住千万不要出来。”山精一再的叮嘱她，“到时候他会从你面前走，你偷偷从花里面看他一眼就好。”

“好。”小八向山精保证。

终于到了那一天了，小八有些紧张，她被山精提前送到了瑶池，他将她用层层鲜花掩埋了起来，放在一个最不起眼的拐角处。

瑶池真的很美丽，不愧是天庭神仙住的地方，小八百无聊赖地看着四周，仙女们成群结队地走过去，衣袂飘飘每一个都是那么美丽。

她看到了很多神仙都来了，还有好多额心有羽毛印子的仙女们，山精告诉过她，凤凰族的仙女们，额头上都有这样的标记的。金凤娘娘坐在那里笑得很开心，她看到那天抢走蛋蛋的仙女穿着一身大红色的羽衣，那么美。

举行了婚礼之后，她就会成为蛋蛋的新娘子呢。

小八莫名地觉得心里很难过，好像有人在用什么捅她的心一样。她听到那边传来一个熟悉的声音，她连忙透过花丛看过去，可是前面都是仙人们的背影，她根本看不到蛋蛋。

这是他的声音啊，几百年陪在她身边的蛋蛋，声音还在，可是怎么能够回忆不在了呢。

她很想挤过人群去看一看蛋蛋，去握一握他的手，可是她不能这样做，因为那会害了山精的。她只能窝在这里，等待蛋蛋朝她这边走的时候，偷偷看他一眼就好。

蛋蛋的脚步声终于朝这边来了，她努力张大眼睛看着他，可惜她太矮了，无法看到他的脸，但就算看不到脸，也能感觉得到他的尊贵气质。

自卑的感觉，再一次在心里蔓延，这种自卑，大概是在北冥她将蛋蛋从忘川水里捞出来的时候就有的吧。

忽然她的身子被什么东西一撞，她回过神来的时候，只听到身后小仙女的惊呼声，果盘打散了一地，像是谁不小心绊倒了，正巧摔在了她身上。

她失去了平衡，直接从花丛里滚了下去，滴溜溜地滚到了蛋蛋脚边。

无数人的视线落在了小八身上，那是一些多么美丽的仙女，她第一次觉得自己的丑陋，竟然如此的让人无法接受。

如果蛋蛋见到这样的她，一定也不会喜欢的吧。

“看啊，是个小乌龟蛋呢！”不知道是谁惊呼了一声，顿时周围如潮水一般的议论声就传入了她的耳中来。

“咦，是你！”蛋蛋的新娘子凤烟走到她身边，“你是那个丑陋的小乌龟？那天真该把你推到忘川对岸，这样你也不会这样执着了啊。”

小八撇了撇嘴好想哭，她看着蛋蛋的脸，那是一张非常好看的脸，就和他的声音，和他掌心的温度一样好看。

她终于忍不住奋力地朝他伸出双手，她说，“蛋蛋，你怎么还不回家。”

6 凤鸣凤鸣

蛋蛋没有握住她的手，他只是无比困惑的往后退了一步，他说，“我叫凤鸣，你一定是认错人了。”

“没有认错啊。”她心里发急，“你是我的蛋蛋，我们一起在北冥的山顶看了很多很多年的月亮呀。”

“哈哈哈！”周围爆出震天的嘲笑声，他们都在笑她是多么的不自量力，他们谁都不相信，不相信眼前风华绝代的凤鸣，其实只是一颗陪她在北冥度过千百个日月的蛋蛋。

“蛋蛋，你真的跨过了忘川吗？”她依旧不想去相信这一点。

蛋蛋很困扰地看着她：“对不起，我真的想不起来在哪里认识过你。”

这边的吵闹终于引起了金凤娘娘的注意，她满脸怒气的朝这边来了，看到小八的时候，万分鄙夷地扫了她一眼，“这是谁放进来的，马上给我丢下界！”

金凤娘娘发话了，马上有天庭上的护卫围上来，他们一起驾着她朝着瑶池的方向走，她知道他们一定是想将她从这里丢下去。这天池连接地是忘川，忘川的尽头就是北冥。

“这样不太好吧。”蛋蛋像是有些着急，“也许她只是认错了人。”

他跟着走到了瑶池边上，小八已经被架在了水面上，只要一松手她就会坠下去——就真的再也见不到蛋蛋了。

她睁大双眼，很努力地去看蛋蛋的模样，如果不能再遇见，那么至少记得他的样子总是好的吧。

“丢下去。”金凤娘娘终于还是下了命令。

那一瞬间，蛋蛋忽然冲过来一手抓住她的手拼命地想要将她拉上来。就像是那天在山顶，他奋力拉住她不让她滚下山一样。只可惜这是天池，一旦坠下去，是拉不上来的。

她想要推开蛋蛋的手，可是他抓得很用力，在全部人的惊呼声中，蛋蛋就这么拽着她从天河坠落下来。

会受伤的啊，他还是蛋的时候有蛋壳儿保护所以不会受伤，可是现在他没有蛋壳儿了，快要撞击到河床下冰层的时候，小八用力将他推了上去，自己却撞在了坚硬的冰块上。

咔嗒——

小八觉得很疼，浑身上下每一个地方都非常的疼。那种像是拨开血肉一般的疼痛，从四肢百骸蔓延上来，这疼痛在侵蚀她的意识，终于她还是承受不住这疼痛，昏了过去。

“蛋蛋，蛋蛋……”

她就算昏迷了，也都还念念不忘的念叨这个名字呢。

凤鸣俯身重回水中，将小八从水底拽上来，那一瞬间，包裹在小八身上的蛋壳，咔嗒咔嗒的开始有了裂缝，等到他彻底将小八拉出水面的时候，她身上的蛋壳已经全部褪尽，碎成粉尘的蛋壳顺着河水从她身上落入水中。

少女柔美的身形展露无遗，她藏在厚重蛋壳之下的脸，秀美的叫人无法呼吸。凤鸣连忙脱下外衣将她包了起来，可能是刚刚她撞到冰层力量太大，直接撞碎了她的蛋壳儿吧。

“蛋蛋，疼……”小八无意识的喃喃，最终陷入了长久的沉睡。

凤鸣心里一动，难道她口中的蛋蛋，真的会是他吗？

因为从对岸走到了此岸，所以将全部的回忆都遗忘在了忘川的另一端了吗？

从彼岸到此岸

凤鸣抱着小八沿着忘川一直往前飞驰，身后是金凤娘娘一行人跟着从天宫下来了。

凤鸣一咬牙，脑中忽然有了一个主意。

到底是不是蛋蛋，他只需要再走一次忘川就够了，如果他不是，那么只要回到此岸找回全部的记忆就好，可是如果他是呢？他低头看了小八一眼，无法想象他是真的和她在这北冥度过了那么长久的岁月。

或者说，无法想象在度过了那么长久的岁月之后，只一道忘川就可以隔断了全部的情丝。总有一些东西，是忘川无法夺走的。

凤鸣之所以想要试一试，是因为在小八被丢进瑶池的那一瞬间，他本能地想要伸手去抓住他的手。这种感觉，好像在曾经的岁月之中，他也这样做过一样。

“凤鸣！”新娘子终于大声喊了他一声，“你到底要去哪里啊，凤鸣！”

“快回来！”金凤娘娘也很心急，“那里那么荒凉那么冷，你不要去啊，凤鸣。”

凤鸣回头看了他们一眼，再低头看了怀里抱着的小八一眼，终于一咬牙，大步跨过奔腾的忘川水，从彼岸又回到了此岸。那一瞬间，被遗忘在此岸的记忆，潮涌一般将那些虚伪的记忆全部驱散了。

他怎么就忘了呢，在他还混混沌沌的只是一颗蛋的时候。

是她将他从冰冷的忘川水里捞了上来，那么仔细的带在身边。也不管他会不会有回应，只是固执的和他说着话。

她说，“蛋蛋，你看对岸的那颗小草，它开始结籽了，明年那里一定会长出很多小草。”

她说，“蛋蛋，你看你看，雪雁飞回来啦，北冥又要下雪啦。”

她说，“蛋蛋，你看水里漂来一朵好美的花，看我捞上来给你戴上。”

她说，“蛋蛋……你和我说说话啊……”

语调明明是那样的寂寞。

仙人们都说，名字是一个人全部的灵魂，他想会不会因为她给了他蛋蛋这个名讳，然后孜孜不倦的一遍又一遍地念起，所以才能唤回他的灵识的呢。

“凤鸣！”有人站在忘川的对岸焦急地喊着什么。

蛋蛋茫然困惑地看着他们，并不知道他们到底在喊什么，“这里没有凤鸣啊，只有我和小八，你们去别的地方找找吧。”

“不要！”凤烟红着眼睛看着凤鸣，“凤鸣凤鸣，你到这里来啊，你是忘记了我了，但只要你重新从忘川对岸走过来，就一定会想起我来的。”

⑧ 谁陪我到最后

蛋蛋只是拥着小八坐在忘川边上，湍急的河水咆哮着翻滚不息。河的对岸，凤烟和金凤娘娘还在焦急地说着什么。可是那声音被往忘川的水流声吞没再掩埋，其实他也是没有听到多少的。

只隐约听到穿着凤冠霞帔的仙女说，“凤鸣，你是要永远的将我丢在忘川的这一边吗？”

蛋蛋很认真地开始回想，猛地就想起来，那一天，冷冷清清的北冥来了一位客人。那是九天之上的凤女，她俯下身来无比悲伤的喊他凤鸣。

语调和今天竟是这样的相似。

蛋蛋脸上神色渐渐冷了一些，他眯起漂亮的凤眼，冷冷看着凤烟说，“是你，是你将小八推进那么冷的忘川水里去的。你可真狠心，你们走吧，北冥不欢迎你们。”

金凤娘娘被仙女扶着，一双眼睛有些红："孩子，我是你的娘亲啊。你就算怪凤烟，但我总是你的娘亲。"

蛋蛋一脸茫然地望着金凤娘娘，他低头看看自己的身子，再看看水里倒映着的影子，蓦地笑了："可是我全部的记忆里，没有你的存在。破开我混沌灵识的，不过是一个少女最为寻常的念叨而已。你说是我的娘亲，可是那时候你在哪里？为什么一直陪在我身边的是小八，而不是你？"

金凤娘娘顿时就失去了语言，是啊，过去的无数个日月里，她又在哪里？

"可是我努力地找过你。那时候你被我不小心遗落在忘川里，我找了你很久很久，可是一直感受不到你活着的气息。"金凤娘娘企图为自己辩解。

"所以你已经放弃了不是吗？"蛋蛋耸了耸肩，眼神漠然冷清，"你不能这样自私，这千千万万个混沌的日子里，是小八在我身边，你们什么都没有做，凭什么让我相信你，相信你们呢？"

"凤鸣……"凤烟仍旧想说什么，"凤鸣你听我说。"

"尤其是你。"蛋蛋冷冷地望向凤烟，"你凭什么对小八说出那样的话。"

"什么话？"凤烟愣住了，努力去回想跟小八说过什么。

"你说我不是什么蛋蛋，我是你的凤鸣。"蛋蛋蓦地笑了，"可是不是的，从头到尾，我都只是小八的蛋蛋，过去，现在，将来都会是，这一点无论你们怎么说，都是无法更改的。"

"那要怎样你才愿意回到这边来呢？"金凤娘娘说着，往前又跨了一步，她已经站在了忘川水边，只要再往前走一步就会落入冰冷的河水里。

蛋蛋茫然地望着她，"可是我为什么要去那边呢，小八在这里，我便在这里。”

小八在这里，我便在这里。

凤烟眼睛蓦地一红，想起在瑶池边上，努力张开双臂看着凤鸣的小八，她问，“蛋蛋你怎么还不回家呢。”

那时候的她只觉得万分可笑，可是此时此刻，她多想这样跟他说话。

可没有意义，她的脑海里不存在那样厚重的感情，没有天长地久，没有两两相依，这样简单地说说话，只是说说话，都是弥足珍贵的记忆。

蛋蛋没有再理会对岸的风景，他只是小心地将小八安顿在可以晒得到太阳的地方，然后他就开始对着她说话讲故事。

那么长的一段故事，它开始于一双柔白的手从冰冷的忘川水里打捞起一颗泛着七彩光芒的蛋。他只是不停地讲，也不管头枕着他膝盖的小八听不听得到。就像当初小八对着自己说话，不管他听不听的到。

等到蛋蛋想起对岸的金凤和凤烟，再回头去看的时候，那里只有无边无际的白，一丛不知名的小草顶着严寒允自生长。而金凤和凤烟已经不知去向。

“小八，这世上也唯有你，千年如一日的等待，将一个忘川走成另一个忘川。”

蛋蛋不知道那些人是怎么会愿意放弃的，他只知道后来长久的年岁里，这里再也没有来过那样的神仙。

9

遗忘的尽头在哪里

“小八，你看，对面的草已经长起来了，到了秋天一到会结很多籽的。”

“小八，你看，大雁又往南飞了呢，北冥的雪都停了。”

“小八，你醒一醒。”

“小八，你和我说说话啊。”

蛋蛋拥着依旧在沉睡的小八，轻轻温温地说着话，“小八，你睡了很久很久了。”

又是一年的七夕，蛋蛋决定带小八去山顶看月亮。

无数的喜鹊汇聚在天上，搭起一座长长的鹊桥来，“你看，多美丽的月亮，多美丽的鹊桥。”

拥着的人忽然从他怀里蹦了出去，因为不知道是在山顶，差一点点就滑了下去，小八惊愕地看着蛋蛋，“你是谁？”

蛋蛋呆了呆，一时间有些发愣，“小八，我是你的蛋蛋啊。”

小八眉头下意识的皱起来，眼神带着几分若有所思，“那是什么？我不记得我认识你啊。”

蛋蛋有些慌了，“小八你不要吓我，你一定是睡了太久，所以一时间想不起来对不对？”

小八依旧茫然地看着他，眼睛里一点点回忆的光彩都没有。

蛋蛋猛然想起来，他从彼岸回到此岸的时候，是抱着小八一起走过来的。这样的话，小八的记忆就全部遗落在了忘川的另一端了，如果不走过去，是不会想起他来的。

可是他在此岸，如果陪她走过去，就会不记得自己是谁，“小八，你去对岸，只要去了对岸，你就会想起自己是谁的。”

“真的？”小八狐疑地看着蛋蛋，“你没有骗我？不对，我要怎么样相信你呢。”

蛋蛋非常着急，俊俏的脸上都急红了，“我不会骗你的小八，真的。”

“那好吧。”小八想了想，决定试试也不坏，因为她发现她脑中一片空白，只有一片混沌的白，也许她的记忆真的是一不小心遗落在了彼岸呢？

小八跳下了忘川水，朝着对岸游过去，那些遗落在对岸的记忆，果然全部涌入了脑海。

“蛋蛋？”小八双眼一亮，“真的回来了么蛋蛋！你等等我过去，我这就过去！”

“别过来！”蛋蛋眼神很纠结，“你过来了，就会什么都不记得了。”

“可是那怎么办呢？你的记忆在那边，我的记忆在这边，一旦跨越了这条忘川河，就会什么都不记得。”

“你还记得吗？”蛋蛋忽然开口，“我说过，如果有一天有人分开我们，我就替你搭一座鹊桥，我们在桥上相见吗？”

小八眼圈一红，用力地点头：“我记得呢！”

“那么等着我！”蛋蛋大声说，“既然都没有办法到对方那里去，那么我们就互相靠近一点点，在忘川的中间，在遗忘的边缘相见，那么我们就不会忘记了！你等着，我为你建一座属于我们的鹊桥！”

小八忽然笑了，“好，我等你！”

10

许你的鹊桥拿冰造可不可以

小八从未如此期待过下雪，因为每一次下雪，蛋蛋的桥就会多建一段。北冥十分寒冷，几乎常年都飘着雪，蛋蛋想出了个法子，既然这么冷，那么索性在这忘川上建一座冰桥吧。

一年过去了，十年过去了，一百年过去了。蛋蛋的桥越建越长，终于在第一百三十八年的那一年七夕建好了。

蛋蛋说，“小八，这样，我们就可以不用忘记对方了。”

小八觉得那年她从忘川水里将蛋蛋捞起来真的太好了。

小八觉得那年她没有放弃去找他真的太好了。

她猛然朝着蛋蛋飞奔而去，用力抱住他的脖子，分不清是哭了还是笑了。

“蛋蛋……”

“嗯？”

“月亮爬上来了。”

“嗯。”

第十一幕——爱一个人藏心底

Part Eleven

你看上去是那么漫不经心，我说的话你也总是爱答不理，我以为你再也不爱我了，却从未想过你是否有苦衷，从未想过你的爱，可能就藏在那些漫不经心里。

(1)

陈叔叔气急败坏地将我扯开，尖锐的嗓音像是指甲划过黑板的声音，“许爱，我命令你，现在，马上向你妈妈道歉！”

我不服气地瞪着他，那一瞬间我想用这个世界上最恶毒的话语去回击这个人。

我想说，这是我和我妈之间的战争，关你什么事？

我想说，你不过是一个外人，凭什么，有什么资格教训我？

可是我什么都喊不出口。

“我不需要她的道歉，陈朗你别管她。”被我推倒在地上的女人——当红女星许薇，她的发型被我扯乱了，甚至上衣扣子都被我抓掉了一颗，但是她十分从容优雅地从地上爬了起来。

你看，纵使刚刚我和她大打出手，可是这对她完全没有一丝一毫的影响。

“许薇，明天还有一场重要的巡演，你要是哪里破相，粉丝观众会怎么想？许爱，你也太不懂事了！”陈朗是妈妈的经纪人，也是最不喜欢我的人。我知道他为什么不喜欢我，谁希望自己手下的明星有个孩子，还是这么大的孩子。他巴不得我不存在，巴不得我出车祸死掉呢。

“她还没这个本事。”许薇眼神冷冷地从我脸上扫过去，“你听到了，我明天有巡演，不可能跟你去学校的。”

没错，我之所以会和她打架，完全是因为老师让我请家长去学校，商量一下我转去艺术班的事情。虽然我已经习惯了家长会没有人到场，但是这一次真的很重要，重要到不知道怎么的，我和她说着说着就吵了起来，吵着吵着，就打了起来。

“才不是因为巡演，你只是为了你自己！”我红着眼睛大声冲她喊，

“你只是不想自己被人发现已经有女儿了，你关心自己的前途，才不关心我的未来会变成什么样子！”

“这点你说对了。”她淡淡地回应了我一声。

“我一定不是你亲生的！”我眼睛一酸，不知道怎么的，一直忍着的眼泪，猝不及防就砸了下来。我弯腰捡起丢在地上的书包，转身用力将门关上，这样就可以假装听不到心被摔在地上的声音了。

我几乎是颤抖着掏出钥匙开了家门，将自己埋进被子里，不停地对自己说，许爱，这没有什么可哭的，反正有妈妈和没有妈妈，对我从不重要！

打记事开始，我就已经是一个人住在这里了，一个人吃饭睡觉，一个人上学放学，尽管知道她就住在我隔壁，就在离我一墙之隔的地方。

可是我必须装作不认识她，装作只是邻居。从小到大，学校要开家长会，她从未去过。小时候我以为是自己成绩太差，表现太糟糕，这会害她丢脸，所以她才不让我在有人的地方喊她妈妈。后来我拼命努力学习，参加培训班、兴趣小组，努力让自己变得更好更优秀，我以为这样她就会认可我，可笑的是我怎么会那么天真?

因为无论我多么努力，她根本就看不到。

“许爱。”班主任有些惋惜地看着我，“你真的要放弃艺术班的资格?你想清楚，你文化课不差，绘画功底又好，要是转去艺术班，肯定可以考进一流的大学。”

“嗯。”我点点头，“老师我已经想得很清楚了。”

我说着，将放在他面前的调班申请表拿了回来，走出老师办公室，拐角处是一个垃圾桶，我顺手将申请表团起来丢了进去。

“许爱！”夏可可惊呼着从垃圾桶里翻出我丢进去的申请表，“喂喂喂，你为什么要丢掉申请表，你明明那么喜欢画画，你的梦想不是成为漫画家吗？”

我转过头去，夏可可身后站着她的妈妈，她同样困惑地望着我。夏可可将申请表抹平递到我手上，“别轻易放弃自己的梦想啊。”

我心里莫名涌上一阵烦躁感，我一把推开夏可可，将被她展平的申请表撕成两半团起来丢进垃圾桶，我说，“夏可可，不要说得那么好听！你什么都不知道！”

你不知道，我也想坚持自己的梦想，我也想一直画下去，可是我不是你。

你的妈妈可以跟你来学校办理转班的一切事宜，可是我没有啊。

夏可可呆呆愣在原地，眼神错愕不解，她想再说什么，可是我根本不想去听。这一瞬间，我宁愿我的户口本上没有监护人那一项，我宁愿我可以自己给自己办理转班手续。可是学校明确规定，必须有监护人到场，我无法说动她跟我来学校，我也无法更改学校的校规，所以我只能放弃我的梦想不是吗？

因为我的梦想在她面前，卑微得不值一提。

我冲回教室，飞快地收拾好书包，顶着众人惊愕的眼神跑出了教室。我不想待在这里，这里忽然之间让我有种窒息感。

“许爱你要去哪里！”夏可可跟着我跑出来了，她大声喊道，“快上课了，你给我回来！”

我才不要回去。

我将她的声音抛在脑后，我跑得那样快，快到一不留神就一头跑进了大街汹涌的人潮之中。

“喂！”一只手用力地将我拉着往后退了一步，我猛然抬起头就看到一辆车飞快地从我面前开过去了，“许爱你找死啊！”

是夏可可，她竟然不死心地跟着我跑出来了。

“你跟着我做什么？”我心里的烦躁感更加强烈了，我用力地喘气，企图将她推得远一些，再远一些，“你不要跟着我！”

夏可可显然也跑得够呛，她弯着腰大口大口地呼吸，脸颊红扑扑，耳边的头发被汗水黏在脸上，“我要是不跟着你，你刚刚就被车撞飞了！”

“那关你什么事呢？”我站在原地，心烦意乱地看着笑得那么灿烂的夏可可，“因为反正我好和不好，不会有人关心和在乎，我死了，也许有人更加高兴也说不定呢？”

“啪——”夏可可一巴掌摔在我脸上，前一秒还在灿笑的夏可可，像一只被激怒的母牛一般愤怒地看着我，“许爱，你怎么能这样说！你死了，会有很多人很难过的！”

很多人？我好笑地看着她，“夏可可，不会有人的。我没有爸爸没有妈妈，谁会为我难过？”

“我啊！”她指着自己的鼻尖，“许爱，我们不是好朋友吗？许爱，你不是还有妈妈吗？”

3.

许爱，我们不是好朋友吗？

许爱，你不是还有妈妈吗？

“我有。”我努力对她裂唇笑，我说，“夏可可，可是我的妈妈，从未觉得我是她的女儿。我对她来说，不过是人生的污点，想用消毒液清除的毒菌，可以消失就更好了的累赘包袱！”

夏可可眼神一颤，她的表情分明是不相信的，“许爱，这个世上没有哪个妈妈会希望自己的孩子消失。”

我低下头去，你看，没有人相信会存在这样的妈妈。她从未抱过我，从未给我做过一顿饭，从未参与过我的成长，她甚至不会让人知道我是她的女儿，也根本不会关注我。

“是许薇！”人群里有人惊呼了一声，跟着周遭的人都开始窃窃私语。

我愣了愣，怀着期冀的目光转过身去，我以为她来了，可是我只看到十字路口巨大的电子墙上，她穿着漂亮的衣衫化着精致的妆容，笑容无懈可击地对着我笑。

只有这个时候她才会这样对我笑，尽管我知道，她只是在对着镜头对着观众微笑而已。她明明只关心她在舞台上的笑容是不是完美无缺，根本不会将视线停留在我身上，哪怕只是短暂的几秒。

说不出的失落涌上来，我本以为自己从未对她抱有期待，可是要到这个时候我才明白，就算我再怎么告诉自己她不重要，她依旧在我的心里，占据着最沉重的那个位置。

我拉了拉夏可可的手臂，抬起手指着电视墙，我说，“夏可可，我有没有告诉过你，她就是我妈妈？”

“怎么可能！”夏可可飞快接话，她忧心地看着我的眼睛，“许爱你到底怎么了？别开这种不好玩儿的玩笑。”

“我很像在骗人吗？”我用力拽着她的手臂，我尖着嗓音问她，“你不是问我为什么要放弃自己的梦想吗？因为我的妈妈，她不想让学校知道，鼎鼎大名的许薇，竟然会有一个这么大的女儿！”

夏可可瞪大眼睛望着我，她张了张嘴想说什么，可是她却什么声音都没能发出来。

“咔嚓——”我猛地回过神来，就看到周围很多人都在对着我窃窃私语，更有很多人拿出手机对着我拍照。

“不要拍啊！”夏可可很快反应过来，她拽着我一闷头的跑出了人群。

(4)

“许爱……”夏可可脸色不太好，她滑动鼠标看着网上，“事情好像闹大了。”

我缩在夏可可房间的沙发上，“那又怎么样？我保证一会儿就会有公关出来澄清了。”

“这么看，你长得还真蛮像许薇的。”夏可可双手托着下巴，一眨也不眨眼地看着屏幕上被拼凑在一起的两张照片，“不过许爱，真的不用给你妈妈打个电话解释一下吗？”

“没有必要。”我耸耸肩，回答的十分漫不经心。

夏可可没有再说什么，她只是弯下腰，迟疑地从书包里掏出一张纸来，她小心翼翼地递到我面前，“好吧，不过尽管这样，我还是希望你不要这么快就放弃。”

那张纸，满身折痕，纸背被透明胶带粘在了一起。

那是我的梦想，布满伤痕、破破烂烂的梦想。

夏可可重新滚动鼠标，她刷新了一下界面，惊呼了一声，“咦，页面无法显示，怎么回事？”

“所以我说不要担心。”我把那张申请表夹在了书页中，“她身后的公关团队，是不会允许这样的负面新闻出现的。”

夏可可像是松了一口气，“这就好，不然明天去学校——啊！旷课！明天编个什么理由忽悠班主任，旷课半天！检讨可有的写了。而且品学兼优的许爱竟然会旷课，这个也绝对会引起轰动的。”

写检讨，我不怕，引起轰动也没有什么要紧的。尽管从小到大，我确实没有做出过什么出格的事情来。但那又怎样呢？我不给任何人制造麻烦，在别的孩子因为顽劣被叫家长的时候，我的名字是作为正面教材出现在老师的口中的。

我小心翼翼独自生活了这么多年，换来的从来不是糖果和拥抱。

5

我做好了充分的心理准备，写检讨，被通报批评，被同学笑话。可是等我到了学校进了教室，上完一节课，预想的那些惩罚都没有出现，甚至同学老师都用十分关切的眼神看着我。

我觉得不太对劲，便自己去了老师办公室，找了班主任问清楚了才知道，原来是今天一大早有人打电话给班主任，说我昨天是阑尾炎犯了，夏可可只是陪我去看医生而已。

“你确定，是我妈妈打的电话？”我还是不太相信地看着班主任，“她确定提起了夏可可的名字？”

班主任有些茫然地看着我，“电话是你留的家庭电话号码，她确实提了夏可可的名字。她还问了我你转艺术班的事情，不过我说你放弃了，她没有再说什么就挂了电话。”

她明明没有过问过我，可是为什么她会知道夏可可，为什么知道我昨天旷课。

是不是说明，她其实并不像我看到的那么冷漠，她还是在默默关心我的，我是不是可以这么贪心地以为，我并非真的那么多余？

也许她是有那么一点点，哪怕只是一点点爱我的呢？

“许爱。”夏可可趴在桌子上，若有所思地看着我，“我觉得你应该和你妈妈好好谈一谈。以此为契机，让她答应来学校给你办理转班级手续。”

我咬了咬嘴唇，忍不住微微笑了笑，“嗯，我今天就去见她。”

事实上，我现在就想飞奔回去跟她确认我此时此刻的心情。

那种不经意回过头来，发现最在意的那个人其实已经在看着我的惊喜，让我原本压抑的心情，瞬间明媚起来。

好不容易熬到了放学，我冲着夏可可挥手，从未如此期待过回家的我，第一次跑着冲回了家。我推开隔壁的门，陈叔叔并不在，只有许薇穿着浴袍躺在沙发上看电视，她听到开门声没有回头，只是说，“你来了啊。”

她在等我吗？我雀跃的心情，将我的眼角眉梢都染上了笑意。

“我知道你要来所以没关门，我懒得去开，累死了。”她低低轻轻地说着话。

我第一次觉得她的声音这样好听。

我张了张嘴，就要喊她，就听她继续说，“陈朗，把门关好，我可不希望那丫头再像前天那么冲进来。今天差点给我捅出篓子，要不是网络删帖删的快，后果不堪设想。”

那一声妈妈，终究梗在了嗓子口。

甚至全身的温度都在顷刻被冰冻，她原来留着门不是为了等我，只是为了等她的经纪人而已。

而我呢，我是她防备的，不想见到的那丫头。

你看，她连名字都吝啬喊出口。

也许是我长久的沉默让她觉得不太对劲，她终于将视线从电视上挪开，她往后仰视了一下，瀑布一般的长发贴着沙发垂下去，在看到是我的时候，眉头微微皱了皱，“怎么是你。”

那种浑身冷得发抖的感觉，再一次卷满全身，我努力让自己的声音听起来不那么糟糕，“你给班主任打了电话？”

她抬手抓了抓自己的头发，“对，打扫卫生的阿姨说你一晚上没回来。”

说不上来的感觉从心底浮现，我还是有些不死心，“所以你给班主任打电话是……”

“是不想你被要求叫家长。”她淡淡地打断我的话，“已经够忙的了，你还要添乱。”

语气里已经有了那么一丝的责备和不耐烦。

“那么，班主任有没有告诉你，转艺术班是一定要家长到校去办的？”

“重要吗？”她淡淡地扫了我一眼，语气略带疲惫，“没事就出去吧，不要关门，一会儿陈朗要来跟我安排明天的工作。”

为什么呢?

我无法阻止自己浑身冷得颤抖，夏可可说这世上没有哪个妈妈是希望自己的孩子消失的。可是夏可可你不在这里，所以你不知道此时此刻的我心里有多难过，那种希望之后的失望，然后失望变成绝望，好像一把锐利的刀子一样来回在心上割，很疼啊。

“妈妈。”我努力扯了扯嘴角想向上翘，可是脸部神经抽搐着硬是将我的嘴角扯下去，“是不是因为我真的让你这么讨厌，所以我的梦想，才会被你看轻？”

她再次将视线移到电视上去，语气没有变，“许爱你给我记住，放弃你梦想的，不是我，是你自己。没什么事情了，你出去吧。别在我眼前哭，我觉得心烦。”

别在我眼前哭，我觉得心烦。

哪里有妈妈，对着女儿说出这样的话?

.7.

我也绝不允许自己在她面前这么狼狈。

我咬紧牙关不让眼泪掉下来，我没有摔门而去，我安静地关上门，安静地走回自己的小窝。我努力对自己说没有关系，可是这一次无论我怎样努力，都无法改变在我将门关上的瞬间，全世界在眼前暗下去的事实。

我以为十七年了，我已经练就了金刚不坏之身，无论她怎么说都无法伤害到我，可是我忘记了将心关起来，我让自己抱有这种不现实的期待，才会在这一瞬间觉得生儿无趣，不如死去。

如果我消失了，是不是可以稍微顺她心意一些？

我将自己关在厨房里，打开燃气罐开关，关上了全世界的灯，合上心灰意冷的心门，告诉自己睡一觉就不会再难过了。

我缩在厨房的地板上，努力地想要回想生命里稍微温暖的东西。可是没有，什么都没有。

第一次决定再也不在她面前哭，是在五岁那一年，我因为摔破了头号啕大哭，我努力地朝她张开双臂只想获得一个拥抱，可是她却推开了我，我记得那个眼神，冷漠得让那么小的我深深记在了脑海里，她说，“不过是摔伤了，有什么好哭的？还有，许爱你记住，我是不可能抱你的。”然后，就在我暂时停歇的哭声里，她优雅从容地转身离开。

我记得是这样清楚，她说的是不可能。那时候的我甚至卑微地想，如果她回头看我一眼我就原谅她，然而没有，她步调急促地从我眼前走开。还是陈叔叔送我去医院包扎处理的伤口。

陈叔叔说，“许爱，你别不懂事，我不是教过你，无论发生了什么都要装作不认识她吗？”

对，好像全世界的人都教我装作不认识她。因为她是一个偶像，她需要无时无刻保持优雅。连伤害自己的女儿，都只是用那么淡漠的音调。

莫名的疲惫感铺天盖地席卷而来，渐渐的只是睁着眼睛都觉得累。

看到书上说，煤气中毒而死的人，面色会出奇地红润，好像只是睡着一样。

“许爱！许爱！”朦朦胧胧之中，我好似看到她仓皇无措的脸。我试着抬起手去触了触，可是手里却什么都没有抓到。

真傻，原来即使是心灰意冷的最后，我仍旧对她抱有期待。

我笑了笑，我怎么会以为她会因为我的死去而露出那样的表情呢?

8.

“许爱！”夏可可用力将我拉醒，她凑近我耳边吼，“你给我起来！”

我猛然张开眼睛，用力倒吸一口气从床上坐起来。

我的视线从白色的墙壁移到夏可可脸上，她恼怒地望着我，“你是白痴吗？你怎么能拿性命开玩笑，我真看不起你！”

她愤愤然站起来，“想要的，更加用力去争取不就好了吗？想告诉对方的心情，更加认真去说不就好了吗？许爱，别让爱你的人感到寒心啊。”

我张了张嘴，那么多的话却不知道从何说起。夏可可没有等我开口的意思，她拎起书包，头也不回地走出了我的病房。我用力将手握成拳头，将脸埋进臂弯里。

我知道这样很没用很让人瞧不起。

可是夏可可你不知道，一个从未得到过爱的人，不知道怎样去让别人爱我啊。我一直在努力，却只换到她的万般嫌弃，所以我唯有消失在她生命里，才能稍微让她宽慰吧。

病房的门“哐当”一声被人推开了，我惊得抬起头来，就看到陈叔叔冷着一张脸望着我，他长久地与我对视，终于先一步垂下眼睫，他叹了一口气像是十分疲惫，他说，“许爱，早知道你这么不珍惜自己，当初我就该强行带她去打掉你。你不知道，你妈妈是做出了怎么样的努力才将你生下来的。”

我呆呆看着他，蓦地扑哧笑了出来：“陈叔叔，你在说什么笑话？”

那个连抱抱我都不肯，在外人面前装作不认识我的人，她又怎么可能会努力将我带来这世间？

陈叔叔无奈地摇了摇头，“许爱，你以为她为什么要给你起这个名字呢？”

许爱。她唯一给予我的便是这个名字。

许爱，许你一生关爱。

“昨天半夜，她去看你有没有好好睡觉，在卧室找不到你，她便惊慌失措到处找你，你不知道，她急得都忘记喊救护车了，背着你狂奔了七八站路才到医院。医生告诉她你已经脱离危险的时候，她脱力得像一摊烂泥一样不省人事。”

“许爱你不知道，她心脏有问题，根本经不起这样的惊吓和激烈的运动。”

我静静地看着陈叔叔一张一合的嘴巴，他说出来的话，一字一句都清晰无比，可是它们完整地传入我耳朵里，却让我眼前的世界都模糊了。

“她在哪里？”

陈叔叔口中的，会不顾一切背着我去医院的妈妈，她在哪里？

9

夏可可说过，许爱，这么看你和许薇还真的有点像。

我趴在她床前，第一次这么近这么仔细地看着她的脸。

没有化妆的许薇，脸色有些苍白，失血的唇让她看上去更加憔悴了一些。原来强悍的刀枪不入的许薇，在卸掉那精致的妆容之后，也脆弱得这样不堪一击。

陈叔叔对我说，“许爱，想不想听我跟你说个故事？”

我只是傻傻看着他，他似乎不打算听我回答，只是自顾自往下说，“十七年前，你妈妈才刚刚出道，那时候的许薇不似现在这般老练，刚进娱乐圈，还很单纯善良。她从未跟你提起过的爸爸，他是个浑蛋，从你妈妈踏入娱乐圈开始就变了。他始终固执地觉得娱乐圈的人都是被潜规则过的。”

“所以他和你妈妈分手，完全是在意料之内。那时候你妈妈已经怀了你，我不知道她是怎么想的，在全世界都让她打掉你的时候，坚持要把你生下来。”陈叔叔叹了一口气，他递给我一本病历，“后来我才知道，原来她患有先天性的心脏病，这一生能怀孕的概率非常低，更不要说生孩子了，那会要了她的命。”

“我想生下来，我想保护她，我知道这很任性，但是我也想当一个妈妈啊。”陈叔叔笑了笑，他抬手揉了揉我的头发，“这是你妈妈生你之前对我说的话。她怕别人硬要她打掉你，便躲到很偏僻的地方待了八个月，你知道那有多危险吗？为了让你来到这个世界，她吃了多少苦，你知道吗？”

我张了张嘴，很想提出反驳的话，可是手中的病历却沉得像山一样压在我心口上。

“因为生你，她本来就不好的心脏更加糟糕了，这么多年她一直偷偷吃药才能维持正常的生活。医生说她的心脏会衰竭，顶多可以撑到四十岁。”

“为了不让你生活在镜头的监视之下，她要装作不认识你。她拼命工作，只是为了存下足够的钱给你完成自己的梦想。”

“她总说她的病好不了，不知道什么时候就会死，为了让你就算没有她也可以坚强地活下去，她隐忍着对你的爱，扮演着一个坏母亲的角色。”

“你知道吗许爱，她经常跟我说，作为一个演员，她这辈子最大的成功就是让最亲近的人相信，她是一个糟糕的母亲。”陈叔叔站起来走到病房门口，他没有回头只是静静地诉说，“她一直参与你的人生，你考了满分，你拿了奖，她都在你看不到的地方替你鼓掌。”

是这样吗？我撇了撇嘴角，没出息地想哭。

我抬起手将她乌黑发间的白发挑出来，原来就算是那么精致美丽的人，在荧光灯照不到的地方，也开始慢慢老了。

隔着一层眼皮，她的眼珠转动了一下。

我便触电般的从凳子上站了起来，飞快地开门跑了出去，我有勇气用自杀的方法消失在她生命里，却没有勇气在知道了全部真相之后，还能理直气壮地出现在她面前。

她一定不希望我看到她这个样子，因为为了让我可以早早地坚强起来，她狠心将我阻挡在一墙之外的地方。尽管每天晚上都会用备用钥匙来看看我，会不留痕迹地检查我的作业，会像任何一个妈妈一样关心我交了什么样的朋友。

她只是什么都不说。她将爱做成包着苦涩药粉的糖果喂给我，我只尝到无尽的苦涩，却从未回味过苦涩背后的甘甜。

她这么小心翼翼地守护我的人生，她将自己委屈到连自己女儿都不爱她的地步，只是为了我在她离开之后还能好好地活着。

许爱，你真是个浑蛋。

一个周末的时间，我在家里徘徊很久，都始终没有勇气去敲开隔壁的门。

病假很快过去，一切好像又回到了既定的轨道上。我提着书包去了学校，刚刚到教室就被班主任叫了过去，他给我看那张遍布折痕的申请表，家长签名的地方赫然写着许薇两个字，他说，“许爱你妈妈真奇怪，这个天气还戴着帽子墨镜，不过她给你办好转班手续了，下学期你就可以到艺术班去了。”

我捏着那张申请表，眼眶里忍了多时的眼泪，不知道怎么的就再也没有忍住。

我一口气跑出办公室，等在门口的夏可可抓住我的手臂，她开心地看着我，“真好，许爱，我们可以一起去艺术班。”

我一把揪住她的手，我说，“夏可可，你愿不愿意陪我再旷一次课？”

我拽着夏可可一路狂奔，记得不错的话，今天在体育馆会有一个影片上映的宣传活动，妈妈作为特邀嘉宾会上去唱两首歌。

我从未在现场看过她站在荧光灯下的样子，那一瞬间，我却想要看一看，那个人在舞台上的样子。体育馆人很多，我拉着夏可可不要命似的往前挤。粉丝手中挥舞着荧光棒和大幅照片字条，我们狼狈地挤到了舞台前。

那个时候她刚好穿着一身黑色礼服走到了舞台上，我将手做喇叭状括在嘴边大声喊，“谢谢你！”

周遭人声鼎沸，我以为她听不到我的声音，可是下一瞬间我看到她眸光颤了颤，然后缓缓背过身去，将背影留给了观众。

荧光灯炫目无比，粉丝的呐喊声几乎要将体育馆的屋顶掀掉。我第一次觉得骄傲，为自己可以是她的女儿而骄傲。

她稍稍偏过脸来，好看的侧脸在灯光下，在我刚刚好能看到的角度，默默将嘴角勾了勾。

她对我笑了。

第十二幕——茶汤

Part Twelve

山岚像茶杯上的云烟，颜色越来越浅。我越走越远，有好多的话想当着你的面再说一遍。你身后窗外那片梯田，像一段段从前。

你站在茶园抬头望着天，想象我已在山的那一边，我想再喝一碗你熬的茶汤，暖身后轻轻挥别再渡江。渡江到那遥远的寒冷北方，你就怕我手会冻僵。我一定回来喝你熬的茶汤，这次记得要多放些老姜。我寄给你的信还在路途上，何时才到你的地方?

1.忽略的风景

“简直胡闹！”舒华将圣旨摔在地上，气的一张俊俏的脸都白了，他一手抵在书案上，几乎都快站不稳了。

下人端着凝神的参茶进来，还没有递到舒华手上，就被他一把打翻在地，破碎的青瓷划出刺耳的声响，深色茶汤溅的到处都是，“舒大人，您消消气啊，葵江姑娘还在大厅上等着您，您真的不去见见？”

“滚！”舒华心烦意乱的喝退了贴身丫鬟，失了魂似的瘫倒在太师椅上，等到稍稍平复了心情，才觉得手背上像被火燎了一样，隐隐作痛。抬起来一瞧，上面还粘着一些参茶，想来是刚刚他挥得太急，溅在他手背上的。

他弯腰捡起圣旨，上面已经沾上了尘土和茶水，重新打开来想再瞧上一眼，可惜圣旨上的墨字已经被茶水晕开，模糊不清像哭花的戏子脸，无法辨别本来面目。

“该死的！”将圣旨丢在一边，舒华决定去见一个人。

当然不是一个时辰前就在大厅候着的那位葵江姑娘，而是当今圣上。他必须去阻止圣上将圣旨上的内容昭告天下，因为那必将是一场天大的笑话。

舒华换了一身官袍，出去的时候，隔着回廊远远的看了坐在那边的葵江一眼。

并没有看到她的脸，只看到她一身宽大奢华的袍子在地上铺成了花，隔得这么远，依旧带着最致命的妖娆魅惑。

“舒大人。”葵江的声音慵懒妩媚，传入舒华耳中已经是近在咫尺。

舒华猛然回过头来，有些惊魂未定，然而就这么看过去，葵江还是坐在大厅之上，甚至铺在地上的裙摆都没有动一寸一毫。

“你不要在我的府上装神弄鬼。”舒华沉下声来，强自镇定地望着葵江。

他依旧无法看清她的样子，但这么看着她，她就无法在他眼皮子底下装神弄鬼。

“舒大人，我要是真想装神弄鬼，就不会这样堂而皇之地来找你了。”声音依旧在咫尺，舒华已经确定，这并不是从大厅那边传过来的。

他直接跨过回廊就往大厅那边走，只是等到看清楚坐在那边的是什么的时候，舒华整个人都捏了一把冷汗。

那根本不是什么人，只是一身奢华无比的衣裳，被塞了一堆稻草摆在太师椅上。

葵江不在那里。

“你从一开始就知道我不在那里，为什么还要去那里呢。”声音是从回廊那边传过来的。

舒华缓缓转过头去，就看到回廊的尽头，他原本站立的地方，从朱红的柱子后面走出一个人单薄的白影来。

“我在这里啊，舒大人。”

2. 梦里茶香

在没有见到葵江之前，舒华有想象过葵江的模样。

也许生的非常妖娆美丽，足够倾人城覆人国，也许面罩白纱，貌似无盐。她可以有千万种模样，可唯独这一种，舒华没有猜想过。

她静静站在回廊昏暗的阴影里，白袍宛若水中的莲，透白的面孔安静而清秀，怎么瞧都不像是能够蛊惑人心妙笔生花的那个葵江。

“舒华。”她忽然轻轻唤了他一声。

这一声舒华，却叫舒华打了个寒战，恍惚之中似乎看到小环一身青底白花衣衫，安静地站在小村碧色青山下，手中的小花伞转动之间，露出一对黑白分明的眼，然后对着他灿烂一笑。

“舒华，这次要去多久呢。”

他立在十丈开外，一身雕翎戎装，温柔回答她，“这次也许要去很久。”

“那，再喝一碗我替你熬的茶汤吧。”小环从腰间的取出一只竹制的小罐子来，打着伞一步一步朝他走近，舒华从她手里接过罐子，拨开瓶塞，一仰头将一罐子的茶汤尽数喝掉了，“茶冷了呢。”

然后她就手忙脚乱地望着他，像是她做了什么错事。他轻轻拍拍她脸颊，“但没有关系啊，是小环为我熬的茶汤，就算结成冰我也会喝掉的。”

原本黯淡下去的表情，一瞬之间就明媚起来，他简单的一句话，就已经足以左右她的喜怒哀乐。

“我下次，一定努力让茶汤不这么快冷掉。”她收回小罐子，重新挂在了腰间。

远处的号角声急促地响起来，这是催促将士启程赶往边疆的号令。舒华忽然附身用力抱了她一下，“小环你等我回来，我回来了一定娶你。”

小环就这样微红着脸，深深望着他，替他整理了一遍衣裳，“要活着啊，我还给你熬茶汤，这次我会多放一些老姜的。”

他对着她用力点下了头，印下最美丽的承诺。

是这样美丽，以至于后来许多许多年他站在这华堂之上都不敢去回首。只怕一不小心，小环的样子就再也记不起来。

“舒大人，你还好吗？”葵江的声音尤其的平淡，却带着某种窥探的味道。

舒华很快地回过神来，他还站在大厅之上，灯火阑珊处，葵江静默不动地立着，隔着一排回廊，其实他也无法看清她容貌的。

“我很好，不需要你的关心。”很漠然且疏离的回答，葵江也不恼，她缓缓朝舒华走过去，在他面前站定了，眸色有一瞬的迷离，残余的一抹留恋谁都没有看出来。

“何必拒人千里之外。”葵江低低叹了一声，略微弯腰，一把将搁在太师椅上的红袍拉起来，用力地抛在空中，袍脚精致的线从舒华脸侧落下去，等到衣摆静止，葵江已经将那奢华的衣袍穿在了身上。

太师椅上倒并非余下一堆稻草，那是一坛酒，只不过上面是用一团稻草紧紧塞住坛子口的。葵江缓步走到舒华面前，再仰首，面容似乎换了一个人。

舒华细细看她的脸，分明容颜依旧，但披在这身华裳之下，那份魅惑妖娆就似从骨子里透出来一样。

“你来做什么呢。”舒华忽的讽刺一笑，“葵江，你来我容府做什么。”

葵江抬起一只手搭上他肩膀，“来找你喝酒而已，你我其实都一样，你舒华，没有比我高尚多少。”

3. **昔年小环**

“不是喝酒这样简单吧。”舒华哼道，“还有，不要拿我和你相提并论。”

葵江也不在意他话里的敌意和讽刺，弯腰将那坛酒的封口打开，顿时一股惑人的香气弥漫整个大厅，“你欺上瞒下、混乱君听，是为权势。我装神弄鬼、迷惑君主，是为了救一个人。都是在欺骗君王，都是世人眼里的大奸臣、大妖女，我们，有何分别？”

舒华眼睛眯起来，接过葵江丢过来的酒坛子，抛起来猛然灌了几口，酒水顺着嘴角流进衣领里去，顷刻，这才换上的官袍又湿透了。

葵江说的并没有错，他舒华，不是什么好人。

将酒坛子递回葵江手里，见她如他一般，抬起坛子直接饮下这烈酒，“我不信你只是来找我喝酒，你该有其他的阴谋。”

“我的阴谋，只是阻止你去见皇上而已。”葵江的手臂已经缠上了舒华的脖颈，她灌了一大口酒，然后凑近他的唇，清冽的酒水在唇齿之间流转，酒坛子哐当一声落在地上，酒水混合着一种奇异的香味，将这位舒大人彻底蛊惑了。

“你说要回来娶我的。”神志不清的舒华，在扯掉葵江大红色袍子的时候，也不知道究竟将她当成了谁。只恍惚间，似乎看到小环嗔怪的模样。她深黑的眸子里，印着意乱神迷的他自己。他将脸埋进葵江的脖颈之间，他有过无数的女人，一些是他瞧着姿色不错就带进府来的，一些是下面的官员送给他的。

但是从来没有哪个女人，让他这么频繁地想起小环。

他曾以为早已经破碎在回忆里的那个小环，她有最美丽的笑容，会煮最好喝的茶汤，他后来也曾不停地叫人替他煮，只可惜再也回不到曾经的味道。

和女人一样，原来茶汤也是有记忆的。

“小环。”他低低喃喃，自己都不确定这声小环有没有唤出声来。春帐落下来，被褥已经是一片凌乱。待到春宵过后，葵江立在床榻前，她穿好衣袍，静静看着舒华。

舒华三天之内，是绝对醒不过来的。

谨慎如他，是不会轻易被人下药的。只是那漫天的酒气，掩盖了迷香的味道。她将自己当成最美最毒的药，他根本没有任何退路。

她有跟他说过，她装神弄鬼、迷惑君主，是为了救一个人。

她必须救一个人，所以就一定不会允许他来破坏。

她了解每一个人的过去，皇上的，舒华的，许许多多人的。所以可以轻易击破每个人心里的那个弱点。

就比如说，舒华的弱点。

是八年前他出卖灵魂前，还有所眷恋的顾小环。

他曾经许诺一定会回去娶的妻。

4. 妙笔生花

舒华结结实实睡了三天，第三天还是被下人叫醒的，说是皇上有要事急着召见他。舒华本是极其懊恼的，挥手间却瞧见三天前被燎伤的那只手，已经被人上了药绑上了绸带。

眼神渐渐迷离起来，连下人什么时候退下去的都不知道。

他只是盯着这绸带，是看了又看瞧了又瞧。

绸带本身是没有任何特别之处的，叫精明的舒华失神的，是因为绸带打成的那个结。

那是小环才会打的结。

他本以为，隔了这么些年，与他舒华而言，顾小环只是他庞大的回忆里，永远不能再浮现的终身遗憾。他本以为，他是再也想不起她来了，却原来往常最为寻常的东西，比刻骨铭心的往昔更加能够叫人铭记。

你看，简单的一个身影，简单的一个结，就已经叫他记起了本该忘记的小环。

“大人。”贴身丫鬟忍不住唤他，“时辰快到了。”

舒华神色有一闪即逝的狼狈，冷清应了一声，“我知道了，轿子都备好了吗？”

“就等着大人您了。”丫鬟微微弯腰，小心的后退了一步。

舒华终于站了起来，大步踏出去，将刚刚的柔软心情尽数尘封心底。

他不是个好人，他知道，所以这些情绪都是多余的，没有任何意义。他只要一步一步地往上爬，站在权利的最顶峰。

他舒华能有今天的成就，能成为朝堂之上一人之下万人之上的舒大人，不知道做了多少伤天害理的事情，不知道踏着多少人的鲜血，他不能退，他不能容许自己成为别人的踏脚石，所以如果非要选择，他宁愿当刽子手。他的双手早就染上了鲜血，洗也洗不干净了。

可是这又能怎么样，就算全天下都骂他，可是谁也奈何不了他不是吗？

所以他就更加不能容忍另一个和他一样的人，那么名正言顺的立在朝堂之上，甚至比他更加能得到得君王的宠信。

轿子落在了宫门口，公公带着他到了金銮殿，推开厚重的殿门，恰巧看到金红宽袍的葵江，手里握着一只莲花笔，宽袖如穿花蝶，在一张硕大的白纸上画着什么。

妙笔生花。

舒华知道得很清楚，葵江之所以能够深的皇上的宠信，是因为她可以将皇上心中所想所念画出来。并且画出来的东西，可以拥有一天的寿命。

三天前，皇上给舒华下的圣旨，是让他主持一场婚礼。

一场注定是笑话的婚礼。

皇上梦见一个女子，生得俊美无双，朝思暮想几欲成疾。葵江竟然能够将那女子的模样画下来，皇上自然大喜。但是葵江能让画出来的人有一天的生命，并非这样简单，而是需要用稚童处子之血肉作画。她将那姑娘画了出来，却也只有一天的寿命。

皇上自然是不满的，葵江就告诉他，想要让画中人获得生命，就必须要九十九个个辰时出生的男童之眼，并且还要九十九个处子的血液作为原料。

这是丧尽天良的人，才想得出来的法子。

“舒爱卿来了，快来看，茹素就快活了。”帝王急促地唤着舒华，“来我身边，一同看葵江姑娘如何妙笔生花。”

是了，皇上还给那个女子起了个名字，唤作茹素。

葵江并没有回头，从舒华的角度看过去，可以看到她白皙漂亮的下巴，好似微笑的弧度。

她手下动作越来越快，鲜红的血在她笔下一点一点渗进白纸里去，女子的眼睛，头发，是用男童之眼的黑描绘而成。一点一点，渐次成型。

她原来绊住他三天，是算计好了，凑齐这些东西，需要三天时间吧。

等到一切就绪，由不得他反对。更何况，已经彻底被蛊惑了的皇上，怕是也听不进去他的进言吧。

她是当真不想让任何一个可能破坏她计划的人出来阻挠，所以就算出卖自己的身体，也要绊住他三天，真真是用心良苦。

5. 伴君如虎

葵江不用转身，已经可以感觉到舒华用审视的目光盯着她瞧。

他没有猜错，她的确是为了绊住他不惜用自己的身体去迷惑他。她也知道，如今朝野上下，全都骂她是丧心病狂的妖女，不知道多少人偷偷请了道士向她泼狗血，但那又如何呢。

杀了那么多无辜的稚童，那么多美好的少女——

那又如何呢?

她丧心病狂，她是妖女，她祸国殃民，她不得好死。

——但那又如何呢?

一将成名万骨枯，如果这些人的死，可以让她成为惊世绝艳的妖女，千古留名，那些人也算死得其所。

“皇上，您当真……”舒华有些迟疑，他留意皇上的脸色，此时听他说话，偏头看他，眼神中带着几分不悦。

舒华心里已经有数了。

他一开始见到圣旨就该来阻止他的，可惜他被葵江算计了，已经错过了驳倒葵江的最好时机。等到画中茹素真的披上嫁衣入宫为后，那么他的地位就绝对保不住。

他踏着那么多人的肩膀，那么多人的咒骂爬上来了，他实在不甘心就这么被她轻易地夺走一切!

“舒爱卿你怎么不说下去？”皇上眼神忽然一冷，“看来，你是真的打算阻止朕娶茹素！”

舒华急忙跪下，“臣不敢，臣只是觉得这样一来，大臣会有所不满。”

“哼！”皇上脸色都黑了下来，“我看，第一个不满的人就是你吧。”

“皇上，臣怎么会不满呢。”舒华下意识地就看向了葵江，她在美人额心点上一抹朱砂痣，稍稍往后退开一步，笑意盈盈地望着舒华，舒华移开视线，眸光已经镇定了些，“臣若是不满，不会到现在才反对。臣已经做好了准备，替您和未来的皇后娘娘茹素姑娘准备婚事。”

皇上忽然笑着拍了拍他肩膀，“舒华啊，你知道我最器重你，你一路跟随我，你的忠心我也不是看不到的。你很聪明，就像八年前……”

“皇上。”葵江笑意盈盈的开口，“茹素姑娘就要醒了，你难道不想让她睁开眼睛就看到穿着嫁衣的自己吗？”

“对对。”皇上转头，看向葵江的表情已经是带了几分崇敬，“舒爱卿，你去准备吧。”

“是。臣这就去准备，绝对不会让皇上失望的。”舒华乘机脱了身，伴君如伴虎，素来只听新人笑哪闻旧人哭。怕是如今，在皇上面前，他已经变得可有可无了。

他走到大殿门口，背身扫了葵江一眼，见她静静站在白纸前，一如三天前，她站在回廊边，神色浅淡，宛若一只幽灵一般。

小环。

那一瞬间，站在那里的葵江，像极了小环。尽管模样没有一点相似之处，但是他在她身上找到了小环的影子。

他下意识地抚上了自己的手背，那个结，散了。

绸带顺着掌心落在大殿上，他就再也没有回头去看。

葵江静默地看着他，直到身后的殿门紧闭，深黑的幽光之中，她扬起素白双手，掌心握着一柄精致的匕首，她将匕首举过头顶，然后对着皇上深深弯下腰去，将匕首落在皇上面前，“最后一步了皇上，如果你想茹素真正意义上的活着，单看你的选择了。”

皇上神色恍惚地接过匕首，他是太过于激动了，以至于整个人都微微在颤抖，甚至连葵江什么时候离开的都不知道。

6. 噩梦

舒华回到容府，生了一场大病，请了宫里御医来瞧，却谁都说不出个所以然来，只说是心病，久念成疾。

舒华倒不觉得自己病了，他不肯吃药，反倒是请了无数人来替他煮茶汤。不知道怎的，这么多年来，他从未想起过的小环，一旦再次爬上他的脑海，轮廓语调就越发清晰的徘徊在心头，怎么都挥之不去。

那是他的梦，噩梦。

他迅速的清瘦下去，等到葵江再次见到舒华的时候，眼里有惊诧之光，她蹲在他躺椅前，伸手触了触他的脸，“你怎么把自己弄成这个样子？”

舒华忽地捂住她的手，冰冷细嫩的触觉，叫他那瞬心神俱震，“小环。”

小环怕冷得很，冬天的时候总是像葵江这样手脚冰凉，他就抓了她的手往脸上贴，用脸上的温度温暖她冻僵的双手。

“舒华……”小环笑眯了眼睛，“这次出征，带上这灌茶汤吧。记得写信给我。”

他点了头说，“好，我会一点儿都不剩的喝掉的。”

小环就非常快乐地跑进里屋，再出来手里已经像捧着一把燃烧的火焰，脸上红彤彤的好似熟透了的青梅，“舒华，穿穿看合不合身。”

那是一件嫁衣，她在他出征的时候，一针一针地绣起来的嫁衣。他将喜袍披在身上，她的眼眸亮的不可思议，然后她忽的踮起脚尖，在他唇上飞快地吻了一下，等到舒华回过神来，她已经羞赧的跑了开去，只余下拐角处，她青白袖子扬起，彻底隐去了踪迹，再也不可寻觅。

他所有关于小环的回忆，到此戛然而止。

“我不是小环。”近乎叹息般的声音，语调不明，“舒华，你瞧仔细了，我不是小环。”

舒华定睛一瞧，蹲在他面前的葵江，她有着细致的容貌，和记忆里的小环没有一点点的相似，是啊，差了这样多。

“你到底想做什么，葵江。”他静静地看着她的双眼，不想错过她的任何一丝表情，“你处心积虑的得到皇上的宠信，你只身一人踏上朝堂，你害死了那么多人，做了那么多无法叫人原谅的事情，你到底想要得到什么呢？”

葵江脸上神色没有一丝一毫的松动，她忽地笑了，这个笑里面，已经多了几分妖媚蛊惑，“我要救一个人，舒华，我从一开始就说了啊，你为权势，我为救人，很简单不是吗？”

“你到底要救谁？”舒华终于问出了这个问题，“我以为，你如此残忍冷血，心早就如磐石，这样的你，叫你心心念念去救的，到底是谁呢？”

葵江定定瞧了他好久，缓缓叹了口气，然后站起身，宽大的裙摆在地上拖过，在地上留下一道血痕。舒华猛然弯腰一把抓住她裙摆，上面果然还有未干的血。

他如碰烙铁一般飞快丢开她的裙摆，原来她的红衣，是用血染红的。

他呆呆看着自己猩红的双手，整个人忽然陷入了癫狂之境，他奔出房门，趴在院子里的小池塘边上，用力地想要洗掉手上的血。那血好似洗不掉一样，就宛如这八年来，他为了向上爬，一点一点累积起来的罪孽深重。

葵江已经从他身边走了过去，“明天是皇上大喜的日子，你要记得来。”

她走得很慢，像夜里游荡的幽魂，趴在水边的舒华，看着水中倒映着的葵江，有种妖艳的恐怖。

皇上大喜的日子，他当然得去。

他不能退，他是不能退后的人。多少人盼着他死，多少人巴不得将他从金銮殿拉下来，他第一次觉得累。

也许早就累了吧，食之无味，美人在他眼中形同枯骨，谁都是一样。

所以……才会明知道是葵江的陷阱，还是义无反顾地跳下去了。因为那是小环啊，哪里都找不到的小环，就活在他忽然活过来的回忆里。

7. 对错之间

皇上娶茹素的那一天，舒华在房里发现了一碗茶，他以为是下人端上来的，皱眉抿了一口，然后他就久久回不过神来。这是小环才能熬出来的茶汤，是让他念了这么多年的茶汤，无论他请多少人来煮，都无法煮出来的茶汤。

“小环！”手里的茶盏落在地上，青瓷溅出去，破碎成灰。他在容府里奔跑，他问遍了每一个下人，可惜没有人见过小环，没有人知道那一碗茶汤是从何而来。

精疲力竭地穿上大红色官袍，舒华难得没有坐轿子，往常他轿子来轿子去，是因为百姓看到他，只会往他身上丢脏东西。

只是他徒步走了五百米路，就是没有人再看他一眼。到处都是白色纸钱飘动，到处都有哭号声，所有人咒骂的对象，从他舒华变成了葵江。

是啊，就算他作恶多端，也是八年来累积下来的。可是葵江，她不过才出现几个月，就不知道杀了多少人，不知道做了多少坏事。他的那些阴谋算计，那些残忍手段，在她面前，都只是一场笑话而已。

她只是一句话，就可以叫无数人家破人亡，她妙笔生花的笔下，又有多少亡灵在哭号，数不清啊。

“都是骗人的。”舒华低低嘲讽，“说什么为救一个人，明明都是在害人，在害人啊。”

你看，这京城哪里还是京城，金銮殿上被蛊惑的帝王哪里还是帝王，国将不国，他苦心经营这么些年，握在手上的这些权势金钱，又有什么意义呢?

他弯下腰，将身上带着的全部银子，放在了一个乞丐面前。

乞丐怔怔望着远去的舒华，将银子抱在怀里，已经无法去判断，他到底是好人还是坏人了。

“大人！”乞丐忽然大声喊了一声。

舒华稍稍顿足，他不敢回头，怕看到乞丐愤怒的表情，乞丐却用无比感激的声音说了一声：“谢谢，您真是个好人。”

他心口一涩，眼睛里发酸，又想笑又想哭。

他有多久没有听到这两个字，以至于他都有些不相信乞丐有对他说过谢谢。

可笑啊，他舒华也有一天，被人说是好人。人们总是容易健忘，尤其是在更大的伤害面前，那些曾经经历过的苦痛就都忘记了。好像连他的存在都在被葵江抹去，她取代了他在朝堂上的地位，取代他成为百姓最痛恨的人，可笑啊。

走到皇宫前，却是一片红，到处都张灯结彩，皇上大婚，举国大事，谁敢潦草?

他才到宫门口，就看到一个白衣夫人跪在地上，怀里抱着已经没有呼吸了的孩子。舒华猛然呆了呆，虽然那夫人形容惨淡，但是他还是可以认出来，这是皇上的宠妃，慕贵妃。

他弯下身，看着她痴痴呆呆的模样，“发生了什么事情？娘娘你怎么在这里？”

慕贵妃“咯咯”笑了几声：“舒华，皇上疯了，他疯了，他杀了我的孩子，他杀了他自己的亲骨肉，只是听了葵江那个妖女的话，他骗皇儿去喝茶，然后将匕首刺进了他的心脏。只是为了那个画里的女鬼活过来。”

舒华错愕在原地，看着慕贵妃从怀里掏出一只匕首来：“杀了她，舒华，替我杀了她！你难道不想杀她吗？她夺走了你的一切，你不杀她，你就会死在她的手上！”

那一瞬间，不知道被什么蛊惑，舒华接过慕贵妃手中的匕首，不发一言地，藏在了袖子里。

8. 救赎

葵江穿了一身奢华的袍子立在台阶上，她看着舒华缓缓地踏上了台阶。

他眼神空洞，像是灵魂已经死了。

他缓缓地走到了葵江身边，葵江冲他笑了笑，“舒大人，不动手吗？”

回应她的，是一阵透心凉。舒华立在她面前，缓缓抬手触了触她的脸：“你不要恨我，葵江，你去死吧。不要再抢走我的东西了，不要再让我想起小环了，变成这样的我，不配想起小环啊。”

葵江依旧在笑，她没有推开他，她伸出双臂，圈住了舒华的脖子，然后缓缓贴着他的耳朵，轻轻耳语：“嗯，你又杀了我一次，舒华。”

舒华猛然一震，他缓缓拉下葵江的双臂，忽然有些不敢去看她的脸。

你又杀了我一次呢，舒华。

葵江双手捧起他的脸，原本填满蛊惑的眸子，一时之间清澈无比：“我要救一个人。”

“你要救谁？”舒华忽然止不住的颤抖，他似乎窥探到了什么，但他抓不住。

葵江的脸开始剥落，那副精致的容貌开始融化，最终剩下一张干净的脸，笑得那么温暖那么美丽，她静静地捧着舒华的脸颊，然后凑上前吻了吻他的唇，叹息般地说：“是你啊，舒华，我要救的人，是你啊。”

舒华脑中轰然一阵巨响，他错愕地看着葵江的脸，他终于明白为什么葵江可以让他轻易地想起小环，那个被他刻意锁进心底不去触碰的小环。

被他害死的小环。

因为，眼前的葵江，她分明有一张和小环一模一样的脸。

在剥离了繁华，在洗净了铅尘之后，拥在他怀里的人，怎么会是她！

“小环。”舒华喃喃着唤她，“小环，小环，怎么会是你呢？”

“我不是小环。”葵江笑着摇了摇头，“我从一开始就说了，我不是小环。”

“可是你为什么长得和小环一模一样，为什么你要救我，你若不是小环，怎么会知道我和小环的过去？”舒华不相信，她分明就是小环。

“唉……因为我也不知道我是谁，我有无数个人的灵魂，我有无数个人的记忆，有的已经模糊不清，有的已经被吞噬，我是最终留存下来的一个，因为小环想救你的执念太过强大，所以我才会救你啊。”

舒华呆呆愣在那里，大滴大滴的血顺着他手背落在地上，边上的侍卫早就吓坏了，茹素缓缓的被人领着往这边来，可是就在皇上无比期待的眼神之中，就在他指尖触碰下，变成一摊血肉。

“啊！”皇上惊恐地大叫，再看那边，葵江已经倒在了血海之中。

“来人啊！将舒华押入天牢！”皇上蹲下身，双手捧起那堆血肉，猛地一阵哀号，转身呕吐起来。

葵江仰面躺在地上，看着舒华彻底失去了灵魂一样被人押着向前走。

9. 茶汤

过去如同汹涌的潮水涌上来。

舒华低头看着自己的手，天牢里光线黯淡，从天窗落下来的一束光线，照的他手上的血更加惊心动魄。

他杀了小环，杀了她两次啊。

他“咯咯”笑了起来，跪倒在地上。

止步不前的记忆，终于冲破他的灵识，将他彻底的吞噬。

那时候，小环羞赧地跑开了，留下穿着喜袍的自己站在原地。他跟着追过去，山水之间，小环的模样越发俏丽，他忽地就大声喊了一声：“小环，嫁给我吧，我们今天就成亲！”

小环出嫁时，正是大寒。

穿着大红色嫁衣，由他揭开喜帕来的时候，一张脸是红了又红。

是的，其实小环不是他的未婚妻，小环是他的妻子啊。

后来他出征，那一年敌方将士打到了村子，那一天，村子里所有的小孩都被杀了，守在家里等待丈夫出征归来的妻子，十多岁的待嫁少女，全都被残忍地玷污了。

敌军扫荡过去，村子里就只剩下了年迈的老人和那些女子。女子的名节比性命还重要，所以村子里的老者都逼着自家媳妇、女儿去死，已经不干净的女人，是没有资格继续活在世上的。

小环不愿意就这样死去，她决定去找舒华，她带着村子里所有的女子去边疆寻找自家的丈夫，以为这样就可以逃脱死亡的命运。丈夫是找到了，甚至都说了不在意的。

所有人都相信了，包括小环也信了。她相信了舒华，相信他真的不介意。

精疲力竭的夫人们，长途跋涉之后以为抓住了最后的希望。可惜啊，她们实在是太可笑了。

舒华握着小环的手，他将她抱在怀里，他说，“小环，你们走了这么远的路，一定很累吧，你煮多点茶汤，分给大家喝，驱驱风寒。”

她就煮了一大锅的茶汤。

后来若不是她想去找他说说话，就不会听到那些话了。

寒风如刀子一样吹在身上，可是比不过小环心里的冷，她静静站在那里，听着营帐里，那些丈夫们怎么样讨论自己失节的妻子。最终听到舒华说，“我已经让小环煮了茶汤，到时候你将这个洒在汤里。我们都是成大事的人，怎么能背负这样一个污点，我们在前线杀敌，不需要背负妻子不干净的闲言碎语。”

原来，她不过是他命里的一个污点啊。

眼泪不知道怎么的，就是不肯停下来，那一晚，和她一起去的一百多个女子，全都解下了自己的腰带，将自己吊死在树林里。到底是没有喝下茶汤而死，他们已经是丈夫的污点，怎么能再脏了他们的手呢？

可是她的舒华，那个温柔的舒华，怎么会残忍成这样呢？怎么会被权势侵蚀成了这个模样，想救他啊，想让他成为一个好人，想让他回到曾经的模样。

这样的执念太过于强大，无数个枉死的灵魂带着各自不肯放下的情绪，慢慢地融合成一个葵江。

她不知道自己是谁，不知道到底谁才是自己，无数个执念，有悲戚，有痛恨，有无法抛下的执念，这些记忆不停地吞噬和反抗。经历了八年漫长的时光，最终占了上风的，是小环想要救救他的执念。

她也许是小环，可是她自己都不确定，这个身体，还到底是不是曾经的顾小环。

“小环，小环，小环……”舒华跪在地上，将头埋进双手之中，他悔恨他恨不得倒转时光。

那时候的他，怎么能那么轻描淡写的就让小环去死，怎么能这么残忍地让她死得那么痛苦？你看啊舒华，她就连死了，都还心心念念的想要救你，就算脏了一双手也要让他成为一个好人！

有脚步声轻轻地过来了，舒华怔怔地抬起头，就看到穿着青白布衫的小环，她手里挽着一只篮子，穿过牢门走到他面前。她没有说话，只是揭开篮子从里面端出一碗茶汤来。

她静静的递过去，舒华接过来，缓缓地喝下了，他一把握住她的双手，“小环，我们回家好不好？我不做坏事了，我想成为一个好人，你再给我煮放了老姜的茶汤，好不好？”

小环单薄的身子跪坐在他面前，伸手触了触他的脸，“舒华。”

舒华眼中下着一场好大的雨，几乎打湿了他的衣襟。

“我丧尽天良做尽坏事，只是想唤回你仅存的一丝良心。让一个坏到黑心的人回头的唯一办法，就是比他坏千百倍，这样比起来，他就不坏了。”她笑的极轻，却暖的心酸，眨掉眼角的泪珠子，她叹息般的说完，“他就会是一个好人。”

“我会成为一个好人。”舒华轻轻地说，“我们回家好不好？小环，我们回家吧。”

小环忽然笑了，她猛然用手抱住自己的头，脑海中无数的声音在叫嚣着不肯原谅，怎么原谅？怎么原谅！

小环的执念，在他终于悔恨终于成为一个好人的时候，顷刻间被仇恨吞噬，她大笑着踏出了牢房，身体里住了太多的灵魂，这个身体在牢门口，宛如一摊烂泥一般分崩离析。

“你说厌倦了这朝堂，想要做回一个好人。”

“你说我们回家好不好？你再给我煮放了老姜的茶汤。”

“可是舒华你没有喝出来吗，这碗茶汤，是用被你害死的那些人的血肉熬成的老姜汤。”

“——其中，亦有我的。”

“回不了家了，我们都回不去那个家了，舒华。”

舒华瘫倒在地，惨淡地笑了，无法原谅啊，他自己都无法原谅这样的自己，他要别人怎么原谅？

是无法宽恕的。他生命里最耀眼的那道光，因为他的原因，被鲜血的颜色填满。

火光熄灭，再无可恋。

他最终将那只匕首，刺进了自己的心脏。

第十三幕——后宫·宠妖传

Part Thirteen

你最近爱看宫斗剧，我说斗来斗去，最重要的那个人，却还是不爱你。你抱着枕头在床上打滚，你说我不听我不听，我就知道记忆中的小姑娘，她还在等着她的少年郎。

1 大寒

“祭祀大人，端木大人在后殿等着您。”宫女的声音怯怯传入慕离耳中来，她收回游走的心神，淡淡应了一声，“我知道了，你下去吧。”

身后是宫人脚步声渐远的声音。

慕离在原地又站了一阵，祈神殿外种着一颗桂花树，浑圆的月挂在树顶，清明如霜的月光好像落了满庭的雪。

“阿离。”端木枢的声音从身后传来，跟着她的腰被人环住，一双有力的手紧紧将她扣在怀里，“我很想你。”

慕离从他怀中退开，昏暗的琉璃灯盏之下，端木枢的脸孔隐在黑暗之中。

“看看我给你带了什么来。”他说着，有宫人抬了一只半人高的箩筐上来，他挥了挥手示意宫人都退下去。

厚重的殿门从外面阖上，月色被阻隔在外，只有冷白的琉璃灯落在殿心。

慕离走到那箩筐边上，里面是整整一筐红豆，粒粒饱满泛着柔光。慕离伸出手来，十指尖尖插进红豆里去，红豆在掌心拽紧，冷意在心里淌过。

“阿离，你喜欢不喜欢？”他一把握住慕离的手，不知是有意还是无意，身子碰到箩筐，顿时红豆泼洒出去，滚了整整一地。而他也终于忍不住，一把将慕离按倒在地，冰冷的黑曜石地面熨帖着她的心，慕离缓缓地闭上了眼睛。

“我想你。”端木枢说着，抽开了她的腰带。

慕离沉沉叹了一口气，松开紧握着的拳头，握在手里的红豆滚了出去。

第二天慕离睁开眼睛，端木枢已经走了，只剩下满地的红豆和她散了一地的衣裳。她推开殿门，头都没有回地走进后殿。

“帮我准备准备，我要去见皇上。”她说着，关上内殿的门，抽出一件宽大的羽衣披在身上，将散乱的发挽好，擦了胭脂描了眉，像是在准备一场盛大的道别。

身为大周国的祭祀，出入皇宫自然不必通报。

慕离踏进大殿的时候，已然痴痴傻傻的皇帝正蹲在殿心看蚂蚁搬家，慕离缓缓走过去，长长的衣摆在地上拖行，皇帝看到是她来，立马笑了起来，“阿离阿离你给我的蚂蚁真好玩儿。”

慕离勾了勾唇角，琉璃似的眸子似乎隐了一丝笑意，她藏在袖子里的手，猛然朝前刺去。痴傻的皇帝显然还不明白发生了什么，只是低着头看着心口被刺破的地方，不停地往外流着血。

“阿离，你又变了什么把戏？”皇帝踉跄的往后退了一小步，接着整个人往后轰然倒下去。

“对不起。”她握着匕首站在原地，眼神慌乱无措，“你去死吧，去死吧……”

“皇上驾崩了！”送点心进来的宫人，迸发出可怖的尖叫声，跟着外面就翻了天似的乱了套。端木枢便是在这个时候带着三千精兵杀进来的，他长剑直指她心肺，“大胆妖女谋刺皇上，押入天牢听候处置！”

她就被一群士兵押着往外走，路过他的时候，似乎听到他轻声说，“阿离，我会救你出去的。”

同昨夜，他凑在她耳边说，“阿离，你到底要什么时候才让我坐上王位呢？”

语气分明是一模一样的。

凉。

❷立春

从天牢的左边走到右边，一共要走七步，从门口走到墙里边，还是七步。这方寸之地，她已经不知走了多少遍。

血渍在手上似乎生了根。

慕离没有擦掉手上染着的血，她只是要提醒自己，这样的慕离，心狠手辣没有心肝的慕离，对于端木枢来说，还是有那么一点利用价值的。

端木枢其实那天来过了，他是挑在半夜的时候来的，一身黑袍黑兜帽，他用力将她拥在怀里，他说："阿离，对不起让你委屈了。"

不知怎的，已经冷掉的心，莫名一热，竟然有些想哭。

她狠狠在他肩头咬了一口，端木枢闷哼一声没有推开她，好一会儿她才松口："端木，你到底有没有心？"

端木枢眼神一晃，低低在她耳边道："阿离，我们这样的人，是不配有心的。"

他说完，狠心将她推开，径直走出了牢门。

慕离蓦地大声问他："那么端木，你会爱我吗？"

他的脚步顿了顿，轻声说："我连心都没有，又何谈爱你呢？"

她眼圈一红，再也忍不住趴在牢门上哭了出来。

她就想起来，那是十年前的隆冬。

同今年一样，那个冬天冷得慕离不想去回忆。只是这样呼吸着，都能嗅到刺骨的冷。

那一年慕离八岁，被送进祈神殿成为上一任祭祀的女弟子，没有人知道，这冷寂的祈神殿里到底发生了怎样龌龊的事情。

性格孤僻的祭祀，唯一的乐事便是辱骂责罚她。

她也是那个时候才知道，她是被送进祈神殿的第十七个孩子。

她以为她肯定活不过那个冬天了，那天她因为抄错了梵文而被罚站。

祈神殿外的桂花树下，她只着单衣，冷的浑身几乎没有了知觉。

就是在那个时候，还是十二三岁的端木枢，解下身上的披风搭在了她肩膀上。

她仓皇抬起头来，月色迷离，少年清润的眉目就似刀刻一般存在于她心里。

自后，无论霜月风华，那一丝温柔和怜惜眷顾，总能在最绝望的时候让她支撑下去。

“我们杀了她吧。”黑暗中，少年的声音还带着一丝颤抖，那时候他一定还没有失去人性吧，慕离想。

后来她才知道，那个少年是大周国的大皇子，因为祭祀大人说他会给大周带来灾难，所以被祭祀蒙蔽的帝王，将大皇子送进了祈神殿。

也是那时候她才知道，这大周国的祭祀和皇上，到底是怎样一种关系。

昏暗的祈神殿，满目情欲的帝王将祭祀身上的衣袍褪尽，那画面羞得八岁的慕离红了脸，什么祭祀，不过也只是帝王的一个禁脔。

“告诉你个秘密。”年少的皇子凑近她耳边说，“当今二皇子，其实是祭祀所生，她想让自己的孩子继承王位，所以千方百计地想杀死我。”

慕离听到这个秘密，惊得白了脸，这大周国到底隐藏了多少事是世人所不知道的呢?

“祭祀是不能嫁人的，进了这祈神殿，就只能一辈子老死在这里。”他的声音里有一种奇异的疯狂感，“而你，也会变成第二个祭祀的。”

慕离吓得往后退了好几步，身后的花盆哐当一声碎在幽冷的夜色里。

祈神殿里蓦地一静，她听到皇帝愤怒的声音，“谁在外面！”

③ 惊蛰

后来呢？她揉了揉有些疼的额头，努力回想。

后来啊，慕离趴在天牢的栏杆上吃吃地笑，后来她就成了大周国的祭祀。

慕离成为祭祀，是她踏进祈神殿的第一年寒冬，才八岁的慕离，是大周有史以来最年轻的祭祀了。

因为前一任祭祀暴毙，皇上又在一夜之间变得痴痴傻傻，没有人敢对一人之下万人之上的祭祀说不。除了她和变成了端木枢的大皇子之外，没有人知道在祈神殿里究竟发生了什么。

“吃饭了。”牢头将一盘做法考究的饭菜递到她面前，不敢有一丝怠慢。

慕离接过饭菜，忽然的就笑了起来，笑得眼泪都落下来了。

那天之后，端木枢再也没有来过天牢。她不知道刺杀皇上这样的罪名他用了什么手段压了下去，后来辗转听说他随便找了个人顶替她在菜市口斩首示众。

再后来听说他认祖归宗登基为皇，登基的同一天还娶了南国夜郎国公主明珠为皇后。他就好像彻底遗忘了她，由得她被关在这不见天日的天牢里，连蹉跎了多少日子都不知道。

直到惊蛰那一天，守备森严的天牢不知何故烧了一场大火。那时候正是半夜，等到所有人醒来，火势已经无法控制了。

她站在天牢里，望着滔天的大火席卷而来。热浪甚至烧着了她的发她的衣衫。

没有人来，除了呛人的烟火，她的神智似乎开始涣散，她嗅到一股熟悉的味道，恍恍惚惚之间，似乎有人踏着火海朝她走来，火光之中她看到他的脸，她狼狈地抬起手擦了擦脸，她说，“端木，我很想念你，你有没有很想我呢？”

她说完，整个人朝着他倒去，端木枢沉默着将她拥在怀里，踏着汹涌的火势冲出了天牢。

慕离以为那只是她的一个梦，被烧死之前，最绚烂的梦境。

直到听到春天第一声闷雷滚过，慕离睁开眼睛，看到的是祈神殿外熟悉的桂花树。她喘着气坐起来，才偏头便看到手边架着一只铜镜，慕离眼神迷离地看着镜子中的那个人。

陌生的眉眼，不是她的样子！

她凑近了颤抖着瞧了又瞧——

不是不是不是！他对她做了什么？将她丢在天牢里不闻不问的端木枢，到底在她昏睡的那段时间里，对她做了什么？

“啊！”她尖叫一声扫开了铜镜，她踉跄地站了起来不顾宫人的阻拦，赤着足跑进了皇宫，没有人敢拦着她，她是端木枢亲自从火海里救出来的人，谁敢阻拦？

她就一口气跑进了内殿，看到端木枢气定神闲地坐在软榻上，新封的皇后手中捏着一颗樱桃凑在他唇边。

“你到底对我做了什么？”她睁着大大的眼睛望着他，“端木，我已经没有什么东西可以再失去了！”

④清明

“你先下去。”端木枢拍掉了明珠皇后手上的樱桃，看都没有再看她一眼，年轻的皇后瞬间白了脸，怨怼地看了慕离一眼，却不得不听话的退了下去。

内殿里就只剩下了慕离和端木枢。

他缓缓走近她，双膝蓦地一软跪在了她面前，他紧紧环着她的腰，将脸埋在她臂弯里，“阿离，对不起。”

他说阿离对不起，这之间又有几分真意？

慕离忽地笑了，“端木，我在你心里，到底算什么？”

端木枢没有说话，他嗓子里宛如一只困兽一般发出低低的哽咽声。

“你说像我们这样的人，都是没有心的。”她缓缓蹲下身，双手捧起他的脸来，凑过去吻了吻他的唇，“如果我用我的心换你一颗心，你要不要？”

“不，不可以，阿离，你要什么我都可以给你，唯独心，唯独这颗心……”端木枢整个人都颤抖起来，他眼底有深深的挣扎之色，他将她紧紧拥在怀里，慕离的耳朵就贴着他的心口，他说他是没有心的。

可是他的心，分明跳得那样厉害。

“没关系。”她蓦地笑了，她反手抱着他跪在冷硬的殿心，浓密的乌发落下去，“端木，不管发生什么，我都不会恨你的。”

“阿离。”他轻轻唤她名字，一把将她从地上拉起来，拦腰将她抱进寝宫。

火红的沙曼之下，身体贴合那样近，可是心在深渊里，彼此都无法捉摸。

没有人看到，寝宫的门口，一身宫衫的明珠，双手拢在袖子里，眼神沉得可怕。

她唇齿之间咬出可见骨血的两个字：“慕离。”

宫灯熄灭，忽明忽暗的星火，照不亮这污秽的大周皇宫。

慕离睁开眼睛，端木枢并没有离开，他没有防备地睡在她身侧。

她就这么静静地望着他的侧脸，若是她想杀死他，那是再容易不过的事情。

只可惜，她要的不是他的命。

“你有两个选择。”端木枢缓缓说，“成为大周国的祭祀，或者纳入我的后宫成为我的妃。”

慕离从床榻爬起来，她长久且静默地站在窗户边上望着祈神殿的方向，然后在他沉寂的眸光里捡起满地衣装，她说，“这大周国的妃子可以有千千万，可是祭祀，却只有一个。”

她说着，回头对着他笑了。

端木枢眼前一晃，好似看到了多年之前，还没有长大的慕离，她静静站在祈神殿外的桂花树下，睁着一双大大的眼睛，怯怯地望着他。

这之间隔着的山水浮尘，好像根本从未发生过一样。

她仍是当年慕离，可是他自己又变作了什么模样呢？

他知道她想要的是什么，可是他更知道，她所要的，是他这辈子也无法给予的。

从皇宫到祈神殿并不远，铅色低回的天空缓缓飘起细碎的雨花来。

又是一年清明将至，慕离将兜帽翻下，让缠绵雨丝打湿她的鬓角。

她弯腰折下一朵雪白色的花别在耳边，打眼望过去，好似一夜之间白了的发。

⑤小满

换了一张脸，换了一个容貌，甚至目睹了一个朝代的更替。

唯一不变的，大抵是祈神殿里萧条冷落的岁月。

端木枢来看她的时候，她正蹲在院子里手中还捏着一把红豆，看到端木枢来，兴奋地朝他招手。

她笑了，端木枢愣了愣，心里却是一涩，他有多久没有看过她的笑脸了呢。

“端木你看。”她稍稍偏着头，笑容将春光润了色，“去年滚落在这里的红豆，发芽了呢。”

端木枢缓缓走过去，蹲在她身边，顺着她手指的方向望过去，就看到罂粟花下，一根根幼小的红豆嫩芽破土而出，等到一岁枯荣，便又是一捧红豆了吧。

“听说皇后娘娘有喜了。”慕离声音带着几丝笑意，“端木，你要当爹了。”

端木枢不知怎的，心里一涩，抬手将她瘦窄的肩膀拢在怀里，“你明知道的阿离，我最想要的，是你陪在我身边。”

阿离低下头去，额头抵着他的下巴，叹息般地说，“我一直都在啊。”

端木枢的身子似是僵了僵，嗓子越发涩的厉害，“阿离你等着我，我一定会给你这世间所有女子都想得到的富贵荣华。”

慕离没有再说话，她知道他向来说到做到，“我等你，你明知道，从一开始到现在，我等着的，便是你一个人啊。”

她说着，想起那一年那一夜，前任祭祀死的那一夜。

她站在桂花树下看着浑身是血的端木枢，年少时候的端木枢面对那样的场景无法抑制的浑身颤抖着。他喘着气对她说，“阿离你在这里等着我，我会回来的，我一定不会让你一个人待在这吃人的祈神殿。”

她用力地对他点头。

那天是正大寒，一年之中最冷的一天。

到底有没有下雪，慕离已经记不起来，唯记得祈神殿外，那满陌的荻花因着那人跑动而飞起来，视线就只剩下满目的白，那白究竟是雪还是荻花，慕离分辨不出来。

或者说那时候她根本就没有去在意那场雪，她的世界从那时候起，便是等待。在喜欢上一个人之前，慕离先爱上的是等待他的那份心情。

后来过了七年，慕离十五岁那年，端木枢回来了。这七年里发生了什么慕离无从知晓，端木枢出现在她面前的时候，已经是手握重权的端木大人，离皇位也不过一步之遥而已。他借她的手杀了很多人，她不在乎，只要是他想要的，她无论如何都会帮他得到的。

因为不管怎样，他终归是回来了。

没有留她一人在这清冷的祈神殿里蹉跎岁月，这就很好了不是吗？

“阿离。”端木枢凑近她耳边轻轻问，“你有没有想过，也许……也许我根本就不会回来，或者在什么地方回不来了呢？”

慕离手下顿了顿，捏在手心里的红豆，珍珠一般滚了一地。

她沉默了很久，缓缓说，“那我就一直等，等到我死了，奈何桥上也总归能等到的。”

端木枢蓦地站起身来，他像是有些烦躁，声音都急了一些，“我到底有什么好的呢阿离，值得你这样念念不忘这些年？”

慕离还只是笑，她笑着说，“不然呢？总归要有一件事情持之以恒地走下去，你难道不记得了么，那时候你站在我面前，为了我而杀了祭祀大人。我这条命都是你的，等你几年又算得了什么？”

⑥夏至

端木枢往后退开好几步，他身后是疏密的阳光透过桂枝落在肩头，就算是背着光，慕离也能看清他的脸上苍白一片，他张了张嘴像是想和她说什么，可最终他只是转过身头也没回地就离开了祈神殿。

慕离叹了一口气，低头看着地上的红豆，忽地就失去了兴致。

刚刚回到后院躺椅上躺下，慕离还没有来得及喘口气，就觉得脖子一凉，低眼一瞧，那是一把明晃晃的刀子架在她的脖子上，慕离吓了一跳，本能的喊了一声，“谁？”

“为什么……”冷冷的声音从耳边传来，慕离偏头望过去，那是红着双眼的明珠皇后，死死盯着她的脸，“不过是个祭祀而已，为什么却能得到他的眷顾！”

慕离有些发愣，眼底有茫然的神色，“皇后娘娘，你这样，会动了胎气的！”

“你闭嘴！”明珠眼神十分可怕，好似利刃从慕离心口剜过去，她“咯咯”笑起来，“胎气？你在说什么笑话！”

“啊？”慕离脑中一片混乱，她不解地望着明珠，不知道她到底为什么会变成这样，“慕离，今天早上皇上差人送了一碗药到我宫里，你猜猜那是什么？”

“是什么？”慕离努力让自己镇定，可是话出了口，她自己都能听得到话里的颤音是多么严重。

“那是。”明珠顿了顿，眼神更加冷了，她一字一字地说，“堕胎药！”

“啊。”慕离倒吸一口气，她瞪大了眼睛错愕地望着明珠，“你在开什么玩笑？”

然而不是玩笑，慕离知道的，从明珠的表情语气眼神，她看得出来明珠没有开玩笑。

“哈哈哈！”明珠猛地丢下手里握着的剑，硕大的泪珠子砸落下来，她无措地往后退，“为什么，既然那么喜欢，在一起不就好了吗？既然那么在意，在一起！不就好了吗？”

“不是那样的！”慕离想说，没有喜欢。

可是没有喜欢吗？若不是因为喜欢他，她怎么会在这冷清的祈神殿里等了这么多年，若不是因为喜欢他，怎么会去冒死刺杀先皇呢？她为了他连心都可以不要，只要待在这里就好，只要在他心里是最特别的就好了。

无法否认。

无法否认啊。

“为什么要害更多的人呢？”明珠吃吃地笑，眼神弥乱，她分明是快要疯了，“你难道不知道吗？除了你之外，皇上根本不想要任何一个人替他生下子嗣！”

慕离手脚冰冷，她浑身都止不住地颤抖着，她张开嘴巴，却发不出任何声音，她想给这个陷入疯狂之中的女子一点点的安慰，可是全部的话都堵在嗓子口。

明珠大笑起来，她蓦地从袖子里抽出一方用纸包着的药粉来，然后就这么笑着望着慕离，缓缓打开了纸包。

“不要……”慕离扑过去企图拦下她，可是她只来得及拍掉她手中握着的空纸包。

明珠双眼明亮地站在原地，血从她的大腿流下去，她却浑然不知似的，“既然不想要这个孩子，我就送给你们，你记住，我不好过，你慕离一样不要想好过！”

慕离双手紧紧交握着，那血在慕离眼中无限放大，她浑身颤抖的越发厉害了，血，到处都是血。

祭祀的血流了一地，年幼的皇子手上都是血，甚至那一身华贵的袍子上，脸上都是血啊！

“不要……不要……”慕离颤抖地摇着头，她的心在一瞬间收缩收缩，最终抵不过眼前的黑暗，浑身一软，“扑通”一声栽倒在地昏死过去。

❼白露

是的那一天，站在祈神殿外的她不小心碰掉了花盆，响声引来了正在殿内偷欢的皇上和祭祀。她吓得不知道该做什么好，甚至忘记了要逃跑，只能愣愣地站在原地发抖。

“不要怕。”一只温暖的手紧紧牵住了她的，属于十三岁端木枢清贵嗓音，温温轻轻地刺破她混沌的灵识，直抵她心肺之中，“阿离，我会保护好你的。”

十三岁的端木枢，不过也是个未长成的少年，可是那时候他就已经站在她面前，替她遮挡世上最可怕的腥风血雨。

“果然是不祥之人！”先皇满目怒火的抽出长剑对着端木枢就要砍下去，慕离仓皇的将他推开，剑砍在她的手臂上，血喷在她脸上。血花之间，她看到端木枢握着匕首对着冷眼旁观的祭祀刺下去。

先皇愣在那里，他扑过去一把推开端木枢，颤抖地将祭祀抱在怀里，那是慕离第一次看见一个男人哭，撕心裂肺的哭声，忘不掉的，那是失去生命里至真至爱的人才能发出的声音。

她还没有来得及再细看，就被端木枢拽着跑出了祈神殿。那一天的月色极好，好到慕离能够看得清楚他脸上染着的每一滴血渍。

他将她拥在怀里，反反复复说，“不要怕，阿离，我会保护你，一定会保护你的。”

她的视线里，只有他被血染成青黑色的衣襟，好像听着他这样说话，心就能够安静下来了。

“阿离你听我说，我必须离开这里，这是能够让人痴傻的药，是祭祀害我母后的时候用的那一种，你让皇上吃下。你要成为大周国的祭祀，你在这里等我，等我回来。”他说的极为认真，像是堵上了自己的生命一般对她承诺，“阿离，我们都是身在地狱的人，但是你放心，我一定会将你从地狱拉出来的。”

然后才只有八岁的慕离，就趴在祈神殿外荻花丛边上，望着端木枢飞快地跨过丛丛荻花，白色的荻花飞起来，变成不同于血的色彩，那是一种救赎的色彩，镌刻在年幼的慕离心间。

以至于后来那么多的黑暗和龃龉，她都还能咬着牙走了下来。所以无论现在的端木枢变成了什么样子，是在利用她也好，根本不爱她也罢，他曾将她从地狱里拉出来过，这就足以让她原谅他的一切了。

“大人，大人醒一醒。”宫人的声音传入她耳中，慕离缓缓睁开眼睛来，映入眼帘的不是祈神殿的景致，她不在祈神殿，她茫然地扫了周围一眼，这是在宫里。

“可是醒了。”守在一边的御医大大松了一口气，拉过她的手替她把了脉，“大人放心，胎儿也没有危险了。”

“你说什么？”慕离的脸顺便血色尽失，她飞快地按住自己的小腹，“你刚刚说了什么？”

太医正要说话，蓦地被一个冷怒的声音压了下去，“都给我滚！”

是端木枢，他踩着盛怒而来。

宫人御医顷刻间走的干干净净，偌大的寝宫里只剩下了慕离和端木枢。

端木枢已经走到了慕离面前，他眯起眼睛冷冷望着她的脸，“阿离，为什么不告诉我？”

慕离心里针扎一般的疼，她牵强的扯了扯嘴角，“告诉你什么呢？我自己都不知道啊，还有明珠，她怎么样了？”

“那不重要。”他淡淡地说着，坐到她身边，“重要的是你，从今天开始，不许踏出寝宫半步！”

“你想做什么？”慕离瞪大眼睛望着他，“祭祀是不可以……”

“阿离你记住。”他站起来，冷冷望着她，“这大周国，便是斩尽世人口舌，我也要让不可以的变成可以。”

⑧霜降

慕离抱着膝盖坐在窗口的软榻上，她始终望着祈神殿的方向。

端木枢每天都会来，她的肚子也一天大过一天，她晕倒的那次，竟然已经有了三个月的身孕。她有向宫人打听过，明珠的孩子到底是没有保住，整天浑浑噩噩的披头散发，俨然将自己弄成了一个疯婆子。

这消息不知道怎么的传入了夜郎国，野狼王自是震怒，当初端木枢登基，是有借助夜郎国的兵力，如今夜郎国公主被逼疯了，野狼王岂肯罢休？

边疆早就乱了套，虽然慕离没有走出去，但是她都知道，大周国节节败退，再这么下去，被夜郎攻破是迟早的事情。

端木枢仍旧每天都来，他只字不提战事，只是拥着她将耳朵贴着她隆起的小腹，“阿离，你想要什么，只要你说，只要你说我就一定给你。”

“我要什么，你不是一直都知道吗？”慕离轻声说，“我要你的心，你给得起吗？”

端木枢沉默了很久，他声音带着一丝挣扎，“怎么会给不起呢阿离，可是如果有一天你发现，我一直在骗你，从头到尾都只是在骗你，你会恨我吗？”

慕离心口一颤，握紧了他的手，“不会。”

“真的不会吗？”他抬起头来小心翼翼看着她的眼角，久久地笑了起来，“怪不得老了的宫人都说，这大周朝的皇子千万不能看到祭祀，那是会万劫不复的。”

慕离就笑了起来，她问，“那么端木，我喜欢你，你喜欢我吗？”

这句话，是藏在心底，走过一个寒暑又一个寒暑的秘密。多少次想问问他，多少次话到了嘴边又咽了下去。

端木枢笑了，这样的端木枢同记忆里的那个少年重合起来，他吻了吻她眉心，认真而慎重地说，“若不是喜欢你，我又怎么会爬上这皇位。”

少年藏在心底的话，熨烫了心肺，烧灼了心肝，到底是破开重重阻碍，彻彻底底传达进了，想传达的那个人心底。

若是怀着这样的心情，不论真情还是假意，都能让她安安心心地将这个孩子生下来吧。

慕离开始胖了起来，肚子里的孩子再有一两个月就该临盆了。她没有过问战事，但是从宫人偶尔睇来的怨恨眼神，慕离猜得出来一定很不乐观。

这个猜想在冬至那一天，原原本本的撕开在她眼前。

“大人。”宫女跪在她面前，颤巍巍地说，“夜郎国传来口信，说是只要把您交出去处死，就从大周撤兵。”

慕离沉默了好一会儿，她轻声问，“士兵——攻到哪里了？”

“已经，兵临城下了。”

“多嘴的奴才！”端木枢气急败坏的将那宫女一脚踹了出去，他将一切不好的消息都阻隔在她的世界之外。

慕离转过头去，淡淡说，“你又能瞒我多久呢。”

端木枢笑了笑，“不用多久的阿离，这大周国的王位是谁的，都不重要。”

“把我……交出去吧。”慕离认真地看着他的眼睛，“我们都在自欺欺人而已，端木，你其实并没有你说的那样喜欢我。你从一开始，要的不就是这个皇位吗？”

端木枢缓缓收了笑意，他背过身去，好一会儿才开口：“可是阿离你知道吗？”他转过身，定定看着她的脸，“我踏上这个王位，只是为了保护你啊。”

⑨冬至

端木枢已经连续好多天没有踏进慕离寝宫了。

宫人不敢再和慕离多话，因为那天和慕离说话的小宫女被拖出乱棍打死了。每个人看她的眼神都是惧怕和憎恨的，无数人叫她妖女，视她为不祥之物，若不是端木枢一意孤行的护着她，怕是她早就被人碎尸万段了吧。

“哈哈。”一个痴狂的笑声传入慕离耳中来，她偏头望了一眼，只见疯了的明珠正一动不动地站在她寝宫门口盯着她瞧。

“明珠？”慕离站起身来，她的肚子已经很大了，走起来没有以前那么方便。

明珠“咯咯”傻笑着看着她，藏在背后的手忽的伸出来，当头朝慕离丢过去一样东西。慕离本能的接在手里，那是一只明黄色的布包，被抛在空中的时候，包袱上打着的结散了开来，里面却是一件厚重的袍子当头朝慕离罩了过来。

慕离下意识的接在手里，慕离低头看向那袍子的一瞬间，心口蓦地被人刺了一剑似的生疼。她倒吸一口气抬头看着傻笑的明珠，她颤着声音问，“明珠，你从哪里拿来的这件衣服？”

明珠眼神有些茫然，她傻傻的笑，“打球球，打球球。”

她边说边往前走，慕离一咬牙拽紧那件衣袍跟着明珠往前走。

因为夜郎国的士兵已经攻到了城下，宫里很多宫奴都已经逃走了，这样一来这偌大的大周皇城顿时就更显得空旷了。也因为这样，才没有人来拦着她。

跟着明珠绕过一道又一道回廊，明珠走的特别快，她气喘吁吁地跟着。明珠看她走得太慢，索性拉着她的手往前跑，慕离走的满头是汗，小腹之中传来一阵一阵的痛意。

最终明珠拉着她停在了冷宫前面，冷宫里寂寞无声，住在冷宫里的妃子们已经都逃走了，这个皇城岌岌可危，到处都是颓败的气息。

明珠拉着她走进去，推开一扇破败的门，慕离看到门后面是一张褪了漆的桌子，桌子上有一个圆形的触手机关，明珠说的球，大概是这个机关吧。许是痴傻的明珠一个人跑来这里玩，无意间发现的。

她颤抖着抬起手旋了旋机关，一阵闷响之后，密室的门开启。她走进去，终于在最里边看到了叫她震惊错愕的东西。

那是一尊牌位，边上的衣冠冢已经被打开，里面的东西大概就是被她抓在手心里的这件衣袍吧。

她死死望着牌位，像是要将上面的每个字都镌刻在眼底。

为什么呢?

她觉得呼吸急促，她轻轻将那牌位抱在怀里，还没有张嘴，眼泪就先落了下来。

——崇祯太子赵祯，卒与壬辰三年腊月初十八。

他踏过荻花那一年，正是壬辰三年的大寒。

而他本来的名讳，便是赵祯。

⑩ 小寒

可是如果这个是赵祯，那么陪在她身边这些年的端木枢又是谁呢？

慕离心里乱成了一团，她将那件衣衫看了又看，衣襟上青黑色的血渍仍在，她记得那么清楚，月色之下，他的心跳声有这奇异的安抚作用。

“你看到了？”端木枢的声音幽幽从耳后传来。

慕离没有回头，她只是紧紧抱着那个牌位，哑着嗓子问，“是不是真的？你不是端木枢，对不对？”

端木枢沉默了很久，最终缓缓说，“是，我不是什么端木枢。”

“那你是谁呢？”她蓦地转身，直生生望着他，“你到底是谁，端木枢去了哪里，他说一定会回来的，他答应我会回来的。”

“回不来了。”端木枢勾了勾唇角笑得很轻，“他回不来了啊慕离。”

慕离猛地想起来，他之前反反复复地问她，假如有一天发现他其实一直在骗她，她会不会恨他，她本以为他所谓的欺骗，只是骗她说喜欢她，从未想过是这样的欺骗！

“他到底去了哪里！”她大声喊叫，“你把我的端木……还给我啊。”

端木枢双膝一曲，跪坐在她面前，他轻轻抬起手来无比怜惜的替她擦掉脸上的泪水，“对不起阿离，我可以给你我的心，可是唯独赵祯的，我永远无法还给你。因为亲手杀了他的人，就是我啊。”

“你说什么？”慕离呆呆看着端木枢的脸，这张脸同记忆里的那张脸分明有了七分相似，可是为什么他不是他！

“阿离，我本是大周朝的二皇子，上一任祭祀同先皇的子嗣。”他笑了起来，“我本想骗你一辈子的，对不起，到底还是让你知道了。”

慕离吃吃笑了起来，早该发现的不是吗？明明记忆里的少年那样温暖，明明眼前的这个人残酷成这样，他总说阿离，我什么都可以给你，唯独这颗心不可以。

他不是赵祯，他哪里能给予她属于赵祯的真心呢？

“真傻。”慕离喃喃着，也不知是对谁说的。

“那天，我奉命追杀出逃的大皇子，他死在我的剑下。”他缓缓地对她讲关于赵祯的死亡，“不过他没有立刻死去，他求我说不要告诉慕离我已经死了，替我照顾好她，就算利用她也没有关系，只要让她知道，就算这个世界没有人要她，我也会保护她的。”

慕离的心口剜心的疼，她紧紧将那件染血的袍子抱在怀里，就像曾经少年就在这里。

“那时候的我并没有什么野心，我只是对他说起的那个慕离无比好奇。是什么样的女孩儿，能让身为大皇子的赵祯这样在意呢。”他低低笑了笑，“我偷偷站在祈神殿外看你，你知道吗？在你站在桂花树下等着赵祯的那些日子里，我藏在荻花深处看着你。”

“不要再说了！”慕离用力将他推离，眼神里满目愤恨，“你走，你走啊！”

端木枢没有走，他只是静静的往下说，“因为喜欢你，所以想给你这个世界上最好的东西，所以才拼命地得到了这个皇位。我甚至改了你的容颜，想让你名正言顺地站在我身边。可是得到了我才知道，原来这世上你最想要的东西，已经被我亲手毁掉了。”

慕离抱着衣衫和牌位坐在地上，像是根本没有听端木枢再说什么。

她艰难的站起来，她抱着牌位往外走，端木枢扬起手在半空想要拦住她，却在看到她的眼睛的时候，又狼狈地落了下去。

⑪大寒

她仍旧记得，那一年的大寒来的那样的快，她站在祈神殿外荻花丛边看着他踏着满陌的荻花走远了。

他青色的衣摆消失在荻花之中，满目的白。

那一天应该是下雪了的。

雪花混着荻花，将她整个生命都冻结成冰。

原来她要等的那个少年，其实在那一年的寒冬里就死去了。

一个大寒，另一个大寒。这之间隔着的十个年华，她在祈神殿里寸步难移，满心等着一个眉目温柔的少年，他曾牵着她的手将她从地狱带到人世间，让她学着喜欢，学着等待。到现在学着心碎，学着心如死灰。

她踉跄地走着，宫城寥落孤寂，宛如她待了一辈子的祈神殿，她踏过荻花走回祈神殿，神殿里空无一人，只有红豆疯长着，枯萎的豆荚，风一吹便落下一地的相思豆。

这么多年来，她帮着杀死他的仇人夺皇位，甚至现在还怀了他的孩子。她无措彷徨，她不知道究竟该怎么办才好，甚至她根本已经辨别不清，她爱着的人到底是谁。

是昔年温柔的赵祯，还是如今的端木枢，她只是难过。

这种难过，好像永远都好不起来了。

“青青子衿，悠悠我心。”她跪坐在那颗桂花树下，曾经就是在这里，他解下自己的披风搭在她枯瘦的肩膀上的，“纵我不往，子宁不嗣音？”

“我一直在等你，你知道吗？”

⑫雪冬

端木枢追到祈神殿的时候，天空开始飘起雪来。大风吹起满陌的荻花，和着雪花打在脸上，混合成一种奇异的触觉。

他放轻了脚步声踏进祈神殿，像是害怕惊扰了这神殿里某个沉睡了的灵魂。

他是在桂花树下找到她的。

她背靠着桂花树的树干，只穿了一件中衣，走近了才发现她是将自己的衣衫全部裹在了怀中婴儿的身上了。

那一瞬间，不知怎的，年轻的帝王心口剧痛，嗓子口一甜，竟生生吐出一口血来。这世间，名利欲望数不尽，却独独一个情字最伤人吧。他缓缓蹲下身，眼前的女子小小的，宛如只是睡着了一般，她怀里的婴儿在冲他笑。

他抬起手轻轻触了触她的脸，已经凉透了。

明明不过是个祭祀，不过是被他利用的一颗棋子而已，莫不是情话说多了自己也当了真？他的心很难受，刀割一般的难受。

他想起第一次见她的情景来。

那是他因为好奇躲在荻花深处，摇曳的荻花之间，他隔得有些远，只看着她静静地站在桂花树下面等着谁。他想他其实从一开始便是嫉妒的吧，这世上有人这样耐心地等，不分寒暑没有一丝怨言的等，还未学会喜欢就先学会了等待。

他其实从一开始就输了，因为她爱的人始终是赵祯，而他一开始爱上的便是她。因为爱，所以才会介意她爱的人不是他，也永不会是他。

他想，若是时光可以斗转，若是一切可以从头再来，他一定宁愿自己去死也不会让她等待成空的。

“阿离……”他靠着她坐靠在桂花树下，她让等待画成一个圈，在最初也是最后的地方死去，留给他的只有肩膀上的齿痕满心的伤痛和怀里的小小婴儿。

“就算你恨我，可是——”他顿了顿，“我仍旧不想你一个人。”

雪更加大了，只有风雪的声音呜咽在这寂灭的祈神殿里。渐渐的婴儿开始啼哭起来，嘹亮的哭声打破这死寂，一道沙沙脚步声缓缓朝着这边来了。

走得近了些，便看得清那是一盏琉璃灯笼，一身狐裘的明珠停在了桂花树前，她长久的站立着，眼神幽冷面无表情，但她最终敌不过婴儿的哭声，弯腰抱起婴儿来，沿着原路又走了。雪盖过了腰际，他就这样拥着她坐在桂花树下，像是在等待一个美好的黎明与春回。

荻花飞舞，风雪肆意，这寒冬冷过了任何一年。

大周壬辰十三年大寒，夜郎攻破帝都，大周覆灭。

第十四幕——谢谢你，我爱你

Part Fourteen

谢谢你愿意一直陪伴我，不分寒暑，不畏冬夏。谢谢你不曾丢下我，谢谢你容忍我的小任性，谢谢你仿佛呵护珍宝一般，让我住在你心上。谢谢你，我爱你。唯有深情谢流年，用我真心换你心。

这么多年，他也老了，原本乌黑的发都灰白了，他为了她，操了一辈子的心，在最后走投无路再也无法护她周全的时候，他将自己作为最后的嫁妆，陪她嫁入这深宫。

1

长安的雪足足下了三天三夜。

小太监急匆匆跑进梓橦宫来，他喘着热气对趴在软榻上浅睡的洛枝说：“娘娘，皇上驾崩了！太子爷和无宴总管起了争执，在钟离宫里闹得不可开交，太子爷说要杀了总管大人！”

洛枝一下子站了起来，飞快地跑出梓橦宫，小太监在后面喊：“娘娘，您还没穿鞋啊！”

她光着脚在雪上奔跑，浑然不觉得冷。

她跑散了发髻，跑掉了一地珠钗，她的双脚被磨破了，殷红的血印在雪白的雪上，触目惊心。但她不曾停下来，她害怕她又一次去晚了。

像十八年前，她同太子大婚那天，听闻他即将净身入宫，她没命地跑，可是等她在全然陌生的皇宫里终于找到他的时候，一切都太迟太迟。

她永远记得那一夜，雪也同今天一样大，他躺在窗边的木板床上，眼神很平静，声音淡淡地，“从今天起，我是太监赵无宴，你是太子妃娘娘洛枝，以后可不能这样冒冒失失跑到这里来了。被有心人撞见，会说不清楚的。”

她扑过去抱住他，呢喃道：“那么小石头，最后叫我一声小枝吧。”

“小枝。”他温柔地笑，一如小时候的模样。

小时候的小石头，总是这样一幅温柔好脾气样子，她以为她会嫁给他，可后来他变成了她的姐夫。他不许她喊他小石头，他说小枝，你得喊我姐夫。

这一次，他没有纠正她的叫法呢。

她“咯咯”笑了起来，丢了魂似得松开他，然后转身走入漫天大雪里。

那场寒彻心扉的大雪，在她心里从未停歇地下到了现在，从此她度过的每一天，都是寒冬。

她一口气跑到了钟离宫，她用力推开厚重的殿门，钟离宫里灯火如昼，所有人都回头看她，包括被她的皇儿，一剑穿心的赵无宴。

隔着一排琉璃宫灯，她看见他胸口开出一片曼陀罗，他竟然还在对她笑，他朝她伸手，像是想要抓住她。

一如二十多年前，他还是面容俊秀的少年郎，她是任性乖张的小少女。那时候他还不是她的姐夫，他只是她的小石头。

她拖着冻僵地双脚，蹭到了他身边。

“对不起啊，小石头，我总是来晚一步，总是来得太晚。”她声音有些破碎，听得人心里呼呼的疼。

琉璃灯花下，她两鬓早已斑白，再不复年少。

赵无宴忽然有些恍惚，不知是不是快要死了，这一路走来，他和她互相搀扶着，伤害着，却又深爱着，他竟然算不清，他到底认识她多少年了。

因为回忆的尽头，只有挥之不去的痛，痛得他站不直身子，痛得他眼泪都落下来了。

2

但洛枝永不会忘。

她第一次遇见赵无宴的时候，他还不叫赵无宴，他叫江淮钦。他爹是新科状元，小小的江淮钦不过七岁大，跟着家人搬到乌衣巷。她爹是皇上身边的红人，江淮钦的爹爹带着他来她家做客。

四岁大的洛枝顽劣调皮，那天她推着腿脚不方便的姐姐在花园里跑，叫一颗小石头绊了一跤，她趴在地上号啕大哭，姐姐坐在轮椅上急的不知所措，也跟着大哭起来。

江淮钦便是这个时候出现的，他跑过去扶起她，拍拍她衣衫上的泥土，用干净的袖子替她擦眼泪，“不要哭哦，我帮你吹吹，吹吹就不疼了。”

她傻傻地望着他，眼前的小少年，竟然比她还有姐姐生的要好看，她用力推开他，捡起地上的小石头丢他，她嘴一歪哭得更凶了，“我不要帮我吹吹，你比我好看，你这个坏蛋，明明小枝才是最好看的。”

他被她丢中了额头，那里火辣辣的疼。他看她哭的那么凶，有些手足无措，他捡起那颗小石头放进她的手里，轻声说：“那你再丢我吧，只要你不哭了。”

她低头看着手心里的石块，一时间不知该怎么办，最终她哼了一声，老气横秋地道：“我才没有那么幼稚呢。你叫什么名字，为什么会在我家？”

“我叫江淮钦，跟爹爹来做客。”他有板有眼地答，“你呢？”

“本小姐的名字你不许问！”她眼见着又要暴跳如雷，但看见他这幅淡定模样，她就气不起来，“江淮钦一点都不好听，你就是个石头！都不知道哄小枝开心。石头石头，小石头！”

于是他便成了她的小石头，她明明讨厌那个比她好看的家伙，却不知不觉地，总是往状元府跑，从她四岁年华，一直跑到十四岁的小少女。

他要念书，她就撕书捣乱，他要写字，她便用毛笔画花他的所有宣纸。

然而即便是这样，他仍旧在十七岁那年金榜题名，成为当朝最年轻的文官。而她爹爹，早就封阁拜相，朝堂之上呼风唤雨。

“新科状元相貌堂堂、才华横溢，真真是一表人才，做的了你洛家的女婿吧。”洛枝听见爹爹的同僚对爹爹说，“令爱也是才德兼备，相貌也是顶尖儿的人，两人若是能在一起，也称得上佳偶天成啊。”

“哈哈。”

她爹爹总是爽朗地笑，然后瞅瞅她，她就一脸通红地低下头去。

谁要和他佳偶天成啊，她才不要！

3

她明明应该很别扭，但心中却有些窃喜。

她坐在圈椅上给姐姐削苹果，姐姐坐在那里愣愣地发着呆。

洛枝从记事起，姐姐就一直坐在轮椅上，并且还隔三岔五地吐血生病，大夫都说她能长到这么大，已经是个奇迹了。

“姐姐。”她将苹果递给姐姐，有些害羞地问，“你觉得小石头怎么样？”

姐姐面色一僵，“怎么忽然问这个问题？”

“你就说说嘛。”她拉着姐姐的手臂摇两摇。

姐姐有些无奈，只得说：“淮钦很好，只是他太好了，一定有很多姑娘家喜欢他的。”

“有姑娘喜欢才证明他很出色啊。”洛枝有些骄傲还有些得意，因为无论多少姑娘喜欢他，他都一定是她的。

“姐姐你也喜欢他吗？”洛枝忽然注意到一个问题，“你说很多姑娘喜欢他，那姐姐你呢？”

姐姐急忙偏过头去，她淡淡笑了笑，“我没有想过这个问题。”

“姐姐你不要喜欢他。”她说得很认真，“因为小石头是我的，他是我的。”

姐姐没有说话，只是轻轻叹了一口气。

那后来没过几天，她就听说江家来提亲，并且爹爹已经答应了。她高兴坏了，却又因为女儿家的矜持，不能表露太多的情绪。

那天一家人坐在院子里吃饭，吃到一半，爹爹放下筷子道："小枝，你苏州的姑妈来信让你去住几天，顺便让她调教你些规矩礼仪，后天你就去吧。"

"爹爹，你是不是答应了江家的提亲？"她忍不住问。

爹爹眼光一闪，点了点头："我是答应了，所以才要你去苏州学规矩，好好学，莫要辜负为父的期望。"

"嗯！"她开心极了，她飞快地吃完，顾不得擦嘴就跑去找他。

他正坐在书房里与人说话，见她急匆匆地来，他屏退左右，走上前替她擦拭汗湿的额头，"这么急匆匆地来，也不怕摔着了。"

"喂，听说……你爹爹去我家提亲了。"她低着头看着自己的脚尖，不敢去看他的脸，明明从爹爹那里得到了肯定的答案，却还是忍不住来跟他确认。

"嗯。"他轻声答，原本想要触碰她额头的手，蓦地停在了半空，"小枝，你愿意吗？"

"我……"她脸红了，然而嘴上却说，"我才不要嫁给你！"

"呵。"他低低笑了笑，他支着她的下巴，迫使她直视他的眼睛，"那么小枝，你想嫁给谁呢？"

"不管是谁！"她气恼得很，恼他怎么就不知女儿家的羞赧与别扭，她一跺脚，扭身就走，"我要去苏州了，就是来跟你道个别！"

"小枝！"他蓦地唤住她，声音里似乎隐藏着某种异样情绪。

"嗯？"她回头看他。

那时候她身后是大团大团锦绣妖娆的牡丹开成海，她娟秀白皙的面庞上，红晕未散，看上去明艳动人，他心里猛地一痛，他冲她笑了笑，然后挥了挥手，轻声嘱托："一路走好，小枝。"

“别说的我们好像见不到面了一样。在家乖乖等着我回来，小石头。”她跑回去，一把拉下他的头，在他唇上印下一个吻，然后在他尚在震惊之中还未回神之前，逃也似的跑开了。

留下江淮钦，石头一样立在原地，窗外风云舒卷，鸟鸣啁啾，洛枝羞赧的表情，他满心喜欢，喜欢的整颗心脏，一紧一紧的抽痛。

4

说是住几天，可她这一住，便是三年。

苏州三年，姑妈变了法子地折磨她，走路吃饭，坐姿说话，一点都不能有差池，若不是念着回去就能嫁给小石头，洛枝一早就忍受不住了。

“姑妈该教你的，全都教了，小枝以后可就靠你的了。”她在洛枝肩上按了按，眼睛里满含期待之色。

“姑妈你放心，我一定不丢你的脸！”洛枝拍着胸脯保证，“爹爹终于来信让我回去了吗？”

“嗯。”姑妈眼神有些闪烁，她提她顺了顺额前的发，“小枝，你须知道，女人这一辈子，要嫁便嫁这世上最好的人。”

“谢谢姑妈教诲。”她谦逊得体地说。心里却暗暗得意，在她眼里，小石头便是这世上最好的人了。

次日，收拾妥当了，姑妈送她到渡口，她站在船头冲她挥手，她心里无比雀跃，三年未见小石头，他变成什么样了呢？回去了……就可以嫁给他了吧，她想着，脸上蓦地红了。

从苏州到长安，匆匆数十天，当她的双足终于踏上长安的地界，她不肯再坐马车，她卸下一匹马，翻身跨了上去，然后一路鸡飞狗跳地往乌衣巷去了。

她停在江家大门口，顾不得女儿家的矜持，冲进江家便喊：“小石头，我回来啦，快出来见我！”

然而她喊了许久都不见人来，最后还是一个家丁瞧不下去跑来告诉她：“洛小姐，少爷已经不在这里了。”

“那他人呢？”她杏眼圆瞪，娇蛮地喝道，“本小姐今天回来，他竟敢不在家里候着。”

“他在洛府。”下人小声地答。

她心情在一瞬间变好，原来他知道她要回来，提前去洛家等着了啊。心里浮上一丝甜甜的味道，她出了江家，推开家门便去寻江淮钦。洛家人见她回来，面色都有些奇怪，她被喜悦冲昏了头，也没有去在意这些。

直到——

直到她在姐姐的院子里，找到了正与姐姐抱在一起，说着呢喃耳语的江淮钦。

她如蒙电击僵在那里，好一会儿她才找回自己的声音，她冲过去拉开江淮钦，她大声喝道：“你们在干什么？”

“小枝？”姐姐错愕地盯着洛枝，“你怎么回来了？”

洛枝却不理她，她死死盯着江淮钦，她想从他脸上看出一丝慌张，可没有，他如同她初见他的时候，淡定的不可思议。

她走过去狠狠扇了他一个耳光，她怒道：“小石头，我不过离开三年，你怎么能这么对我？”

他没有说话，只是轻轻擦掉了嘴边被她打出来的血，轻轻笑了笑，然后在她水汽氤氲的眼神中，淡淡道：“你不该喊我小石头，你应该叫我姐夫。”

她只觉天地在一瞬间失去了色彩，耳边听不见一点声音，她想她是不是听错了什么，她扭头看向姐姐，却见她欲言又止地，最终选择了沉默。

“哈哈，姐夫？姐夫！”她嗓子口一甜，在巨大的愤怒与悲伤之中，硬生生呕出了一口血，跟着她便眼前一黑，什么都不知道了。

5

她生病了。

结结实实生了好一场大病，爹爹请了最好的大夫来医她，她都给轰了出去。

对一个人从爱变成恨，或许只需要一瞬间罢了。

她问过下人，下人告诉她，三年前她前脚离开长安，后脚江淮钦就变成了洛家的上门女婿。她回来的太晚了，晚了三年那么久。

“小枝。”姐姐终于还是忍不住来见她，她坐在那里，苍白瘦弱，憔悴不已，“你喝药吧，你这样，我们都很难过。”

“不要你假惺惺。”她冷冷道，“小石头呢？你让他来见我，你让他自己来见我！他不来，我便永远都不喝这药！”

她一把扫开药碗，滚烫的药洒在地上，还冒着热气。

“小枝，我知道你怨我，姐姐也不想伤害你。”她怔怔落下泪来，“可是我已经嫁给了江淮钦，我已经是他的妻子，这是无法更改的事实。”

“你滚。”她大喝一声，拿枕头砸她，“你给我滚，我不想再见到你！”

姐姐眼神复杂地看了她一眼，最终没有再说什么，只是拨着轮椅走出了她的房间。她将头靠在床沿上，也不知是什么时候沉沉睡去了。

梦里她好像闻到了一阵熟悉的味道，她恍恍惚惚得睁开眼睛，面前是一张让她爱到极致，却也恨到极致的脸。

“醒了？”他闻声道，“醒了，就把药喝了吧。”

她痴痴地望着他，任由他将她扶起来，他端着药碗，一勺一勺喂她吃药。她不说话，只是乖巧地吃，眼泪顺着脸颊，一滴一滴落进药碗里，药似乎因为眼泪变得更加苦涩，她却一点都不觉得苦，大概因为她心底，已经苦到了极致。

“为什么？”她哽咽着问，“小石头你告诉我，为什么不等我回来？为什么要和姐姐成亲？你明明知道我有多喜欢你……”

他将碗放在一边，俊俏的脸上带着不见一丝忧伤，他道：“你应该叫我姐夫的。”

“我不要叫你姐夫！”她恼，“你明明该娶的是我，是我！”

“你说不要嫁给我。”他平静地说，“而且洛小姐你误会了吧，我从未说过喜欢你的话，也不曾说过江家提亲，是要娶你的话。”

她错愕地望着他：“洛小姐？你喊我洛小姐？”

“或者你希望我喊你什么？”他静静地看着她，眼神平静的像死水，“以后莫要说出什么不该说的话，对你的名声不太好。”

“劳你费心了姐夫。”她强迫自己压下心里的悲愤，三年的礼教学习，让她已经学会了隐忍自己的愤怒。

“好好养身体，我先走了。”他站起来走到门边，洛枝再也忍不住将空碗砸在他脚下，破碎的青瓷溅起来，割伤了他的手背，他没有回头，也没有停下脚步。

他拢在袖子里的左手紧紧握成了拳头，指甲刺破掌心，那里早就血肉模糊，但他却不觉得痛，因为有个地方，比受伤的手掌更加痛！

“我恨你！江淮钦我恨你！”她在后面哭的撕心裂肺，可他到最后也没有回头。他怕回了头，一切就再也无法回头了。

6

她哭过闹过吵过甚至寻死过，可最终，她还是好好的活了下来。

或者只是活下来了而已，她的心早就死了。从那个人变成姐夫的那一天，她的心就从未停止过疼痛。

爹爹似乎觉得对不起她，给她搜罗了全天下最好的东西，但她不稀罕。

“小枝，爹爹承认是爹做得不对，三年前我也是故意送你去苏州，因为你留下来，是不可能让你姐姐嫁给淮钦的。”爹爹坐在她身边，语重心长地对她讲。

“为什么是姐姐？”她讽刺一笑，“为什么是她嫁？”

“因为你姐姐已经快死了！”爹爹叹道，“她活不了多久的，她毕生只有一个愿望那就是嫁给淮钦，爹爹不能只偏心你一个啊。或者说爹爹其实在偏心你，小枝，你值得比江淮钦更好的人，爹爹希望你成为人上人。”

洛枝想过很多种理由，可唯独这一个，她怎么都没有想过。

她曾问过姐姐，她问她喜不喜欢江淮钦，那时候姐姐回答的是从未想过这个问题。

骗子，大骗子！

她惨然笑了笑，姑妈曾对她说，女人这一辈子，要嫁便嫁这世上最好的人。她从未质疑过自己的心，她深信江淮钦便是这个世界上最好的人。

这简直就像个笑话。

爹爹从一开始就没打算让她嫁给江淮钦，姑妈言语里透露出来的那些，再明白不过，是她太天真，傻傻的忽略了。

他们骗得她好苦，好苦。

一个月后，姐姐病重，已经不能再坐轮椅了。她待在房里绣着鸳鸯，她想起小时候，她总是推着姐姐的轮椅到处跑，因为爹娘告诉她，姐姐不能走路，哪里都去不了。

她觉得姐姐太可怜了，所以无论去哪里，她都会推着她。

可是这个让她怜惜的姐姐，抢走了她深爱的小石头。

可是这个抢走她深爱人的姐姐，快要病死了。

她到底做不到铁石心肠，在隔了三个月之后，她终于再一次踏进了姐姐住的院子。

院子里很多人，爹爹眼睛红红地坐在那里，江淮钦坐在床边，细心地照顾着姐姐。她的心里像有根针在细细地扎，她强忍着掉头就跑的冲动，在众人惊愕的眼光里，走到了姐姐榻前。

“你走。”她冷冷地对江淮钦说。

他没有说话，只是静静地走开了，她站在床前，居高临下地看着姐姐。

她脸色苍白，脸上瘦的看不到肉，她似乎感知到了洛枝的到来，颤巍巍睁开了眼睛，她伸手抓住洛枝的手，似乎很欣慰，“小枝，你来看我了。”

“我只是来看你有没有死。”她语气很生硬，她偏开头去，也不知是不想还是不忍心看她枯瘦的脸。

“别恨他。”她轻声对洛枝说，“小枝别恨他，也别恨爹，你要恨只恨我一个人就好。姐姐活不了多久了，但姐姐希望你能快乐一些。”

“可我的快乐，已经被你夺走了啊。”洛枝痴痴笑了起来，“洛枝这辈子，都不可能再得到快乐了。”

“对不起。”她轻声喃喃。

洛枝甩开她的手，转身跑了出去，江淮钦正站在回廊里，望着廊外飘落的杏花发呆，洛枝心里浮上一丝邪火，她一把揪住江淮钦将他拉到屋后，她用力将他推倒在地，她扑上去用力吻他。

“别这样，二小姐。”他想推开她，可是她像是耗尽全身的力气，就是不松手。

直到他嘴里尝到一丝苦涩，他这才发现她哭了，她那么绝望的在哭，他心里一阵一阵的疼，他其实舍不得她哭的，宁愿用自己的一滴血去换她的一滴泪，但老天爷和他们开了一个天大的玩笑。于是一切就走到，如此荒唐的地步了。

他伸手想替她擦擦眼泪，可就在这时候，他听见屋前传来一阵哭声。

“姑爷，姑爷，你在哪里，大小姐去了！”

“对不起小枝，对不起。”他闪电般推开她，将她留在屋后阴暗的角落里，一个人走掉了。

“呵呵。”洛枝用手背挡在眼睛上，可是眼泪怎样也抵挡不住。

7

姐姐下葬后没多久，爹爹就病重了，他整日卧床，整个人迅速憔悴苍老下去。江淮钦作为入赘的姑爷，这些日子尽心尽力地忙于打理洛家的事物。

洛枝在房内请了伶人回来唱戏，唱的是西厢，小时候她很喜欢听戏，总是为戏里人落泪欢喜，可如今，她竟觉得那戏里的痛，比不上她半分。

“小姐，您快去见见老爷吧，老爷快不行了。”丫鬟急匆匆跑来喊她，“小姐，不管怎样，那都是您亲爹啊。”

“你闭嘴！”她变得乖张娇蛮，她甩了那丫鬟一巴掌，将她赶了出去，“你是什么东西，你有什么资格劝我！”

她趴在桌上傻傻地笑，笑着笑着便怎样都笑不出来了。她踉跄地起身，幽魂似得去到爹爹病榻前。她觉得自己仍旧不够狠心，对姐姐如此，对爹爹也是如此。

“小枝，你要好好活着。”爹爹用力拽着她的手，他将她的手放进了江淮钦的手心里，他转头看向江淮钦，紧紧盯着他的眼睛说，“淮钦，你这个当姐夫的，不能丢下小枝不管。你要好好照顾她，连同我和她姐姐的那一份。”

“我会的岳父大人。”江淮钦温声道，“我会将她当成自己的亲妹妹一样。”

“好，小枝还没嫁人，我一直也没有替她准备什么嫁妆。女儿家出嫁，嫁妆越多越风光，淮钦，你替小枝准备一份嫁妆，送她出嫁。”爹爹絮絮叨叨地吩咐，“她性子刁蛮任性，一定要找个好脾气的相公，淮钦，你要替她选一门好亲事。”

“你放心，小枝的嫁妆，一定是全天下最好的。他的相公，我也一定会找到最好的。”他轻声道，“我也不会丢下她不管的。”

“好好好。”爹爹连说了三生好，然后搭在洛枝手背上的手，无力地滑了下去。

洛枝只是静静地听，就像是在听与自己毫不相干的事情。

洛家迅速地败落下去，若不是江淮钦里里外外地打理，怕是她已不能再这么挥霍无度锦衣玉食下去。

她觉得自己已经麻木了，已经不会再为任何人和事而落泪。

而就在这时候，皇上给她赐了婚，他将她赐给了当朝太子爷。换成任何姑娘，得了这样的亲事必定是欢喜的，因为嫁给太子爷，就意味着嫁给了未来的皇上。

她未置可否，事实上不能嫁给江淮钦，她觉得嫁给任何人都没有差别。

“小枝。”江淮钦从外面走进来，唤醒在发呆的洛枝，“你是不是不愿意嫁给太子？若是你不愿意，我便去和皇上说说，请求他收回成命。”

“你肯娶我吗？”她盯着他的眼睛，他的眼神里有一丝躲闪，她嘲讽似得笑了起来，“你不肯娶我，就不要假惺惺问我愿不愿意，嫁给太子好啊，姑妈说，女人这辈子，一定要嫁给这世上最好的人，嫁给太子爷，不错，将来当上皇后，就是一人之下万人之上，我觉得很好，真的。”

他怔怔地看着她。

她曾经很爱笑，可是现在的她，与曾经刁蛮任性的洛枝，全然不似一个人。

“嫁妆。”她轻声道，“你答应过我爹，会给我天下第一的嫁妆，不要忘记了。”

“好。”他允她。

8

洛枝第一次见到太子，并不是新婚夜。离婚典还有一个月的时候，她就被接到宫里，自有宫人教她礼仪。

学的时候她才发现，这些东西姑妈曾教过她，她学了整整三年，怎么可能不会。

她爹爹说，她值得嫁给比江淮钦更好的人，要成为人上人。

她就要成为人上人了，可他却病死了。

“呀，你就是洛枝。”太子来的时候，是深夜，洛枝睡不着，坐在窗前盯着天空圆月胡思乱想。

她听见声音惊得回神，太子上下打量了她一下，“想不到，洛丞相的千金，倒是长得貌美如花。倘若你心里没有一个江淮钦，我或许会爱上你，从此后宫只宠你一人。”

洛枝皱了皱眉，她从他言语里听出了他的身份，她有些惊讶，“我以为我们并不认识，你以为你了解我什么？”

“哼。”他冷冷哼了一声，在洛枝身边坐下，“你不认识我，是因为有些人将你保护的太好，好到你一无所知的地步。”

洛枝心里咯噔一下：“你什么意思？”

“意思就是你成为太子妃，也绝不会得宠，我不会碰已经被人碰过的东西。”他说着，站起来就要走。

洛枝一把揪住他的袖摆，拦着他不让他走，“被人碰过？你不想娶我可以直说，何必出言侮辱我！”

“侮辱？”他冷笑道，“你和江淮钦同住一个屋檐下，说你与他没什么，谁会相信。”

“他是我姐夫。”洛枝冷静地辩解，“我与他毫无干系！”

太子愣了一下，细细看她的表情，好一会儿才说：“你自己相信吗？”

“哪个姐夫，会为了小姨子做到这样的地步。”太子冷冷道，“三年前，他为了阻止我要皇上下旨将你赐婚给我，他娶了你的姐姐，将你远远地送走远离是非。三年后，他想带你远离乌衣巷，哪有那么容易？”

洛枝怔怔地听他说，他说的每一个字她都明白，可连在一起的意思，她一点都不明白。

“你在说什么啊？”她呆呆地望着他，“我听不懂你在说什么。”

“听不懂？”他讽刺一笑，“那我便让你听明白。”

三年前，洛枝的爹爹洛丞相，想要扶持三皇子，太子一党自然不可能坐以待毙，拴住洛丞相其实很简单，只要将洛枝赐婚给太子，洛丞相就算再不想让太子登基，也不得不屈服。

然而这个时候，江淮钦去了太子府，他跟太子做了个君子协定。

“朝堂上，并非洛丞相一个人支持三皇子，若是太子你愿意放弃洛枝，我便助你荡平朝堂上三皇子的党羽，这是你娶洛枝无法做到的事情。”他不卑不亢地对太子说，“我助你登上皇位，你别动我的洛枝，成交吗？”

太子自然是听说过这位十七岁便金榜题名入朝廷的新科状元，他更知道江淮钦本来也是支持三皇子的，但如今，为了一个小小的洛枝，他舍弃了自己的原则与坚持，选择站在了他这一边。

不娶洛枝，似乎要比娶洛枝，更加有意义。

9

洛丞相一直想让洛枝与三皇子联姻，所以当江淮钦提出要娶洛家瘫痪在轮椅上的大小姐时，他没有反对，只要江淮钦放弃洛枝，洛丞相愿意让出洛家大小姐。

于是三年前，洛丞相将洛枝远远地送去了苏州，而江淮钦娶了她姐姐，将他与洛家绑在了一起，他裹挟着洛家，站在了太子这一边。

那之后的三年，他做到了和太子约定的事情，三皇子已经彻底不成气候，太子之位稳如泰山不可撼动，洛丞相这才意识到，他被江淮钦算计了，但此时大势已去，他气病了，并且病来如山倒。

洛枝终于从苏州回到了长安，姐姐和爹爹接连着去了，洛家开始败落下去。

江淮钦找太子，他说："如今太子已经登基，臣也可以功成身退了，望太子成全。"

太子说到这里，哈哈笑了两声，他对洛枝说："江淮钦是不是傻瓜？他竟然想要离开朝堂，这样的一个人才，我怎么可能让他离开朝堂！并且离开的理由，还是一个女人！"

"怎么会这样……"洛枝彻底呆在了那里，她想说一定不是这样的，可是太子为什么要骗她？

"不过幸好，江淮钦是有弱点的，他的弱点就是你，洛枝。"太子伸手掐住她的脖子，笑的阴冷，"只要拴住了你，便拴住了江淮钦。"

他将她往后推了一把，她踉跄地跌在地上，她却浑然不觉得痛，甚至连太子是什么时候走的都不知道。

"怎么会这样？"她想哭又想笑，"不是这样的……"

她拼命说服自己不是这样的，因为那样自己才能恨江淮钦。假如有一天她连恨都不能再恨了，她又要对他抱有怎样的感情？

她不知道啊！

她站起来跑出去，她一路跑回洛家，她在自己的房间里，见到了对着她发簪发呆的江淮钦。

江淮钦见到她回来，有些吃惊，洛枝逼近他，她说："江淮钦，你喜欢我吗？"

"不喜欢。"他飞快地答，"回宫里去小枝，快回去。"

"江淮钦！"她喊道，她扑过去紧紧抱住他，她用力咬着他的肩膀，近乎绝望地说，"可不可以诚实一次？哪怕只是一次？你喜欢我吗，江淮钦？"

他沉默了，他浑身僵硬着，他原本就不坚定的理智，正在分奔离析。

她咬得很用力，然后他动了，他猛然抱住她，他发了疯似的吻她，他什么都没有说，但她已经得到了答案。

她从他的吻中，尝到了爱与绝望的味道。

他抱着她走向床榻，纱蔓落下，她的眼泪，终于落在了他的唇边。

10

"带我走吧，小石头。"她靠在他怀里，轻声道，"我们可以去一个没有人的地方，只有我们两个人，好不好？"

"好。"他握紧了她的手。

她收拾了不多的行李，与他连夜出逃，然而他们没能逃走，太子带人守在城门口，他像是已经料到了他们的全部心思。

三天后，她与太子大婚，红盖头下，她的眼泪没有停下来过。她想知道为什么，她和他爱的这么苦，这么痛，她不过是想好好爱他，只是这么卑微的愿望都无法实现。

"普天之下莫非王土，洛枝，你哪里都去不了。"太子目光阴沉可怕，像只被激怒的雄狮，"带着太子妃潜逃，可是要狠狠治罪的。"

"你把他怎样了！"洛枝心里莫名一紧，她用力抓着太子的衣襟，"你到底把他怎么样了！”

“没怎么样，不过是处以宫刑而已。原本我想让他封阁拜相，辅佐我治理这天下，可他不识抬举。他带走你，这是让全天下人看我笑话！你应该高兴啊，因为这样，他就能留在你身边了不是吗？”他冷冷道。

“畜生！”洛枝愤怒至极，她用力推开太子，光着脚跑出了太子宫。

外面是鹅毛大雪，掩埋了道路，她甚至辨不清方向。

等等，再等等，上一次她迟到三年，这一次她不要迟到，她不要！

可是老天爷似乎听不见她的声音，她在大雪里跑了很久，一身红妆湿透，她终是寻到了那个地方。那个破败简陋的地方，他像个破败的玩偶一样，躺在冰冷的木板床上，窗外的雪时不时落进来，他的一边身子已经被雪掩埋了。

“小石头。”她的声音不可控制地颤抖着，她扑过去用力抱着他，她一遍又一遍地喊他，“小石头，小石头，你不要丢下我啊。”

他转动眼眸，对她笑了笑，他轻轻描摹她的脸庞，他说：“我答应你爹给你准备好天下第一的嫁妆，可是能送给未来皇后的，好像只有一样。”

“小枝，我把自己送给你好不好，这个嫁妆会不会太寒酸了？”他苦笑了一下，“原谅我小枝，这是我唯一能为你做的，深宫很冷我知道，唯有这样，我才能陪着你，一直都陪着你。”

“我不要，我不要这样。”她的心很疼，疼得眼泪怎样都停不下来，“小石头，我不要爱你了，如果我的爱让你这么痛，我宁愿不爱你！”

“你是故意的，你故意带我走，这样才能让太子对你做出这样的事情，对不对？”她哭着问他，“为什么要做到这个地步啊！”

“没有为什么。”他微笑着说，“不痛的小枝，如果这是我们能在一起的唯一方式，我甘之如饴。”

“可是我不要！”她哭着喊着，可是于事无补。

他躺在那里，目光平静无比，他说："从今天起，我是太监赵无宴，你是太子妃娘娘洛枝，以后可不能这样冒冒失失跑到这里来了。被有心人撞见，会说不清楚的。"

"以后，我会待在你身边，待在你不需要奔跑就能找得到的地方。"他说。

11

会待在这里，一直在这里。

于是这么一待，就是十八年。她在后宫战战兢兢，他伴着她如履薄冰，最后她成了一人之下万人之上的皇后，他变成了人人喊打人人喊骂的阉人佞臣。

他为了她，双手染了多少血她已经看不清了，她走的每一个脚印，都踩着一摊血渍。

他们就这样，一路腥风血雨地，走到了今天这般田地。

原来十八年，是这样短暂的时光，只不过是一个回首，就全都过去了。

"不是你来得太晚。"江淮钦努力地想要笑一笑，"一点儿都不晚。"

洛枝用手按住他心口的伤口，可血还是沁出来，她抓着太子，恳求他："喊太医，皇儿快喊太医。他不能死，无宴他不能死在这里！"

"母后你糊涂了？"太子像看疯子一样看着洛枝，"赵无宴他是人人得而诛之的大奸臣，死有余辜，喊太医做什么？"

"不是的，不是的……"她想解释，赵无宴也许是天下人眼里的奸臣，的确只要是有可能对他们母子有威胁的，无论是皇子还是妃子，更甚至是朝堂之上，对他们母子出言不逊的股肱之臣，他都一一除掉了，甚至其中不乏忠良之士。可他之所以会这样，是因为他想让本不可能成为太子的七皇子，成继承皇位的唯一人选，甚至最后，让自己被七皇子手刃，造成太子诛杀奸臣的事实，替他铺好登基之路。

“这一次，一定来得及跟你说的。”他吃力地抓住她的手，像是想将她牢牢抓在手心里。

“十四岁。”他视线有些模糊，看不清她的样子了，灯火如昼，像是春光三月。她来同他道别，春花在她身后开如烈火，有那么一瞬间，他想扑过去拉住她，就这么不管不顾地丢弃一切，带她逃离那年繁花似锦的乌衣巷。

“不想让你走。”他笑了笑，他明明鬓角已经有了白霜，可他的眼神，清澈一如少年时光，“你走那天，我追到渡口，想带你走的，可是我去晚了，去的时候，船已经看不见了。”

“别说了，我知道，我都知道。”她极力想阻止他说下去，她总觉得他说完这些话，就会不见了。

“让我说完。”他伸手捂住她的唇。

“十七岁。”他脑海中，走马灯似的掠过他与她的回忆，“你从苏州回来，我想去渡口拦着你，不让你看到那些糟糕的事情，可是我又晚了一步，你全都看到了。”

“十八岁，皇上赐婚。”他惨然笑了出来，“若是我早一点儿带你远离乌衣巷就好了，小枝，不是你晚来一步，是我，是我拖得太晚，太晚。”

他视线已经十分模糊了，他想要仔细地看看她，再好好看看她。

可他做不到，他无法看清她脸上的表情，只感觉大滴温热的水珠落在他脸上。一滴一滴，淌在他心里，那么那么疼。

洛枝凑近他耳边，用只有他能听见的声音，轻声对他讲：“十八岁，没有晚。小石头，从我进宫以来，皇上其实都没有碰过我哪怕一次。所以小石头，一点都不晚。”

他怔住了，他走马灯一般混乱的脑海中，她的话，宛如一颗巨石投入平静的水面，他用力抓着她的手臂，他扭头看了一眼，立在一边神色漠然地太子爷。他忽然想起来，她生这个孩子的时候，正巧是大雪飘飞的冬天，洛枝住的寝宫简陋无比，就算她有了孩子，皇上也从来不闻不问，全当这个孩子不存在。那时候他只当皇上憎恨洛枝，却从未想过也许皇上那样做，是因为别的缘故。

也许皇上之所以会让这个孩子活在深宫，是想要慢慢折磨洛枝，折磨他江淮钦，让他永远只能看着自己的孩子，无能为力地活着。

可惜他永远也得不到答案，因为那个让他和洛枝走的这样辛苦的人，已经死了。

他想要问点什么，他喃喃地贴在她耳边，无意识地问：“是不是……是不是……”

“是。”洛枝声音沙哑破碎，有种绝望的味道，“所以不要死啊，不要死啊。”

然而没有人回答她，原本紧紧揪着她手臂的手，蓦地滑了下去。

他脸上挂着一丝奇异的微笑，这一世荒腔走板啼笑皆非地走过来，到最后变成这样的终结，他死前最后一瞬间想到的，居然是那年春回，她穿石榴裙立在花树下，盈盈对他笑。

可一转身，他就什么都看不见了。

12

钟离宫内，鸦雀无声。

洛枝抱着已经断了气的赵无宴，她已经连哭的力气都没有了。

“今天看到的、听到的，谁都不许说出去，否则株连九族！”太子爷阴沉着嗓音，对着左右侍卫喝道，他屏退了左右，缓缓走到洛枝面前。

“母后，你与赵无宴……”他有些困惑不解，也不是没有听过关于这两个人的闲言碎语，但他并未当过真，因为一个太监，能对一朝皇后怎样呢？

十八岁的七皇子生的眉目俊朗，洛枝细细地看着他的眉眼，像是已经傻了一般。

“你什么都不需要知道。”她凄惨地笑着，她说，“你唯一需要记住的就是，你登基之后，要做个好皇帝，做个温柔的人，知道吗？”

她轻声叮嘱，“与心爱的女子在一起，不管多痛也要在一起。”

“孩儿知道。”太子恭谨地答。

“天冷要多穿衣，宫里尔虞我诈，不要轻易相信任何人。”她絮絮叨叨地说着，像个唠叨的老太婆。

“最后，不要问我为什么，将我与他葬在一起，不要入皇家墓陵，找个山清水秀的安静地方就好。”她说着抬头看向七皇子，“都记住了吗？”

太子沉默许久，他看着已经死去的赵无宴，又看了一眼像是已经跟着赵无宴死去的母后，很多为什么，都不需要问出口。

她爱他，用全部的感情在爱他。

“算当娘的求你。”洛枝几近哀求，“好吗？”

他看着洛枝，最终轻轻点了点头，洛枝便让他走了，她想与她的小石头单独待一会儿。

这么多年，他也老了，原本乌黑的发都灰白了，他为了她，操了一辈子的心，在最后走投无路再也无法护她周全的时候，他将自己作为最后的嫁妆，陪她嫁入这深宫。

伴着她尔虞我诈，伴着她钩心斗角，她从太子妃，一路做到贵人，贵妃，最后是皇后。

皇上立的太子并不是她的孩子，但他将自己变成了人人喊打的佞臣，硬是将七皇子扶上了后位，哪怕在七皇子眼里，他是个坏到入骨，唯有诛之而后快的大坏蛋。

她总算是在他死前告诉了他，他一手推上皇位的那个孩子，是她嫁入深宫前的那一晚，她不顾一切去找他，他与她绝望缠绵留下的子嗣。

“小石头。”她眼眸清澈如水，宛如这之间接近三十年的岁月里，从未有过这些酸甜苦辣，她还是丞相府里任性刁蛮的二小姐，他只是路过的少年郎。

他从旁边路过，她丢石头砸了他的头。

“我们，重新来过。”

作者寄语

嗨，少年 Hey, Boy

想把我唱给你听——谢谢你看到最后。

十四个小故事，十四种爱。

人生这么漫长，我们这一生被各种爱包围着。

幼时肉嘟嘟的小脚丫踩着爸爸的小肚腩，温软的小嘴巴爱亲妈妈的脸。后来青梅绕竹马，后来我们各奔天涯。再后来，我遇见了你，就把所有行囊都卸下。

爱，多么美丽，她让世界充满了温暖，充满了各种各样的可能性。

希望你心里，总是住着爱，就算暂时的离家出走，也会很快就回家。

我爱你，在你看不到的地方，用这支简单的笔，写美丽的故事，然后在一个慵懒的午后，慢慢地讲述给你听。

嗨，少年

白衬衫一角还露在外面

街角旋转的木马还在诉说着怀念

巷口的绣球花已经开成青白色

青草指环套住了最明媚的笑颜

嗨，少年

帅气的单车停在谁家窗前

门外踯躅的身影还固执的画着抛物线

那些流失童年里的小秘密

在谁的日记里变成星光点点

嗨，少年

你用谁执意不想放下的流连 连成密不透风的线

将坏掉的玩偶 修补成最甜美的怀念

一个少年一座城

童年歌声

沉淀成砖留在墙上面

嗨，少年

你曾说想送我最漂亮的芭比

笑的像个永远长不大的孩子

我从外婆家回来的时候

你静静坐在窗台说一直等我回来

芭比的裙摆卷了风儿摆起来

什么时候开始下雨
紫藤花的香味都忘记要凋谢
还有我们说好不许哭的誓言
你消失在我童年回忆里
我的日记却固执地记着友谊万岁

有些人可以温润一大把的时光
有些人能够感动一辈子的岁月
还有些人，比如你，少年
还能酸涩某人的眼底鼻尖
只是在我们一起埋下宝箱的角落里
还能找到我写的那首诗么

潦草的手记 粉色的信笺
我说我们终于都不用再怀念
在某个街角的咖啡店
重逢的你和我
微笑着说声好久不见

拉过指头说我们永远要做好朋友
原来你真的像传说中的
一成不变的模样

芭比娃娃机器猫还有葫芦娃

那些沉淀童年里的少年啊

我们握住了春花盛开的最后花期

行走在诗和远方

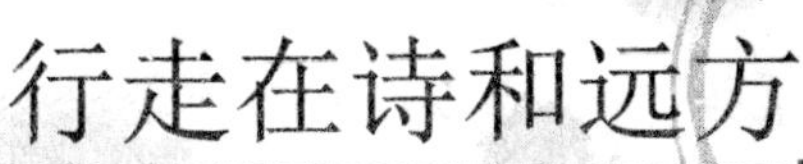

——安晴

距离从清迈回来已经有大半个月的时间了，心却似乎依然停留在那里的蓝天白云下，甚至梦里依然念念不忘蛰居旅店旁那僻静却开满各种小花的林荫道。随意地在街上四处闲逛，在不经意间总能遇到一些修行者，还有来自世界各地的艺术家，他们每个人脸上的神色都很慵懒，仿佛自己是处在一个与世隔绝的地方，生活节奏慢得好像整座城市都刚从睡梦中醒来。

在旅程最后一天，我偶然遇到了两对来清迈拍婚纱照的情侣。我之所以对他们印象深刻，是因为两对新人居然都是双胞胎，相似的容貌在旁人看来，根本很难分辨出谁是谁，可他们却可以第一眼就认出彼此的恋人。

和他们告别后回到旅馆，我忍不住点开几个月前已经写好的稿子《我的世界以你为名》，重新翻阅了一遍。这个故事里的两位男主角也是一对双胞胎，他们虽然有着相似的容貌，性格却截然不同。之前写的时候，我好几次差点情绪失控，为每个人在青春岁月里的痛和泪、爱与付出。当你遇到一个人，他会为你收起他的顽固脾气，是因为他爱你；当他把你的兴趣也变成他的兴趣，也是因为他爱你；当他为你做出许多不可思议的改变，那更是因为他深深地爱着你。

回顾这几年的创作经历，我觉得自己真的很庆幸。从第一本《你是我的命运》，到最近上市的《南风替我告诉你》、《岁月还未来得及缠绵》，这期间我走过了许多地方，留下过很多温馨美好的回忆，也在旅途中激发出大量的创作灵感，以此构想出了很多故事。如果有人要问我最值得骄傲的事情，那大概就是不忘初心，一直坚持着最初的梦想——行走在远方，追求着诗意的生活，写着可以带给你们感动的故事。

艾可乐独家奉献　超甜蜜的校园魔幻爱情

《真的喜欢你哟》

【内容简介】
琉璃学院鼎鼎大名的校花月梨奈，真实身份竟然是破产户的女儿？
老爸跑路，别墅被收走，她还意外被一名相貌“可怕”的神秘少年艾伦□梵卓纠缠！
唯一能求助的青梅竹马司徒又是个控制狂，跟人气偶像郑南彬组成她超讨厌的“毒舌”二人组！
不管啦！哪怕沦落到住阁楼，梨奈也只想一个人安静打工找老爸！
可谁想到她被迫收留的神秘少年艾伦，竟然一夜变成绝世美少年！
花痴成群，麻烦不断，傲慢的竹马王子察觉到危机，还跑来向她表白！
艾伦醋意满天飞，宿敌大小姐李兰熙也不甘心跳出来捣乱！
什么？你看我不顺眼是因为我抢了你的意中人？可是大小姐，你的意中人到底是哪位啊？
年度心跳蜜恋特辑！艾可乐独家酿制的异类爱情即将唯美上演！

极品校花一夜变破产千金
神秘冷傲的血族亲王＆毒舌别扭的青梅竹马热辣出击！

告白语：月梨奈，我是真的真的喜欢你哟！

超人气软萌少女茶茶　巨献轻氧系浪漫故事

《精灵王子的时光舞步》

【内容简介】
回乡下探望爷爷的途中被古老森林里的精灵恐吓，想办舞会又听说学校阁楼里有“幽灵”出现，千寻雪这段时间遇到的怪事可真多！
千寻雪不信邪，拉着姐姐大闹阁楼，逮住“吸血鬼”少年白洛西和会说话的蝙蝠一休，还和他们一起成立了薄荷社团。
等等，为何这个老捉弄她的坏蛋白洛西靠近她时，她的心会“怦怦”地乱跳？
她还没弄明白这颗心是不是被他偷走了，观察白洛西很久的大小姐苏纱却跳出来揭穿了白洛西的身份！
一时间，千寻雪沉浸在被欺骗的愤怒中。当她怒气冲冲地想弄清楚真相时，苏纱却失去了消息，白洛西也诡异地被绑架了。
什么？他真的不是吸血鬼？他身上还带着天大的秘密？还有一个想要他性命的大仇人？
不管了，白洛西，无论你是谁，我历经万难也要找到你！
我赖上你了！

欢快俏皮少女“赖上”古老精灵，将神秘美少年“坑蒙拐骗”抱回家！

告白语：我是属于森林的精灵，只要你在等我，我就不会消失，无论现在，还是未来。

少女们的魔法糖果书 温馨治愈 浪漫梦幻

怦 怦 怦 ！ 你 准 备 好 了 吗 ？

松小果 史书级调侃+反差形人设+爆笑的剧情

《美型骑士团·星辰王女》

【内容简介】
“学霸”夏小鱼最大的爱好是看参考书；最喜欢的游戏就是做参考题。
可是谁来告诉她，为什么她突然得继任什么星空守护使，还要负责守护星空城的和平？这简直是在浪费她做题的时间！
还没等她反应过来，星空守护三骑士绚丽现身——
永远欺压在她头上的全校第一天才美少年安艽染说话刻薄就算了，还敢嫌弃新任守护使？
天使般的可爱“正太”樱寻狐岛竟然足足有三百岁，结果莫名其妙地被抓走？
拥有奇特思维的“酷炫”系不良少年息九桐暮姗姗来迟，怎么是“吃货”“话唠”？
呜呜呜，为什么解除骑士魔咒的办法是星空守护使的祝福初吻？
“学霸”少女的日常生活完全混乱啦！

甜美少女学霸变身元气星空使！三大骑士保驾护航！
混乱异界和星空之城的故事浪漫上演！

告白语：去吧！去做一个星空守护使应该做的事情！我会守护你！

灵气女子七日晴 终极幻想情感力作

《迷迭香记忆馆》

【内容简介】
你有没有想要尘封的过去？你有没有未能圆满的憾事？
传说三界中有一家迷迭香记忆馆，馆内有一面名为“溯流”的时光之镜，凡是踏进馆中的人，都能回溯时光，重塑记忆。
少女夏云梦从一段噩梦往事里解脱，进入记忆馆帮助清冷神秘的美男馆长周稷打理事务，却见证了一段又一段与爱情、记忆有关的故事。冷淡疏离的未婚夫妻，身份隐秘的网络名人与女武替演员，失去友情的鲛人少女……
浮生有尽，唯情不止，于迷迭般的淡淡香气里，氤氲一曲三界人情百味奇谭。

琥珀色泪珠，缠绵世间凄美的爱情故事……
迷迭花香，迷醉诱惑，指引你去往轮回之地！

告白语：一想到以后的日子里没有了你，我会心碎至死。我想把对你的爱变成永恒，生死相融，永不分离。

风华倾国

十年前，她是梦夏国最后一名公主

十年后，她是琉璃国第一女国师

身在敌国，她步步为营，一双素手暗中掀起整个朝局的腥风血雨，只为了结一场刻骨之恨！

她算到了一切，而他的到来却成了她的意料之外！

他是名震天下的“战神”，是所有女子仰慕的对象，却独对她一见钟情。

他与她的碰撞就仿佛上天注定，命运给了他们一击而中的爱情，可当真相抽丝剥茧般揭开，才发现她与他之间竟横隔着血海深仇和数以万计的枯骨！

是冥冥中注定，还是天意弄人？

大乱之世，纷扰天下，她与他皆背负着不同的使命，可她不知，在使命之上，他只求护她一人始终！

亡国公主卧底敌国，成功上位，于危机四伏中与琉璃国帝王将相一众人等斗智斗勇，谱写了一段传奇的乱世悲歌！

堪比《**芈月传**》的
女性励志成长故事

胜过《**美人心计**》的
爱恨缠绵纠葛

唐家小主挑战趣味权谋
推出重磅之作《**风华倾国**》

推荐指数 ★★★★★

谁说拥有异能就拥有全世界？

木九以亲身经历告诉我们——
无论是机器还是异能，
人类所能依赖的只能是自己的智慧，
否则就可能出现以下场景：

1.木九：为啥他们要一块块地搬石头啊？

某人：不然呢？
木九：可以用推车啊！
某人：推车是什么东西？
于是木九成为了艾欧尼亚大陆的“鲁班”。

2.爱丽丝：唉，他们都说水元素异能者没用……

木九：为什么？
爱丽丝：因为水元素太温和了，没有火或者雷电厉害。
木九：但你知道吗？人体中水的重量占人体比例的70%，而且在一定温度下，水还可以结成冰　（这么凶残还不够吗？）
于是木九成为了艾欧尼亚大陆的“开尔文”。

伪“穿越”，真“学霸”

木九没想到，学习成绩普普通通的自己竟然能有如此受人尊敬的一天　还是老话说的好，“学习使人进步”！

只不过　谁来告诉他，恋爱学在哪儿教授？她急需为他报名啊！

更多精彩，尽情期待“凉桃”新作

《请用科学的方法心动》

深情款款

时间：初冬的某个深夜
地点：夏小桐的后宫

（欢迎入群：575020455）

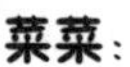

菜菜：
有没有人在啊？（一片寂静……）

菜菜：
有没有人在啊？（依然一片寂静……）

菜菜：

加恩小姐：
已经备好小本子。

哗啦啦小雨：
收到！

寒污婆：
我来啦！

菜菜：
果然……来来来，大家来分享一下，这些年听到、看到最深情的一句话吧。

加恩小姐：
好像没我什么事……

寒污婆：
有一次我问我男朋友：有人追我怎么办？他很认真地说：你不跑他不就没法追了！嗯，好像说得还挺有道理……

哗啦啦小雨：
去年冬天，下着大雪，他把手套和围巾都给我。我问：你不冷吗？他说：我冷一点没关系。（脸红）

爱麻辣烫的夏小桐：
为什么变成了一场秀恩爱分享会？（摇了摇菜菜的肩膀）

周款款：
说到这个，我想起了叶叙对我说的那段话。
“以前，我只顾埋头创作，初次认识她时甚至还觉得她又土又俗。可后来我才发现，自从有了她，我才知道什么叫真正的活力和生活。艺术来源于生活，不光有阳春白雪，还有下里巴人。她改变了我。有句诗是这样的，‘我爱你，不光因为你的样子，还因为和你在一起时我的样子’。”

菜菜：
好甜✪ω✪，看得我都想谈恋爱了！不过这位周款款同学，你是从哪里窜过来的？

周款款：
啊？我从《深情款款》而来。

菜菜：
看来无论是学习“撩汉”，还是“撩妹”，都得多看书啊！

周款款：
嗯，比如说@爱麻辣烫的**夏小桐**的新书**《深情款款》**，你们值得拥有！

俗话说，唯女子与小人难养也，但“池珺珺”却觉得“凌寒枫”比女子和小人加起来更难搞定！

【现实】

“池珺珺，实验器材都消毒了吗？”

“池珺珺，培养液配好了吗？”

“池珺珺……”

“学长，求你给我一分钟喘气的时间……对了，学长，你负责抓的小白鼠呢？”

“要不，你躺上去模拟一下？”

“学长，你能不这么坑人吗？”

“不能。”

【游戏】

“不是说PK吗？你到哪儿了？”

“在路上呢，大概20分钟后到达目的地。”

“没有传送符？”

“要1金呢！”

［好友“傲寒天”给您发来“传送符”一张。］

“记得你现在欠我3万金了。”

“一张传送符3万金？你怎么不去抢啊！”

“我现在不是在抢你吗？”

“到底还讲不讲理了！”

“不讲。”

“进击的白团子”成名作《同学，你马甲掉了》姊妹篇**《学长，你又机智了》**

比玩网游的奥数冠军更“男神”的学长机智登场！

——学长，你能不这么机智吗？

——不能。

毕淑敏 著

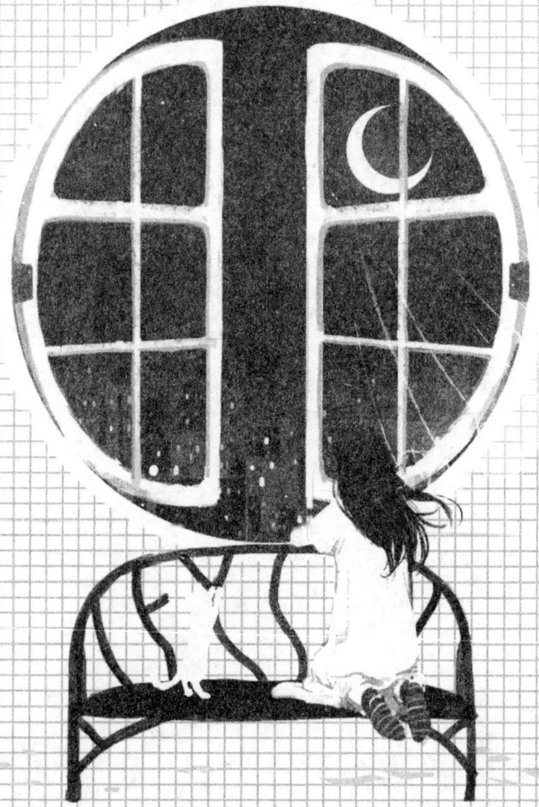

晚安 夜风相伴

Good night

每一个无眠的夜晚，世界都不曾冰冷，窗外起舞的萤火虫，街口昏黄的路灯，都可以给你温暖。亲爱的，迷失在情感的路途里不算什么，因为你依然拥有整个世界。

畅销作家**毕淑敏**晚安短篇集

45个温情暖心故事，与你说尽世间万般情，终豁然开朗

/// 文坛大家毕淑敏常常将自己的所见所闻付诸笔端，再用故事的表现形式如抽丝剥茧般一点点流露出其对爱情、亲情、友情的感悟，本书尤其如此，年轻人阅读或有所启发。

——搜狐读书

/// 人的一生有如一场修行，过程中遇到的挫折、磨难无可避免，而读书则如我们修行时用来披荆斩棘的工具，越是好书，发挥的工具效用越强，毕淑敏的这本书大抵是件好工具。

——新浪读书

/// 来自心灵智者毕淑敏的温情独白，《晚安·夜风相伴》用暖人心扉的笔触去解读生活、品味情感，行文朴实亲切、细致入微又充满睿智的哲思，会带您体会生活的独特韵味、情感的质朴动人，找寻心灵的出口。红尘俗世中，唯有爱不可忘、不可负。

——咪咕阅读内容总监陈晶琳

来自故宫神兽天团的

吱吱吱……

大家好，我是来自故宫神兽天团的行十，故宫博物院太和殿上的最后一位脊兽。

因为我们久居深宫，所以积累了无数的皇家八卦。

而且我们团队最近迎来了来自圆明园的新朋友——十二生肖兽首，极大地扩充了八卦来源！

我们这就来跟大家分享一下！

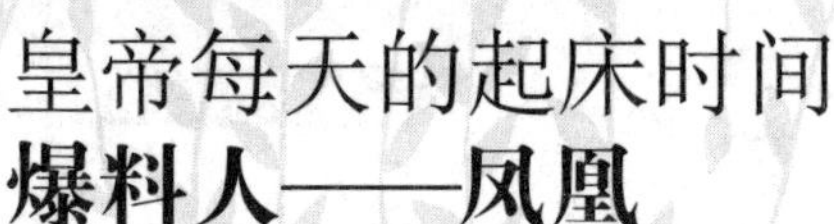

皇帝每天的起床时间

爆料人——凤凰

呃，作为早睡早起的好习惯代表，生物钟让我每天早上四点醒来。（拜托，我是凤凰，我不打鸣！）

然而有一个人，竟然比我起得更早，那就是皇上。原来做皇上，每天天不亮就要起床更衣了呢！皇帝都这么辛苦了，你们还有什么偷懒的理由！

被请客的皇上

爆料人——猴首

作为待不住的猴子代表……（行十：泼猴，你说谁呢！）

我在圆明园的时候喜欢乱跑，于是听我另外一个古董朋友说过八卦。它以前在一个南宋王爷的府里待过，那位王爷曾经请皇上吃饭，一顿饭，不算重复的菜，光吃各类果盘、肉干、果脯等冷食就有92道，接着各类热菜、汤类、海鲜也吃了30道，听得我口水都流了一地！

每天都不能按自己爱好选择衣服的皇上
爆料人——天马

爱美之心人皆有之，就连我们这些神兽也不例外！可是，我有次在皇上的宫殿里乱逛的时候才发现，原来皇上竟然是不能按照自己的喜好选择穿衣服的。不同的节气、节日都要穿不同的固定的衣服。唉，没想到，身为皇上，竟然连选择自己今天穿什么衣服都不行呢！

绝对不能把饭吃完的皇家贵族！
爆料人——猪首

再次郑重声明，不准叫我猪头！（众神兽：好的，猪头！）

身为一个吃货，我最喜欢的就是每到饭点就去围观皇家的筵席！呜呜呜，他们每顿吃的都好多啊！而且听说，他们有个特别变态的规矩，就是绝对不可以把席上的东西吃完！

浪费可耻！不过，还好达官贵人们吃过的筵席，都要赏给下人们吃，能吃到主人席上剩下来的东西还是一种很大的荣誉！

好吧，我承认，在他们吃之前我就已经在厨房偷吃过一点了！

“小优趣读”系列《会说话的古董》

象牙塔少女沈星月最崇拜的人是身为故宫文物修复师的叔叔。

在14岁生日这天，她收到叔叔送的“东王公西王母铜镜”仿品之后，竟无意中打开了神秘的文物世界大门。

衣袂飘飘的《清明上河图》少年张择端，在故宫“扮鬼”捉弄游客；“呆萌”的西安乾陵翁仲大叔，委屈地蹲在地上画圈圈；太和殿屋脊十大瑞兽联手欺负“故宫外来人口”，还有敦煌莫高窟里无脸飞天女传来的哀婉哭声……神秘事件一次次出现。

沈星月在解决这些事件的过程中，慢慢被家学渊源的晏晓声发现了自己的秘密。

谁来告诉她，为什么这个冷漠美少年晏晓声总是能化腐朽为神奇？

神奇少女沈星月搭档全能少年晏晓声，将带你踏上独一无二的古董文物保护之旅……

你准备好了吗？

原创手办原型师 VS
米其林蛋糕师 VS
电视节目导演

轻氧系时尚达人 松小果 & “巧克力文学掌门人 巧乐吱

打造不一样的职业男神拼拼看！

1号男神 原型师 顾麦克

《缪斯公主绘心殿》松小果

拥有天才一般的头脑，计算机专业低调的大神，可以非常轻松地写出各种复杂的代码。外表是个俊美的冷帅哥，私下里却是个手办控。因为挑剔严谨的性格，经常自己亲手制作手办，是个低调却在网络颇具名气的“原型师”。

2号男神 米其林蛋糕师 韩承宇

《初恋星光抹茶系》巧乐吱

身份神秘的私家咖啡屋“one”店主。

性格有些孤僻。明明是在国外留学，偏偏对甜点情有独钟，在米其林星级餐厅帮过厨，后来还成为米其林星级餐厅的特约监察员，吃遍了欧洲所有的甜品。明明在国外有更好的发展机会，却选择回国开了家小小的“one”咖啡屋。虽然咖啡屋主打咖啡，但是会随心情限量做甜点，可遇而不可求的优势让他的甜点迅速成了口碑最高的美食，限量的手工定制甜品让“one”名声大噪。

3号男神 电视节目导演 徐晚乔

《轻樱团夏日奇缘》松小果

他在所有人面前都是温润如玉的君子，如清风般让人觉得舒服，只有在青梅竹马的许轻樱面前，他才是那个有些凌乱、食量惊人甚至会说脏话的平凡男生。许轻樱的梦想是进入演艺圈，而他的梦想就是能一直陪在她身边，所以他选择了编导专业，想成为一名影视导演，在能看到她的地方一直守护着她。

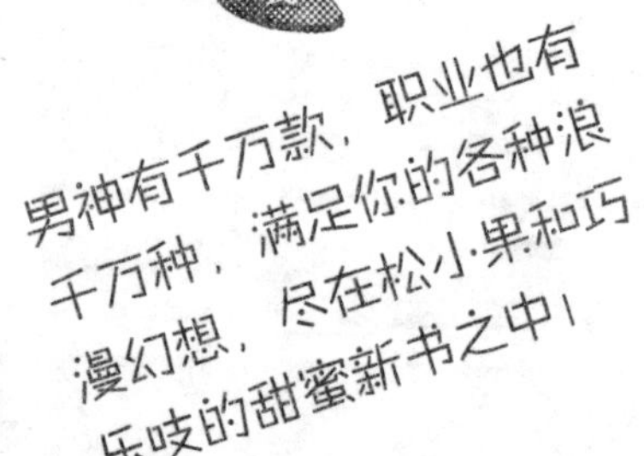